365天常用的
日本語
文法・句型
辭典

MP3+
中日全書
朗讀版

金牌作者群：
吉松由美・田中陽子・西村惠子

gram

山田社
Shan Tian She

還在開玩笑說：
「私の日本語は花花です。」（我的日語花花仔啦！）
【花花：（台語）差強人意，能溝通就好】

有些人單字量多，勇於表達，樂於交流，但一開口就破功！
有些人說話流利，表達自如，但細細一聽，句句都有錯誤！

問題出在哪裡呢？
那就是沒有把文法學好！

我們來比一比，文法沒學好的 A，跟文法學得紮實的 B：

◆ A 無法深入與日本人交談
◆ A 只能用隻字片語溝通，不能完整表達
◆ A 說話滔滔不絕，但語序用詞錯誤，損失上千萬
◆ A 書信文法錯誤百出，被質疑能力有問題

◆ B 能與日本人互相傳達心意、思想
◆ B 完全聽懂日本人偷偷說的那句話，賺到 know how（技術訣竅）
◆ B 講話正確得體，簡報贏得喝采，賺到上千萬
◆ B 寫得正確，又切合時宜，薪水、職位一路升！

　　不要再因為日語文法不正確而感到自卑心虛啦！文法是正確理解的敲門磚，提高口頭表達能力的指南針，不論是聽說讀寫都必須深耕於文法與句型的練習，文法不紮實卻能說出道地日語，能確實看懂文章作品，能正確寫出好文章，這是很難想像的。建議您：

★ 擴大人生格局，通過「文法力」提升您的「競爭力」！

★ 全日本都是您的寶庫，利用「文法力」，把日本各式各樣的技術 know how，通通挖掘出來吧！

★ 把學得的 know how，再加上自己不斷的嘗試與創意，全世界就是您的舞台了！

　　其實，日語文法的變化就是這些，短時間內它不會再有變化，也不會有進化，用習慣了自然就會了。一開始就打好文法的基礎，養成正確的習慣，以後自然而然脫口而出的就都會是正確的日語。

◆ 希臘哲學家亞里斯多德說：「讓你卓越的不是行為，而是習慣，是重複的習慣造就了我們。」

◆ 據研究養成一個簡單的習慣，只要 21 天，而較複雜的習慣要 90 天。重複的次數越多，行為的時間越長，習慣就越牢越穩固。

◆ 好習慣為自己的腦中存放資本，不斷累積好習慣，資本就會不斷增加，您一輩子就可以享用它的利息了。

　　有了使用正確文法的好習慣，相當於在腦子裡裝了一台日語優異成長發動機。再加上每天只要一點小到可憐的日語文法學習小習慣，日積月累就能產生巨大的效果。例如訂立一天只要學一個文法的目標，在沒有壓力的情況下，您可能一天會學三個甚至十個，但只要一個就能夠達到目標，讓您毫不費力的持續個 21 天，漸漸形成習慣，這樣由被動到主動再到自動，讓學習日語文法成為自己天天的習慣。

《中日全書朗讀版 365 天常用的日本語文法‧句型辭典》內容特色為：

◆ 內容相當於新制日檢 N1 到 N5，直接幫您把所有文法集合起來了，讓您有系統地把文法從基礎學到最高階！

◆ 網羅相當於日檢 N1 到 N5 文法‧句型‧單字。各級文法所舉出的例句中，更包括符合該級數程度的單字。

◆ 每項文法的第一個重點例句，都搭配活潑、逗趣的日式插圖。

◆ 把枯燥的文法融入逗趣的故事中，讓人會心一笑，並加深對文法的印象。

◆ 每個文法項目，都帶出 4、5 個例句，每個例句都以生活、工作、財經等為話題，甚至是報章雜誌常出現的用法。

◆ 說明敘述面面俱到，不僅說明每一文法項目的意義、用法、語感、近義文法項目的差異，更貼心補充了關連的近義詞、反義詞、慣用語等。

◆ 清楚分析不同文法項目間的微妙差異。相當於一部小型的文法‧句型辭典。

★例句說明中日全書朗讀，聽力口說大躍進★

　　《中日全書朗讀版 365 天常用的日本語文法‧句型辭典》突破以往只有日文朗讀的形式，我們貼心的連中文的文法說明與翻譯也為您全部朗讀出來！讓您開車、散步、通勤中，洗澡、刷牙、打掃、煮飯中，即使沒有書本在手，您一樣可以「用耳朵」學日文喔！因為只要善用您靈敏的耳朵邊看邊聽邊跟著唸，每天學一點，日積月累重複再重複，鍛鍊嘴巴說日語的流暢度，請相信所有的困難將在重複下屈服，這樣正確的文法就從您的嘴巴脫口而出！

　　不管是初學者，大學生，碩、博士生，甚至日語老師、教授皆人手一本，無論是學習或教授，《365 天常用的日本語文法‧句型辭典》都是一輩子都用得到的好辭典。

Contents
目錄 [Level 1-4]

4 LEVEL

● が（主語）

MP3- 1- 001

➜ 描寫眼睛看得到的、耳朵聽得到的事情。

猫が　鳴いて　います。
貓在叫。

➜ 例句

1 風が　吹いて　います。	風正在吹。
2 猫が　鳴いて　います。	貓在叫。
3 子どもが　遊んで　います。	小孩正在玩耍。
4 鳥が　空を　飛んで　います。	鳥在空中飛。

● が（對象）

MP3- 1- 002

➜ 「が」前接對象，表示好惡、需要及想要得到的對象，還有能夠做的事情、明白瞭解的事物，以及擁有的物品。

あの　人は　お金が　あります。
那個人有錢。

→ 例句

1 日本料理が　好きです。　　　　　　　喜歡日本料理。
2 私は　音楽が　聞きたいです。　　　　我想聽音樂。
3 李さんは　日本語が　わかります。　　李先生懂日文。
4 あの　人は　お金が　あります。　　　那個人有錢。

● 〔疑問詞〕＋が

MP3- 1- 003

→ 「が」也可以當作疑問詞的主語。

この　絵は　誰が　描きましたか。
這幅畫是誰畫的？

→ 例句

1 どっちが　速いですか。　　　　　　　哪一邊比較快呢？
2 誰が　一番　早く　来ましたか。　　　誰最早來的？
3 この　絵は　誰が　描きましたか。　　這幅畫是誰畫的呢？
4 どれが　人気が　ありますか。　　　　哪一個比較受歡迎呢？

● が（逆接）

MP3- 1- 004

「但是…」。

→ 表示連接兩個對立的事物，前句跟後句內容是相對立的。

母は　背が　高いですが、父は　低いです。
媽媽身高很高，但是爸爸很矮。

➡️ 例句

1 鶏肉は　食べますが、牛肉は　食べません。

吃雞肉，但不吃牛肉。

2 母は　背が　高いですが、父は　低いです。

媽媽身高很高，但是爸爸很矮。

3 平仮名は　やさしいが、片仮名は　難しい。

平假名很簡單，但是片假名很難。

4 たいていは　歩いて　いきますが、時々バスで　いきます。

大多是走路過去，但是有時候是搭公車過去。

● が（前置詞）

MP3- 1- 005

➡️ 在向對方詢問、請求、命令之前，作為一種開場白使用。

失礼ですが、鈴木さんでしょうか。
不好意思，請問是鈴木先生嗎？

➡️ 例句

1 失礼ですが、鈴木さんでしょうか。

不好意思，請問是鈴木先生嗎？

2 もしもし、山本ですが、水下さんは　いますか。

喂，我是山本，請問水下先生在嗎？

3 すみませんが、少し　静かに　してください。

不好意思，請稍微安靜一點。

4 試験を　始めますが、最初に　名前を　書いて　ください。

現在開始考試，首先請先將名字寫上。

● 〔目的語〕＋を

MP3- 1- 006

➡ 「を」用在他動詞（人為而施加變化的動詞）的前面，表示動作的目的或對象。「を」前面的名詞，是動作所涉及的對象。

彼女は　洗濯を　します。
她要洗衣服。

➡ 例句

1 顔を　洗います。　　　　　　　　洗臉。

2 パンを　食べます。　　　　　　　吃麵包。

3 彼女は　洗濯を　します。　　　　她要洗衣服。

4 日本語の　手紙を　書きます。　　寫日文書信。

● 〔通過、移動〕＋を＋自動詞

MP3- 1- 007

➡ 表示經過或移動的場所用助詞「を」，而且「を」後面要接自動詞。自動詞有表示通過場所的「渡る（越過）、曲がる（轉彎）」。還有表示移動的「歩く（走）、走る（跑）、飛ぶ（飛）」。

学生が　道を　歩いて　います。
學生在路上走著。

➡ 例句

1 この　バスは　映画館を　通ります。　　這輛公車會經過電影院。

2 この　角を　右に　曲がります。　　　　在這個轉角右轉。

3 学生が　道を　歩いて　います。　　　　學生在路上走著。

4 飛行機が　空を　飛んで　います。　　　飛機在空中飛。

●〔離開點〕＋を

→ 動作離開的場所用「を」。例如，從家裡出來或從車、船、馬及飛機等交通工具下來。

<ruby>7<rt></rt></ruby>時に　<ruby>家<rt>いえ</rt></ruby>を　<ruby>出<rt>で</rt></ruby>ます。
七點出門。

→ 例句

1 <ruby>5<rt></rt></ruby>時に　<ruby>会社<rt>かいしゃ</rt></ruby>を　<ruby>出<rt>で</rt></ruby>ました。 | 在五點的時候離開了公司。

2 <ruby>7<rt></rt></ruby>時に　<ruby>家<rt>いえ</rt></ruby>を　<ruby>出<rt>で</rt></ruby>ます。 | 七點出門。

3 ここで　バスを　<ruby>降<rt>お</rt></ruby>ります。 | 在這裡下公車。

4 <ruby>部屋<rt>へや</rt></ruby>を　<ruby>出<rt>で</rt></ruby>て　ください。 | 請離開房間。

●〔場所〕＋に

「在…」。

→ 「に」表示存在的場所。表示存在的動詞有「います・あります」（有、在），「います」用在自己可以動的有生命物體的人，或動物的名詞；其他，自己無法動的無生命物體名詞用「あります」。

<ruby>木<rt>き</rt></ruby>の　<ruby>下<rt>した</rt></ruby>に　<ruby>妹<rt>いもうと</rt></ruby>が　います。
妹妹在樹下。

→ 例句

1 <ruby>木<rt>き</rt></ruby>の　<ruby>下<rt>した</rt></ruby>に　<ruby>妹<rt>いもうと</rt></ruby>が　います。 | 妹妹在樹下。

2 <ruby>池<rt>いけ</rt></ruby>の　<ruby>中<rt>なか</rt></ruby>に　<ruby>魚<rt>さかな</rt></ruby>が　いますか。 | 池子裡有魚嗎？

3 <ruby>山<rt>やま</rt></ruby>の　<ruby>上<rt>うえ</rt></ruby>に　<ruby>小屋<rt>こや</rt></ruby>が　あります。 | 山上有棟小屋。

4 <ruby>本棚<rt>ほんだな</rt></ruby>の　<ruby>右<rt>みぎ</rt></ruby>に　<ruby>椅子<rt>いす</rt></ruby>が　あります。 | 書架的右邊有椅子。

●〔到達點〕＋に

MP3- 1- 010

「去…」、「到…」、「在…」。

➡ 表示動作移動的到達點。

お<ruby>風呂<rt>ふ ろ</rt></ruby>に　<ruby>入<rt>はい</rt></ruby>ります。
去洗澡。

➡ 例句

1　お<ruby>風呂<rt>ふ ろ</rt></ruby>に　<ruby>入<rt>はい</rt></ruby>ります。	去洗澡。
2　<ruby>今日<rt>きょう</rt></ruby>　<ruby>成田<rt>なり た</rt></ruby>に　<ruby>着<rt>つ</rt></ruby>きます。	今天會抵達成田。
3　<ruby>私<rt>わたし</rt></ruby>は　<ruby>椅子<rt>い す</rt></ruby>に　<ruby>座<rt>すわ</rt></ruby>ります。	我坐在椅子上。
4　ここで　タクシーに　<ruby>乗<rt>の</rt></ruby>ります。	在這裡搭計程車。

4 Level

●〔時間〕＋に

MP3- 1- 011

➡ 幾點啦！星期幾啦！幾月幾號做什麼事啦！表示動作、作用的時間就用「に」。

<ruby>金曜日<rt>きんよう び</rt></ruby>に　<ruby>旅行<rt>りょこう</rt></ruby>します。
禮拜五要去旅行。

➡ 例句

1　７<ruby>時<rt>じ</rt></ruby>に　<ruby>家<rt>いえ</rt></ruby>を　<ruby>出<rt>で</rt></ruby>ます。	七點出門。
2　<ruby>金曜日<rt>きんよう び</rt></ruby>に　<ruby>旅行<rt>りょこう</rt></ruby>します。	禮拜五要去旅行。
3　７<ruby>月<rt>がつ</rt></ruby>に　<ruby>日本<rt>に ほん</rt></ruby>へ　<ruby>来<rt>き</rt></ruby>ました。	在七月時來到了日本。
4　<ruby>今日中<rt>きょうじゅう</rt></ruby>に　<ruby>送<rt>おく</rt></ruby>ります。	今天之內會送過去。

〔目的〕＋に

MP3- 1- 012

「去…」、「到…」。

→ 表示動作、作用的目的、目標。

海へ 泳ぎに 行きます。
去海邊游泳。

→ 例句

1 海へ 泳ぎに 行きます。　　去海邊游泳。

2 図書館へ 勉強に 行きます。　去圖書館唸書。

3 レストランへ 食事に 行きます。　去餐廳吃飯。

4 今から 旅行に 行きます。　　現在要去旅行。

〔對象（人）〕＋に

MP3- 1- 013

「給…」、「跟…」。

→ 表示動作、作用的對象。

弟に メールを 出しました。
寄電子郵件給弟弟了。

→ 例句

1 弟に メールを 出しました。　寄電子郵件給弟弟了。

2 花屋で 友達に 会いました。　在花店遇到朋友了。

3 友達に 電話を かけます。　　打電話給朋友。

4 彼女に 花を あげました。　　送了花給女朋友。

● 〔時間〕＋に＋〔次數〕

MP3-1-014

➡ 表示某一範圍內的數量或次數。

一日<ruby>いちにち</ruby>に　2時間<ruby>じかん</ruby>ぐらい、勉強<ruby>べんきょう</ruby>します。
一天大約唸兩小時的書。

➡ 例句

1 月<ruby>つき</ruby>に　2回、テニスを　します。 ┃ 一個月打兩次網球。

2 半年<ruby>はんとし</ruby>に　一度<ruby>いちど</ruby>、国<ruby>くに</ruby>に　帰<ruby>かえ</ruby>ります。 ┃ 半年回國一次。

3 1日<ruby>にち</ruby>に　2時間<ruby>じかん</ruby>ぐらい、勉強<ruby>べんきょう</ruby>します。 ┃ 一天大約唸兩小時的書。

4 1日<ruby>にち</ruby>に　3回<ruby>かい</ruby>、薬<ruby>くすり</ruby>を　飲<ruby>の</ruby>んで　ください。 ┃ 一天請吃三次藥。

● 〔場所〕＋で

MP3-1-015

「在…」。

➡ 表示動作進行的場所。

家<ruby>いえ</ruby>で　テレビを　見<ruby>み</ruby>ます。
在家看電視。

➡ 例句

1 玄関<ruby>げんかん</ruby>で　靴<ruby>くつ</ruby>を　脱<ruby>ぬ</ruby>ぎました。 ┃ 在玄關脫了鞋子。

2 家<ruby>うち</ruby>で　テレビを　見<ruby>み</ruby>ます。 ┃ 在家看電視。

3 郵便局<ruby>ゆうびんきょく</ruby>で　手紙<ruby>てがみ</ruby>を　出<ruby>だ</ruby>します。 ┃ 在郵局寄信。

4 あの店<ruby>みせ</ruby>で　ラーメンを　食<ruby>た</ruby>べました。 ┃ 在那家店吃了拉麵。

● 〔方法、手段〕＋で

MP3- 1- 016

「搭…」、「用…」。

→ 表示用的交通工具；動作的方法、手段。

鉛筆で　絵を　書きます。
用鉛筆畫畫。

→ 例句

1　箸で　ご飯を　食べます。 | 用筷子吃飯。
2　鉛筆で　絵を　描きます。 | 用鉛筆畫畫。
3　新幹線で　京都へ　行きます。 | 搭新幹線去京都。
4　メールで　レポートを　送ります。 | 用電子郵件寄報告。

● 〔材料〕＋で

MP3- 1- 017

「用…」。

→ 製作什麼東西時，使用的材料。

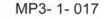

トマトで　ジュースを　作ります。
用蕃茄做果汁。

→ 例句

1　木で　椅子を　作りました。 | 用木頭做了椅子。
2　トマトで　ジュースを　作ります。 | 用蕃茄做果汁。
3　この　料理は　肉と　野菜で　作りました。 | 這道料理是用肉及蔬菜做成的。
4　この　酒は　何で　作りますか。 | 這酒是什麼做的？

● 〔理由〕＋で

「因為…」。

→ 為什麼會這樣呢？怎麼會這樣做呢？表示原因、理由。

風<small>かぜ</small>で 窓<small>まど</small>が 開<small>あ</small>きました。
窗戶被風吹開了。

→ 例句

1 渋滞<small>じゅうたい</small>で 会社<small>かいしゃ</small>に 遅<small>おく</small>れました。

2 風<small>かぜ</small>で 窓<small>まど</small>が 閉<small>し</small>まりました。

3 私<small>わたし</small>は 風邪<small>かぜ</small>で 頭<small>あたま</small>が 痛<small>いた</small>いです。

4 地震<small>じしん</small>で 電車<small>でんしゃ</small>が 止<small>と</small>まりました。

因為塞車，上班遲到了。

窗戶被風吹得關起來了。

我因為感冒所以頭很痛。

因為地震，電車停下來了。

4 Level

● 〔數量〕＋で＋〔數量〕

「共是…」。

→ 表示數量、數量的總和。

たまごは 6個<small>こ</small>で 300円<small>えん</small>です。
雞蛋6個共300日圓。

→ 例句

1 それは 二<small>ふた</small>つで 5万円<small>まんえん</small>です。

2 たまごは 6個<small>こ</small>で 300円<small>えん</small>です。

3 入場料<small>にゅうじょうりょう</small>は 二人<small>ふたり</small>で 1500円<small>えん</small>です。

4 四<small>よっ</small>つ、五<small>いつ</small>つ、六<small>むっ</small>つ、全部<small>ぜんぶ</small>で 六<small>むっ</small>つ
あります。

那個是兩個共5萬日圓。

雞蛋6個共300日圓。

入場費是兩個人共1500日圓。

四個、五個、六個，全部共有六個。

13

Level 4　日語文法・句型詳解

● 〔場所、方向〕へ

MP3- 1- 020

「往…」。

→ 前接跟地方有關的名詞，表示動作、行為的方向。同時也指行為的目的地。

でんしゃ　　がっこう　　き
電車で　学校へ　来ました。
搭電車來學校。

→ 例句

1 きっさてん　　い
　喫茶店へ　行きます。　　　　　　　去咖啡廳。

2 らいげつ　くに　　かえ
　来月　国へ　帰ります。　　　　　　下個月回國。

3 でんしゃ　　がっこう　　き
　電車で　学校へ　来ました。　　　　搭電車來學校。

4 ともだち
　友達と　レストランへ　行きます。　和朋友去餐廳。

● 〔場所〕へ〔目的〕に

MP3- 1- 021

「到…」、「去…」。

→ 表示移動的場所用助詞「へ」，表示移動的目的用助詞「に」。「に」的前面要用動詞「ます」形，也就是把「ます」拿掉。例如「買います」，就變成「買い」。

こうえん　　さんぽ　　い
公園へ　散歩に　行きます。
去公園散步。

→ 例句

1 こうえん　　さんぽ　　い
　公園へ　散歩に　行きます。　　　　　　　去公園散步。

2 ゆうびんきょく　　きって　　か　　い
　郵便局へ　切手を　買いに　行きます。　　去郵局買郵票。

3 らいしゅう　きょうと　　りょこう　　い
　来週　京都へ　旅行に　行きます。　　　　下個禮拜要去京都旅行。

4 としょかん　　ほん　　かえ　　い
　図書館へ　本を　返しに　行きます。　　　去圖書館還書。

● 〔名詞〕＋と＋〔名詞〕

MP3- 1- 022

「…和…」、「…與…」。

➡ 表示幾個事物的並列。想要敘述的主要東西，全部都明確地列舉出來。

公園に 猫と 犬が います。
公園裡有貓有狗。

➡ 例句

1 公園に 猫と 犬が います。　　　公園裡有貓有狗。

2 朝は パンと 紅茶を 食べます。　早上吃麵包和紅茶。

3 いつも 電車と バスに 乗ります。　平常是搭電車跟公車。

4 デパートで シャツと コートを 買いました。　在百貨公司買了襯衫和大衣。

●〔對象〕と（いっしょに）

MP3- 1- 023

「跟…一起」。

➡ 表示一起去做某事的對象。「と」前面是一起動作的人。

家族と いっしょに 温泉へ 行きます。
和家人一起去洗溫泉。

➡ 例句

1 彼女と 晩ご飯を 食べました。　　和她一起吃了晚餐。

2 家族と いっしょに 温泉へ 行きます。　和家人一起去洗溫泉。

3 日曜日は 母と 出かけました。　　星期日跟媽媽一起出門了。

4 妹と いっしょに 庭で 遊びました。　跟妹妹一起在院子裡玩了。

●〔對象〕と

MP3- 1- 024

「跟…」。

→ 「と」前面接對象，表示跟這個對象互相進行某動作，如結婚、吵架或偶然在哪裡碰面等等。

大山（おおやま）さんは　愛子（あいこ）と　結婚（けっこん）しました。
大山先生和愛子小姐結婚了。

と

→ 例句

1 主人（しゅじん）と　離婚（りこん）します。	我要跟我老公離婚了。
2 私（わたし）は　李（リー）さんと　会（あ）いました。	我與李先生見面了。
3 昨日（きのう）、姉（あね）と　喧嘩（けんか）しました。	昨天跟姊姊吵架了。
4 大山（おおやま）さんは　愛子（あいこ）と　結婚（けっこん）しました。	大山先生和愛子小姐結婚了。

●〔引用內容〕と

MP3- 1- 025

「説…」、「寫…」。

→ 「と」接在某人説的話，或寫的事物後面，表示説了什麼、寫了什麼。

子供（こども）が　「遊（あそ）びに　行（い）きたい」　と言（い）って　います。
小孩説：「好想出去玩」。

と

→ 例句

1 子供（こども）が　「遊（あそ）びに　行（い）きたい」と　言（い）っています。	小孩説：「想出去玩」。
2 手紙（てがみ）には　来月（らいげつ）　国（くに）に　帰（かえ）ると　書（か）いてあります。	信上寫著下個月要回國。
3 彼女（かのじょ）は　今日（きょう）　来（こ）ないと　言（い）っていました。	她説她今天不來。
4 山田（やまだ）さんは　「家内（かない）と　いっしょに　行（い）きました」と　言（い）いました。	山田先生説：「我跟太太一起去過了。」

● 〔場所〕＋から、〔場所〕＋まで

MP3- 1- 026

「從…」、「由…」。

→ 表明空間的起點和終點，也就是距離的範圍。「から」前面的名詞是起點，「まで」前面的名詞是終點。可譯作「從…到…」。也表示各種動作、現象的起點及由來。

駅から　郵便局まで　歩きました。
從車站走到郵局。

→

1 家から　図書館まで　30分です。

從家裡到圖書館要30分鐘。

2 病院から　家まで　1時間　かかります。

從醫院到家裡要花一個小時。

3 駅から　郵便局まで　歩きました。

從車站走到郵局。

4 駅から　学校までは　遠いですか。

從車站到學校會很遠嗎？

● 〔時間〕＋から、〔時間〕＋まで

MP3- 1- 027

「從…到…」。

→ 表示時間的起點和終點，也就是時間的範圍。「から」前面的名詞是開始的時間，「まで」前面的名詞是結束的時間。

七月から → 九月まで

夏休みは　7月から　9月までです。
暑假是從七月開始到九月為止。

→ 例句

1 9時から　6時まで　働きます。

從九點工作到六點。

2 夏休みは　7月から　9月までです。

暑假是從七月開始到九月為止。

4
Level

17

3 会社は 月曜日から 金曜日までです。

公司上班是從週一到週五。

4 火曜日から 金曜日までは 忙しいです。

週二到週五很忙。

● 〔起點（人）〕から

MP3- 1- 028

「從…」、「向…」。

→ 表示從某對象借東西、從某對象聽來的消息，或從某對象得到東西等。「から」前面就是這某對象。

山田さんから 時計を 借りました。
我向山田先生借了手錶。

→ 例句

1 私から 電話します。

由我打電話過去。

2 昨日 図書館から 本を 借りました。

昨天跟圖書館借了本書。

3 山田さんから 時計を 借りました。

我向山田先生借了手錶。

4 先生から アドバイスを もらいました。

從老師那邊得到了建議。

● …から、… （原因）

MP3- 1- 029

「因為…」。

→ 表示原因、理由。一般用於說話人出於個人主觀理由，進行請求、命令、希望、主張及推測。是比較強烈的意志性表達。

忙しいから、新聞を 読みません。
因為很忙所以不看報紙。

→ 例句

1 もう　遅<small>おそ</small>いから、家<small>いえ</small>へ　帰<small>かえ</small>ります。 | 因為已經很晚了，我要回家了。

2 忙<small>いそが</small>しいから、新聞<small>しんぶん</small>を　読<small>よ</small>みません。 | 因為很忙所以不看報紙。

3 雨<small>あめ</small>が　降<small>ふ</small>って　いるから、今日<small>きょう</small>は　出<small>で</small>かけません。 | 因為在下雨，所以今天不出門。

4 今日<small>きょう</small>は　天気<small>てんき</small>が　悪<small>わる</small>いから、傘<small>かさ</small>を　持<small>も</small>っていきます。 | 因為今天天氣不好，所以帶傘去。

● …ので、…（原因）

MP3- 1- 030

4 Level

「因為…」。

→ 表示原因、理由。前句是原因，後句是因此而發生的事。是比較委婉的表達方式。一般用在客觀的自然的因果關係，所以也容易推測出結果。

寒<small>さむ</small>いので、コートを　着<small>き</small>ます。
因為很冷，所以穿大衣。

ので →

→

1 疲<small>つか</small>れたので、早<small>はや</small>く　寝<small>ね</small>ます。 | 因為很累了，我要早點睡。

2 雨<small>あめ</small>なので、行<small>い</small>きたく　ないです。 | 因為下雨，所以不想去。

3 寒<small>さむ</small>いので、コートを　着<small>き</small>ます。 | 因為很冷，所以穿大衣。

4 仕事<small>しごと</small>が　あるので、7時<small>じ</small>に　出<small>で</small>かけます。 | 因為有工作，所以七點要出門。

● **…や…（並列）**

「…和…」。

➡ 表示在幾個事物中，列舉出二、三個來做為代表，其他的事物就被省略下來，沒有全部說完。

<ruby>赤<rt>あか</rt></ruby>や　<ruby>黄色<rt>きいろ</rt></ruby>の　<ruby>花<rt>はな</rt></ruby>が　<ruby>咲<rt>さ</rt></ruby>いて　います。

開著或紅或黃的花。

➡ **例句**

1 りんごや　みかんを　<ruby>買<rt>か</rt></ruby>いました。 ｜ 買了蘋果和橘子。

2 <ruby>冷蔵庫<rt>れいぞうこ</rt></ruby>には　ジュースや　<ruby>果物<rt>くだもの</rt></ruby>が　あります。 ｜ 冰箱裡有果汁和水果。

3 <ruby>机<rt>つくえ</rt></ruby>に　ペンや　ノートなどが　あります。 ｜ 書桌上有筆和筆記本等等。

4 <ruby>机<rt>つくえ</rt></ruby>の　<ruby>上<rt>うえ</rt></ruby>に　<ruby>本<rt>ほん</rt></ruby>や　<ruby>辞書<rt>じしょ</rt></ruby>が　あります。 ｜ 書桌上有書和字典。

　…や…など

「和…等」。

➡ 這也是表示舉出幾項，但是沒有全部說完。這些沒有全部說完的部分用「など」（等等）來加以強調。「など」常跟「や」前後呼應使用。

<ruby>机<rt>つくえ</rt></ruby>に　ペンや　ノートなどが　あります。

書桌上有筆和筆記本等等。

➡ **例句**

1 <ruby>机<rt>つくえ</rt></ruby>に　ペンや　ノートなどが　あります。 ｜ 書桌上有筆和筆記本等等。

2 近くに、駅や 花屋などが あります。 | 附近有車站和花店等等。

3 公園で テニスや 野球などを します。 | 在公園打網球和棒球等等。

4 お祭りには 小学生や 中学生などが 来ます。 | 廟會祭典有小學生和國中生等等來參加。

● 名詞＋の＋名詞

MP3- 1- 033

「…的…」。

➡ 「名詞＋の＋名詞」用於修飾名詞，表示該名詞的所有者（私の本）、內容說明（歴史の本）、作成者（日本の車）、數量（１００円の本）、材料（紙のコップ）還有時間、位置等等。

これは 私の 本です。
這是我的書。

の

4 Level

➡ 例句

1 これは 私の 本です。 | 這是我的書。

2 彼は 日本語の 先生です。 | 他是日文老師。

3 五月五日は こどもの日です。 | 五月五日是兒童節。

4 中山さんは 会社員です。 | 中山先生是上班族。

● 名詞＋の

MP3- 1- 034

「…的」。

➡ 這裡的準體助詞「の」，後面可以省略前面出現過的名詞，不需要再重複，或替代該名詞。

その 車は 私のです。
那輛車是我的。

➡ 例句

1 その 車は 私のです。 | 那輛車是我的。

2 この 時計は 誰のですか。 | 這個時鐘是誰的？

3 私の 傘は 一番 左のです。 | 我的傘是最左邊的那一支。

4 私の かばんは あの 黒いのです。 | 我的包包是那個黑色的。

● 名詞＋の（名詞修飾主語）　　　　MP3- 1- 035

「…的」。

➡ 在「私が 作った 歌」這種修飾名詞（「歌」）句節裡，可以用「の」代替「が」，成為「私の 作った 歌」。那是因為這種修飾名詞的句節中的「の」，跟「私の 歌」中的「の」有著類似的性質。

あれは 兄の 描いた 絵です。
那是哥哥畫的畫。

➡ 例句

1 あれは 兄の 描いた 絵です。 | 那是哥哥畫的畫。

2 姉の 作った 料理です。 | 姊姊做的料理。

3 友達の 撮った 写真です。 | 這是朋友照的相片。

4 どなたの 書いた 字ですか。 | 這是哪一位寫的字呢？

22

● …は…です（主題）

MP3- 1- 036

「是…」。

➡ 助詞「は」表示主題。所謂主題就是後面要敘述的對象，或判斷的對象。而這個敘述的內容或判斷的對象，只限於「は」所提示的範圍。用在句尾的「です」表示對主題的斷定或是説明。

は

私<ruby>は<rt>わたし</rt></ruby>　山田<rt>やまだ</rt>　です。
我是山田。

➡ 例句

1 私<rt>わたし</rt>は　山田<rt>やまだ</rt>です。　　　　　　　我是山田。
2 太郎<rt>たろう</rt>は　学生<rt>がくせい</rt>です。　　　　　　太郎是學生。
3 冬<rt>ふゆ</rt>は　寒<rt>さむ</rt>いです。　　　　　　　　冬天很冷。
4 花子<rt>はなこ</rt>は　きれいです。　　　　　　花子很漂亮。

4 Level

● …は…ません（否定）

MP3- 1- 037

➡ 後面接否定「ません」，表示「は」前面的名詞或代名詞是動作、行為否定的主體。

太郎<rt>たろう</rt>は　肉<rt>にく</rt>を　食<rt>た</rt>べません。
太郎不吃肉。

は

➡ 例句

1 太郎<rt>たろう</rt>は　肉<rt>にく</rt>を　食<rt>た</rt>べません。　　　　太郎不吃肉。
2 彼女<rt>かのじょ</rt>は　スカートを　穿<rt>は</rt>きません。　她不穿裙子。
3 花子<rt>はなこ</rt>は　学生<rt>がくせい</rt>じゃ　ありません。　花子不是學生。
4 飲<rt>の</rt>み物<rt>もの</rt>は　いりません。　　　　　不要飲料。

23

日語文法・句型詳解

● …は…が、…は… （對比）

MP3- 1- 038

「但是…」。

➡ 「は」除了提示主題以外，也可以用來區別、比較兩個對立的事物，也就是對照地提示兩種事物。

猫は　外で　遊びますが、犬は　遊びません。
貓咪會在外頭玩，但是狗狗不會。

は　　が　　は

➡ 例句

1	兄は　いますが、姉は　いません。	哥哥在，但是姊姊不在。
2	猫は　外で　遊びますが、犬は　遊びません。	貓咪會在外頭玩，但是狗狗不會。
3	昨日は　暖かかったですが、今日は　暖かくないです。	昨天很暖和，但是今天不暖和。
4	前は　きれいでしたが、今は　きれいではありません。	之前很漂亮，但是現在不漂亮。

● …も… （並列）

MP3- 1- 039

「…也…」、「都」。

➡ 表示同性質的東西並列或並舉。

猫も　犬も　黒いです。
貓跟狗都是黑色的。

も

➡

1	私も　行きました。	我也去了。
2	猫も　犬も　黒いです。	貓跟狗都是黑色的。
3	私は　肉も　魚も　食べません。	我不吃肉也不吃魚。

4 兄も　姉も　出かけます。　　　哥哥和姊姊都要出去。

● …も…（附加、重複）　　　　　　MP3- 1- 040

「也…」、「又…」。

➡ 用於再累加上同一類型的事物。
今日も　明日も　働きます。
今天和明天都要工作。

➡ 例句

1 鈴木さんも　医者です。　　　鈴木先生也是醫生。

2 本も　ノートも　2冊　あります。　書跟筆記本都各有兩本。

3 今日も　明日も　働きます。　今天和明天都要工作。

4 ヤンさんも　鈴木さんも　初めてです。　楊先生和鈴木先生都是第一次。

4
Level

● …も…（數量）　　　　　　　　MP3- 1- 041

「竟」、「也」。

➡ 「も」前面接數量詞，表示數量比一般想像的還多，有強調多的作用。含有意外的語意。
ご飯を　3杯も　食べました。
飯吃了3碗之多。

➡ 例句

1 10時間も　寝ました。　　睡了10個小時之多。

2 ご飯を　3杯も　食べました。　飯吃了3碗之多。

3 ビールを　10本も　飲みました。　竟喝了10罐之多的啤酒。

4 風邪で、1週間も　休みました。　因為感冒，竟然整整休息了一個禮拜。

● 疑問詞＋も＋否定（完全否定）

MP3- 1- 042

「也（不）…」、「都（不）…」。

➡ 「も」上接疑問詞，下接否定語，表示全面的否定。

<ruby>机<rt>つくえ</rt></ruby>の <ruby>前<rt>まえ</rt></ruby>に <ruby>何<rt>なに</rt></ruby>も ありません。
桌子前面什麼都沒有。

も

➡ 例句

1 <ruby>部屋<rt>へや</rt></ruby>には <ruby>誰<rt>だれ</rt></ruby>も いません。　房間裡沒有半個人。

2 <ruby>机<rt>つくえ</rt></ruby>の <ruby>前<rt>まえ</rt></ruby>に <ruby>何<rt>なに</rt></ruby>も ありません。　桌子前面什麼都沒有。

3 どれも <ruby>好<rt>す</rt></ruby>きでは ありません。　沒有一個喜歡的。

4 どこにも <ruby>行<rt>い</rt></ruby>きたく ありません。　哪裡都不想去。

● には／へは／とは（とも）

MP3- 1- 043

➡ 格助詞「に、へ、と…」後接「は」，有強調格助詞前面的名詞的作用。

この <ruby>川<rt>かわ</rt></ruby>には <ruby>魚<rt>さかな</rt></ruby>が <ruby>多<rt>おお</rt></ruby>いです。
這條河裡魚很多。

には

➡ 例句

1 この <ruby>川<rt>かわ</rt></ruby>には <ruby>魚<rt>さかな</rt></ruby>が <ruby>多<rt>おお</rt></ruby>いです。　這條河裡魚很多。

2 あの <ruby>子<rt>こ</rt></ruby>は <ruby>公園<rt>こうえん</rt></ruby>へは <ruby>来<rt>き</rt></ruby>ません。　那個孩子不來公園。

3 <ruby>花子<rt>はなこ</rt></ruby>は <ruby>誰<rt>だれ</rt></ruby>とも <ruby>会<rt>あ</rt></ruby>いません。　花子她誰也不見。

4 <ruby>太郎<rt>たろう</rt></ruby>とは <ruby>話<rt>はな</rt></ruby>したく ありません。　我才不想和太郎説話。

● にも／からも／でも（では）

➡ 格助詞「に、から、で…」後接「も」，有強調格助詞前面的名詞的作用。

テストは　私_{わたし}にも　難_{むずか}しいです。
考試對我而言也很難。

←にも

➡ 例句

1 財布_{さいふ}は　どこにも　ありません。	到處都找不到我的錢包。
2 そこからも　バスが　来_きます。	公車也會從那邊過來。
3 テストは　私_{わたし}にも　難_{むずか}しいです。	考試對我而言也很難。
4 これは　どこでも　売_うってます。	這東西到處都在賣。

● 〔時間〕＋ぐらい／くらい

「大約」、「左右」、「上下」。

➡ 表示時間上的推測、估計。一般用在無法預估正確的時間，或是時間不明確的時候。也可以用「くらい」。

昨日_{きのう}は　6時間_{じかん}ぐらい　寝_ねました。
昨天睡了六小時左右。

ぐらい

➡ 例句

1 20分_{ぷん}ぐらい　話_{はな}しました。	聊了20分鐘左右。
2 昨日_{きのう}は　6時間_{じかん}ぐらい　寝_ねました。	昨天睡了六小時左右。
3 私_{わたし}は　毎日_{まいにち}　2時間_{じかん}ぐらい　勉強_{べんきょう}します。	我每天大約唸兩個小時的書。
4 お正月_{しょうがつ}には　1週間_{しゅうかん}ぐらい　休_{やす}みます。	過年期間大約休假一個禮拜。

● 〔數量〕＋ぐらい／くらい

「大約」、「左右」、「上下」。

→ 表示數量上的推測、估計。一般用在無法預估正確的數量，或是數量不明確的時候。也可以用「くらい」。

お皿は　10枚ぐらい　あります。
盤子約有10個左右。

→ 例句

1　トマトを　三つぐらい　食べました。　｜　吃了大約三個蕃茄。

2　お皿は　10枚ぐらい　あります。　｜　盤子約有10個左右。

3　社員は　3000人ぐらい　います。　｜　大約有3000名職員。

4　この　本は　3回ぐらい　読みました。　｜　這本書看了三次左右。

● だけ

「只」、「僅僅」。

→ 表示只限於某範圍，除此以外沒有別的了。

お弁当は　一つだけ　買います。
只要買一個便當。

だけ

→ 例句

1　お弁当は　一つだけ　買います。　｜　只要買一個便當。

2　テレビは　1時間だけ　見ます。　｜　只看一小時的電視。

3　小川さん　お酒だけ　飲みます。　｜　小川先生只喝酒。

4　漢字は　少しだけ　わかります。　｜　漢字只懂得一點點。

● しか＋〔否定〕

MP3- 1- 048

「只」、「僅僅」。

➡ 下接否定，表示限定。一般帶有因不足而感到可惜、後悔或困擾的心情。

お弁当_{べんとう}は 一_{ひと}つしか 買_かいませんでした。
僅僅買了一個便當而已。

しか

➡ 例句

1	お弁当_{べんとう}は 一_{ひと}つしか 買_かいませんでした。	才買了一個便當而已。
2	5000円_{えん}しか ありません。	僅有5000日圓。
3	手紙_{てがみ}を 半分_{はんぶん}しか 読_よんで いません。	信只看了一半而已。
4	今年_{ことし}は 雪_{ゆき}が 1回_{かい}しか 降_ふりませんでした。	今年僅僅下了一場雪而已。

4 Level

● …か…（選擇）

MP3- 1- 049

「或者…」。

➡ 表示在幾個當中，任選其中一個。

ビールか お酒_{さけ}を 飲_のみます。
喝啤酒或是清酒。

か

➡ 例句

1	ビールか お酒_{さけ}を 飲_のみます。	喝啤酒或是清酒。
2	ペンか 鉛筆_{えんぴつ}で 書_かきます。	用原子筆或鉛筆寫。
3	新幹線_{しんかんせん}か 飛行機_{ひこうき}に 乗_のります。	搭新幹線或是搭飛機。
4	メールか ファックスを 送_{おく}ります。	用電子郵件或是傳真送過去。

● …か…か…（選擇）　　　　　　　　　　　　　MP3- 1- 050

「…或是…」。

➡ 「か」也可以接在最後的選擇項目的後面。跟「…か…」一樣，表示在幾個當中，任選其中一個。

紅茶か　コーヒーか　飲みます。
喝紅茶或是喝咖啡。

➡ 例句

1　ご飯か　パンか　食べます。　　　　吃飯或是吃麵包。
2　行くか　行かないかは　分かりません。　不知道去還是不去。
3　好きか　嫌いか　知りません。　　　不知道喜歡還是討厭。
4　暑いか　寒いか　わかりません。　　不知道是冷還是熱。

● 〔疑問詞〕＋か　　　　　　　　　　　　　　　MP3- 1- 051

➡ 「か」前接「なに、だれ、いつ、どこ」等疑問詞後面，表示不明確的、不肯定的，或是沒有必要說明的事物。

何か　食べましたか。
有吃了什麼了嗎？

か

➡ 例句

1　何か　食べましたか。　　　　　有吃了什麼了嗎？
2　誰か　来きましたか。　　　　　有誰來過嗎？
3　いつか　行きましょう。　　　　改天一起去吧。
4　どこか　行きたいですか。　　　想去哪裡嗎？

● 〔句子〕＋か。

MP3- 1- 052

「嗎」、「呢」。

➡ 接於句末，表示問別人自己想知道的事。

あなたは　学生<ruby>学生<rt>がくせい</rt></ruby>ですか。
你是學生嗎？

か

➡ 例句

1　あなたは　<ruby>学生<rt>がくせい</rt></ruby>ですか。 | 你是學生嗎？
2　<ruby>山田<rt>やまだ</rt></ruby>さんは　<ruby>先生<rt>せんせい</rt></ruby>ですか。 | 山田先生是老師嗎？
3　<ruby>映画<rt>えいが</rt></ruby>は　<ruby>面白<rt>おもしろ</rt></ruby>いですか。 | 電影好看嗎？
4　<ruby>今晩<rt>こんばん</rt></ruby>　<ruby>勉強<rt>べんきょう</rt></ruby>しますか。 | 今晚會唸書嗎？

● 〔疑問句〕＋か。〔疑問句〕＋か。

MP3- 1- 053

「是…，還是…」。

➡ 表示從不確定的兩個事物中，選出一樣來。

ありさんは　インド<ruby>人<rt>じん</rt></ruby>ですか、アメリカ<ruby>人<rt>じん</rt></ruby>ですか。
阿里先生是印度人？還是美國人

か

➡ 例句

1　それは　ペンですか、<ruby>鉛筆<rt>えんぴつ</rt></ruby>ですか。 | 那是原子筆？還是鉛筆？
2　アリさんは　インド<ruby>人<rt>じん</rt></ruby>ですか、アメリカ<ruby>人<rt>じん</rt></ruby>ですか。 | 阿里先生是印度人？還是美國人？
3　ラーメンは　おいしいですか、まずいですか。 | 拉麵好吃？還是難吃？
4　この　<ruby>傘<rt>かさ</rt></ruby>は　<ruby>伊藤<rt>いとう</rt></ruby>さんのですか、<ruby>鈴木<rt>すずき</rt></ruby>さんのですか。 | 這把傘是伊藤先生的？還是鈴木先生的？

● 〔句子〕＋ね

MP3- 1- 054

「呀」、「呢」。

➡ 表示輕微的感嘆，或話中帶有徵求對方認同的語氣。基本上使用在説話人認為對方也知道的事物。也表示跟對方做確認的語氣。

今日は　とても　暑いですね。
今天好熱呀。

ね →

➡ **例句**

1　山中さんは　遅いですね。　　　山中先生好慢喔。

2　今日は　とても　暑いですね。　今天好熱呀。

3　雨ですね。傘を　持って　いますか。　在下雨呢。有帶傘嗎？

4　この　ケーキは　美味しいですね。　這蛋糕真好吃呢。

● 〔句子〕＋よ

MP3- 1- 055

「喔」、「呦」。

➡ 請對方注意，或使對方接受自己的意見時，用來加強語氣。基本上使用在説話人認為對方不知道的事物，想引起對方注意。

あ、危ない！車が　来ますよ。
啊！危險！車子來了喔。

よ

➡ **例句**

1　この　料理は　おいしいですよ。　這道菜很好吃喔。

2　あの　映画は　面白いですよ。　那部電影很好看喔。

3　あ、危ない！車が　来ますよ。　啊！危險！車子來了喔！

4　兄は　もう　結婚しましたよ。　哥哥已經結婚了喲。

● 〔句子〕＋わ

MP3- 1- 056

「…啊」。

→ 表示自己的主張、決心、判斷等語氣。女性用語。在句尾可使語氣柔和。

あ、お金が　ないわ。
啊！沒有錢了。

→ 例句

1　私も　行きたいわ。
2　早く　休みたいわ。
3　喫茶店に　入りたいわ。
4　あ、お金が　ないわ。

我也好想去啊！

真想早點休息呀！

好想去咖啡廳啊！

啊！沒有錢了！

4
Level

● 中（じゅう）／（ちゅう）

MP3- 1- 057

→ 日語中有自己不能單獨使用，只能跟別的詞接在一起的詞，接在詞前的叫接頭語，接在詞尾的叫接尾語。「中（じゅう）／（ちゅう）」是接尾詞。唸「じゅう」時表示整個時間上的期間一直怎樣，或整個空間上的範圍之內。唸「ちゅう」時表示正在做什麼，或那個期間裡之意。

あの　山には　一年中　雪が　あります。
那座山終年有雪。

→ 例句

1　一日中　働いた。
2　午前中から　耳が　痛い。
3　仕事は　今月中に　終わります。
4　あの　山には　一年中　雪が　あります。

工作了一整天。

從整個上午開始耳朵就很痛。

工作將在這個月內結束。

那座山終年有雪。

Level 4　日語文法・句型詳解

「…們」。

➡ 接尾詞「たち」接在「私」、「あなた」等人稱代名詞的後面，表示人的複數。可譯作「…們」。接尾詞「がた」也是表示人的複數的敬稱，説法更有禮貌。

子供<small>こども</small>たちが　歌<small>うた</small>って　います。
小朋友們正在唱歌。

➡ 例句

1　子供<small>こども</small>たちが　歌<small>うた</small>って　います。　　小朋友們正在唱歌。

2　あの　方<small>かた</small>は　どなたですか。　　那位是哪位呢？

3　田中先生<small>たなかせんせい</small>は　静<small>しず</small>かな　方<small>かた</small>ですね。　　田中老師真是個安靜的人。

4　素敵<small>すてき</small>な　方々<small>かたがた</small>に　出会<small>であ</small>いました。　　遇見了很棒的人們。

「左右」。

➡ 接尾詞「ごろ」表示大概的時間。一般只接在年月日，和鐘點的詞後面。

2005年<small>ねん</small>ごろから　北京<small>ペキン</small>に　いました。
從2005年左右開始我待過北京。

➡ 例句

1　8時<small>じ</small>ごろ　出<small>で</small>ます。　　八點左右出去。

2　六日<small>むいか</small>ごろに　電話<small>でんわ</small>しました。　　大約6號左右打了電話。

3　11月<small>がつ</small>ごろから　寒<small>さむ</small>くなります。　　從11月左右開始天氣變冷。

4 2005年ごろから　北京に　いました。

從2005年左右我待過北京。

● すぎ／まえ

MP3-1-060

「差…」、「…前」。

➡ 接尾詞「すぎ」，接在表示時間名詞後面，表示比那時間稍後。可譯作「過…」、「…多」。接尾詞「まえ」，接在表示時間名詞後面，表示比那時間稍前。

一年前に　子どもが　生まれました。
小孩誕生於一年前。

➡ 例句

1 今　9時　15分　過ぎです。

現在是9點過15分。

2 今　8時　15分　前です。

現在還有15分鐘就8點了。

3 1年前に　子どもが　生まれました。

小孩誕生於一年前。

4 10時　過ぎに　バスが　来ました。

10點多時公車來了。

● 何（なに）／（なん）

MP3-1-061

「什麼…」。

➡ 「何（なに）（なん）」代替名稱或情況不瞭解的事物。也用在詢問數字時。可譯作「什麼」。「何が」、「何を」及「何も」唸「なに」；「何だ」、「何の」及詢問數字時念「なん」；至於「何で」、「何に」、「何と」及「何か」唸「なに」或「なん」都可以。

今　何時ですか。
現在幾點呢？

35

→ **例句**

1 今　何時ですか。
　（いま　なんじ）
2 あしたは　何曜日ですか。
　　　　　　（なんようび）
3 あした　何を　しますか。
　　　　　（なに）
4 それは　何の　本ですか。
　　　　　（なん）（ほん）

現在幾點呢？

明天是星期幾呢？

明天要做什麼呢？

那是什麼書呢？

● **だれ／どなた**

MP3-1-062

「哪位…」「誰…」。

→ 「だれ」不定稱是詢問人的詞。它相對於第一人稱，第二人稱和第三人稱。「どなた」和「だれ」一樣是不定稱，但是比「だれ」説法還要客氣。

あの　人は　だれですか。
　　（ひと）
那個人是誰？

→ **例句**

1 あの　人は　だれですか。
　　　（ひと）
2 だれが　買い物に　行きますか。
　　　　　（か　もの）（い）
3 これは　どなたの　カメラですか。
4 あなたは　どなたですか。

那個人是誰？

誰要去買東西呢？

這是哪位的相機呢？

您是哪位呢？

● **いつ**

MP3-1-063

「何時」、「幾時」。

→ 表示不肯定的時間或疑問。

いつ　仕事が　終わりますか。
　　　（しごと）（お）
工作什麼時候結束呢？

➡ 例句

1	いつ 国^{くに}へ 帰^{かえ}りますか。	何時回國呢？

1 いつ 国（くに）へ 帰（かえ）りますか。　何時回國呢？

2 いつ 家（うち）に 着（つ）きますか。　什麼時候到家呢？

3 いつ 仕事（しごと）が 終（お）わりますか。　工作什麼時候結束呢？

4 いつ 鈴木（すずき）さんに 会（あ）いましたか。　什麼時候遇到鈴木先生的？

● いくつ（個數）／いくつ（年齡）　MP3- 1- 064

「幾歲」。

➡ 表示不確定的個數，只用在問小東西的時候。可譯作「幾個」、「多少」。也可以詢問年齡。

りんごは いくつ ありますか。
有幾個蘋果？

➡ 例句

1 いくつ ほしいですか。　你想要幾個呢？

2 りんごは いくつ ありますか。　有幾個蘋果？

3 おいくつですか。　請問您幾歲？

4 あの 方（かた）は おいくつですか。　請問那一位幾歲了？

● いくら　MP3- 1- 065

「多少」。

➡ 表示不明確的數量、程度、價格、工資、時間、距離等。

この 本（ほん）は いくらですか。
這本書多少錢？

➡ **例句**

1 この 本^{ほん}は　いくらですか。	這本書多少錢？
2 東京駅^{とうきょうえき}まで　いくらですか。	到東京車站要多少錢？
3 長^{なが}さは　いくら　ありますか。	長度有多長呢？
4 時間^{じかん}は　いくら　かかりますか。	要花多久時間呢？

● **どう／いかが**　　　　　　　　　　MP3- 1- 066

「如何」、「怎麼樣」。

➡ 「どう」詢問對方的想法及對方的健康狀況，還有不知道情況是如何或該怎麼做等。可譯作「如何」、「怎麼樣」。「いかが」跟「どう」一樣，只是說法更有禮貌。兩者也用在勸誘時。

お茶^{ちゃ}でも　いかがですか。
要不要來杯茶？

➡ **例句**

1 日本語^{にほんご}は　どうですか。	日文怎麼樣呢？
2 テストは　どうでしたか。	考試考得怎樣？
3 コーヒーを　一杯^{いっぱい}　いかがですか。	來杯咖啡如何？
4 お茶^{ちゃ}でも　いかがですか。	要不要來杯茶？

● **どんな**　　　　　　　　　　MP3- 1- 067

「什麼樣的」。

➡ 「どんな」後接名詞，用在詢問事物的種類、內容。

どんな　車^{くるま}が　ほしいですか。
你想要什麼樣的車子？

→ 例句

1 どんな 本_{ほん}を 読_よみますか。 | 你看什麼樣的書？

2 どんな 色_{いろ}が 好_すきですか。 | 你喜歡什麼顏色？

3 国語_{こくご}の 先生_{せんせい}は どんな 先生_{せんせい}ですか。 | 國文老師是怎麼樣的老師？

4 どんな 車_{くるま}が ほしいですか。 | 你想要什麼樣的車子？

● どのぐらい／どれぐらい

MP3- 1- 068

「多少、多少錢、多長、多遠」。

→ 表示「多久」之意。但是也可以視句子的内容。

春休_{はるやす}みは どのぐらい ありますか。
春假有多長呢？

→ 例句

1 どれぐらい 勉強_{べんきょう}しましたか。 | 你唸了多久的書？

2 飛行機_{ひこうき}で どれぐらい かかりますか。 | 搭飛機要花多少錢呢？

3 春休_{はるやす}みは どのぐらい ありますか。 | 春假有多長呢？

4 ここから 駅_{えき}まで どのくらいですか。 | 從這裡到車站有多遠呢？

● なぜ／どうして

MP3- 1- 069

「為什麼」。

→ 「なぜ」跟「どうして」一樣，都是詢問理由的疑問詞。口語常用「なんで」。

なぜ 食_たべませんか。
為什麼不吃呢？

4
Level

→ 例句

1 どうして おなかが 痛^{いた}いですか。	肚子為什麼痛呢？

→ 例句

1 どうして おなかが 痛_{いた}いですか。 肚子為什麼痛呢？

2 どうして 元気_{げんき}が ありませんか。 為什麼沒有精神呢？

3 なぜ 食_たべませんか。 為什麼不吃呢？

4 なぜ タクシーで 行_いきますか。 為什麼要坐計程車去呢？

● なにか／だれか／どこかへ   MP3- 1- 070

「去某地方」；「某些」、「什麼」、「某人」。

→ 具有不確定，沒辦法具體說清楚之意的「か」，接在疑問詞「なに」的後面，表示不確定；接在「だれ」的後面表示不確定是誰；接在「どこ」的後面表示不肯定的某處，再接表示方向的「へ」。

どこかで 食事_{しょくじ}しましょう。
找個地方吃飯吧。

→ 例句

1 暑_{あつ}いから、何_{なに}か 飲_のみましょう。 好熱喔，去喝點什麼吧。

2 誰_{だれ}か 窓_{まど}を 閉_しめて ください。 誰來把窗戶關一下吧。

3 日曜日_{にちようび}は どこかへ 行_いきましたか。 星期日有去哪裡嗎？

4 どこかで 食事_{しょくじ}しましょう。 找個地方吃飯吧。

● なにも／だれも／どこへも   MP3- 1- 071

「也（不）…」、「都（不）…」。

→ 「も」上接「なに、だれ、どこへ」等疑問詞，下接否定語，表示全面的否定。

今日_{きょう}は 何_{なに}も 食_たべませんでした。
今天什麼也沒吃。

➡ 例句

1 今日は　何も　食べませんでした。 ｜ 今天什麼也沒吃。
2 昨日は　誰も　来ませんでした。 ｜ 昨天誰都沒有來。
3 日曜日、どこへも　行きませんでした。 ｜ 星期日哪兒都沒去。
4 何も　したく　ありません。 ｜ 什麼也不想做。

● これ／それ／あれ／どれ　　　　　　MP3- 1- 072

「這個」、「那個」、「那個」、「哪個」。

➡ 這一組是事物指示代名詞。「これ」（這個）指離説話者近的事物。「それ」（那個）指離聽話者近的事物。「あれ」（那個）指説話者、聽話者範圍以外的事物。「どれ」（哪個）表示事物的不確定和疑問。

あれは　田中先生のです。
那是田中先生的。

➡ 例句

1 これは　何ですか。 ｜ 這是什麼？
2 それは　山田さんの　パソコンです。 ｜ 那是山田先生的電腦。
3 あれは　田中先生のです。 ｜ 那是田中老師的。
4 どれが　あなたの　本ですか。 ｜ 哪一本是你的書呢？

● この／その／あの／どの　　　　　　MP3- 1- 073

「這…」、「那…」、「那…」、「哪…」。

➡ 這一組是指示連體詞。連體詞跟事物指示代名詞的不同在，後面必須接名詞。「この」（這…）指離説話者近的事物。「その」（那…）指離聽話者近的事物。「あの」（那…）指説話者及聽話者範圍以外的事物。「どの」（哪…）表示事物的疑問和不確定。

この　家は　とても　きれいです。
這個家非常漂亮。

→ 例句

1 この　家は　とても　きれいです。　　這個家非常漂亮。

2 その　男は　外国で　生まれました。　　那個男生在國外出生。

3 あの　建物は　大使館です。　　那棟建築物是大使館。

4 どの　人が　田中さんですか。　　哪一個人是田中先生呢？

● ここ／そこ／あそこ／どこ

MP3- 1- 074

「這裡」、「那裡」、「那裡」、「哪裡」。

→ 這一組是場所指示代名詞。「ここ」（這裡）指離説話者近的場所。「そこ」（那裡）指離聽話者近的場所。「あそこ」（那裡）指離説話者和聽話者都遠的場所。「どこ」（哪裡）表示場所的疑問和不確定。

そこで　花を　買います。
在那邊買花。

→ 例句

1 ここは　銀行ですか。　　這裡是銀行嗎？

2 そこで　花を　買います。　　在那邊買花。

3 あそこに　座りましょう。　　我們去那邊坐吧。

4 花子さんは　どこですか。　　花子小姐在哪裡呢？

● こちら／そちら／あちら／どちら

MP3- 1- 075

「這邊」、「那邊」、「那邊」、「哪邊」。

→ 這一組是方向指示代名詞。「こちら」（這邊）指離說話者近的方向。「そちら」（那邊）指離聽話者近的方向。「あちら」（那邊）指離說話者和聽話者都遠的方向。「どちら」（哪邊）表示方向的不確定和疑問。這一組也可以用來指人，「こちら」就是「這位」，下面以此類推。也可以說成「こっち、そっち、あっち、どっち」，只是前面一組說法比較有禮貌。

お手洗いは　あちらです。
洗手間在那邊。

→ 例句

1 こちらは　山田先生です。　　這一位是山田老師。

2 そちらは　2000円です。　　那邊是2000日圓。

3 お手洗いは　あちらです。　　洗手間在那邊。

4 あなたの　お国は　どちらですか。　您的國家是哪裡？

● 形容詞（現在肯定／否定）

MP3- 1- 076

→ 形容詞是說明客觀事物的性質、狀態或主觀感情、感覺的詞。形容詞的詞尾是「い」，「い」的前面是詞幹。也因為這樣形容詞又叫「い形容詞」。形容詞主要是由名詞或具有名性質的詞加「い」或「しい」構成的。例如：「赤い」（紅的）、「楽しい」（快樂的）。形容詞的否定式是將詞尾「い」轉變成「く」，然後再加上「ない」或「ありません」。後面加上「です」是敬體，是有禮貌的表現。

この 料理は 辛いです。
這道料理很辣。

➡ 例句

1 ここは 緑が 多いです。 | 這裡綠意盎然。

2 この 料理は 辛いです。 | 這道菜很辣。

3 この テストは 難しくないです。 | 這場考試不難。

4 新聞は つまらなく ありません。 | 報紙並不無聊。

● 形容詞（過去肯定／否定）　　　　　MP3- 1- 077

➡ 形容詞的過去肯定是將詞尾「い」改成「かっ」然後加上「た」。而過去否定是將現在否定式的如「青くない」中的「い」改成「かっ」然後加上「た」。形容詞的過去式，表示説明過去的客觀事物的性質、狀態，以及過去的感覺、感情。再接「です」是敬體，禮貌的説法。

テストは やさしかったです。
考試很簡單。

➡ 例句

1 今朝は 涼しかったです。 | 今天早上很涼爽。

2 テストは やさしかったです。 | 考試很簡單。

3 この 映画は 面白く なかった。 | 這部電影不好看。

4 昨日は 暑く ありませんでした。 | 昨天並不熱。

● 〔形容詞くて〕　　　　　　　　　　　　　　MP3- 1- 078

「…又…」。

➡ 形容詞詞尾「い」改成「く」，再接上「て」，表示句子還沒説完到此暫時停頓和屬性的並列（連接形容詞或形容動詞時）的意思。還有輕微的原因。

教室_{きょうしつ}は　明_{あか}るくて　きれいです。
教室又明亮又乾淨。

➡ 例句

1 この　本_{ほん}は　薄_{うす}くて　軽_{かる}いです。　　　這本書又薄又輕。
2 この　ベッドは　古_{ふる}くて　小_{ちい}さいです。　　這張床又舊又小。
3 教室_{きょうしつ}は　明_{あか}るくて　きれいです。　　教室又明亮又乾淨。
4 私_{わたし}の　アパートは　広_{ひろ}くて　静_{しず}かです。　我的公寓又寬敞又安靜。

● 〔形容詞く＋動詞〕　　　　　　　　　　　　MP3- 1- 079

➡ 形容詞詞尾「い」改成「く」，可以修飾句子裡的動詞。

今日_{きょう}は　風_{かぜ}が　強_{つよ}く　吹_ふいて　います。
今日颳著強風。

➡ 例句

1 今日_{きょう}は　早_{はや}く　寝_ねます。　　　　　　今天我要早點睡。
2 りんごを　小_{ちい}さく　切_きります。　　　　將蘋果切成小丁。
3 元気_{げんき}　よく　挨拶_{あいさつ}します。　　　　　很有精神地打招呼。
4 今日_{きょう}は　風_{かぜ}が　強_{つよ}く　吹_ふいて　います。　今日颳著強風。

4
Level

Level 4　日語文法・句型詳解

● 形容詞＋名詞　　　　　　　　　　　　　MP3- 1- 080

「…的…」。

→ 形容詞要修飾名詞，就是把名詞直接放在形容詞後面。要注意喔！因為
日語形容詞本身就有「…的」之意，所以不要再加「の」了喔！

<ruby>小<rt>ちい</rt></ruby>さい　<ruby>家<rt>いえ</rt></ruby>を　<ruby>買<rt>か</rt></ruby>いました。
買了個小小的房子。

→ 例句

1 <ruby>小<rt>ちい</rt></ruby>さい　<ruby>家<rt>いえ</rt></ruby>を　<ruby>買<rt>か</rt></ruby>いました。　　　買了棟小房子。

2 <ruby>安<rt>やす</rt></ruby>い　ホテルに　<ruby>泊<rt>と</rt></ruby>まりました。　　投宿在便宜的飯店裡。

3 <ruby>今日<rt>きょう</rt></ruby>は　<ruby>青<rt>あお</rt></ruby>い　ズボンを　<ruby>穿<rt>は</rt></ruby>きます。　今天穿藍色的長褲。

4 これは　いい　セーターですね。　　　這真是件好毛衣呢。

● 形容詞＋の　　　　　　　　　　　　　　MP3- 1- 081

→ 形容詞後面接「の」，這個「の」是一個代替名詞，代替句中前面已出
現過的某個名詞。而「の」一般代替的是「物」。

トマトは　<ruby>赤<rt>あか</rt></ruby>いのが　おいしいです。
蕃茄要紅的才好吃。

→ 例句

1 <ruby>小<rt>ちい</rt></ruby>さいのが　いいです。　　　　　　小的就可以了。

2 もっと　<ruby>安<rt>やす</rt></ruby>いのは　ありませんか。　　沒有更便宜的嗎？

3 トマトは　<ruby>赤<rt>あか</rt></ruby>いのが　おいしいです。　蕃茄要紅的才好吃。

4 <ruby>難<rt>むずか</rt></ruby>しいのは　できません。　　　　困難的我做不來。

● 形容動詞（現在肯定／否定）

MP3- 1- 082

➡ 形容動詞具有形容詞和動詞的雙重性格，它的意義和作用跟形容詞完全相同。只是形容動詞的詞尾是「だ」。還有形容動詞連接名詞時，要將詞尾「だ」變成「な」，所以又叫「な形容詞」。形容動詞的現在肯定式中的「です」，是詞尾「だ」的敬體。否定式是把詞尾「だ」變成「で」，然後中間插入「は」，最後加上「ない」或「ありません」。「ではない」後面再接「です」就成了有禮貌的敬體了。「では」的口語說法是「じゃ」。

はな こ　　　　へ や
花子の　部屋は　きれいです。
花子的房間很漂亮。

➡ 例句

にちよう び　　　こうえん　　　　 しず
1 日曜日の　公園は　静かです。　　　　星期天的公園很安靜。

はな こ　　　 へ や
2 花子の　部屋は　きれいです。　　　　花子的房間很漂亮。

ゆうめい
3 この　ホテルは　有名では　ありません。　　那間飯店沒有名氣。

た なか　　　　　　　 げん き
4 田中さんは　元気では　ないです。　　田中先生精神欠佳。

4
Level

● 形容動詞（過去肯定／否定）

MP3- 1- 083

➡ 形容動詞的過去式，是將現在肯定的詞尾「だ」變成「だっ」然後加上「た」。敬體是將詞尾「だ」變成「でし」再加上「た」。過去否定式是將現在否定，如「静かではない」中的「い」改成「かっ」然後加上「た」。再接「です」是敬體，禮貌的說法。此外，還有將現在否定的「ではありません」後接「でした」，就是過去否定了。形容動詞的過去式，表示說明過去的客觀事物的性質、狀態，以及過去的感覺、感情。

彼女の 家は 立派では なかったです。
以前她的家並不豪華。

➡ 例句

1 田中さんは 元気だったです。　　　　田中先生以前很健康的。

2 彼女は 昔から きれいでした。　　　　她以前就很漂亮。

3 彼女の 家は 立派では なかったです。　以前她的家並不豪華。

4 小さい ときから、体は 丈夫では
ありませんでした。　　　　　　　　從小身體就不是很好。

● 〔形容動詞で＋形容詞〕　　　　　　　　　　　　MP3- 1- 084

➡ 形容動詞詞尾「だ」改成「で」，表示句子還沒説完到此暫時停頓，以及
屬性的並列（連接形容詞或形容動詞時）之意。還有輕微的原因。

彼女は きれいで やさしいです。
她又漂亮又溫柔。

➡ 例句

1 ここは 静かで いい 公園ですね。　這裡很安靜，真是座好公園啊。

2 あの アパートは 便利で 安いです。　那間公寓又方便又便宜。

3 彼は いつも 元気で いいですね。　他總是很有活力，真不錯呢。

4 彼女は きれいで やさしいです。　她又漂亮又溫柔。

● 〔形容動詞に＋動詞〕

MP3- 1- 085

➡ 形容動詞詞尾「だ」改成「に」，可以修飾句子裡的動詞。

にわ　　はな
庭の　花が　きれいに　咲きました。
院子裡的花開得很漂亮。

➡ 例句

こ　　　　うた　　　じょうず　　うた
1 あの　子は　歌を　上手に　歌います。 　　　那孩子歌唱得很好。

へ や　　　　　　　　　そう じ
2 部屋を　きれいに　掃除しました。 　　　　把房間打掃乾淨了。

しず　　　　ある
3 静かに　歩いて　ください。 　　　　　　　請放輕腳步走路。

にわ　　はな
4 庭の　花が　きれいに　咲きました。 　　　院子裡的花開得很漂亮。

4
Level

● 〔形容動詞な＋名詞〕

MP3- 1- 086

➡ 形容動詞要後接名詞，是把詞尾「だ」改成「な」，再接上名詞。這樣
　　就可以修飾後面的名詞了。如「元気な子」（活繃亂跳的小孩）、「き
　　れいな人」（美麗的人）。

きれいな　コートですね。
好漂亮的大衣呢。

➡ 例句

1 きれいな　コートですね。 　　　　　　　　好漂亮的大衣呢。

たいせつ　　　ほん
2 これは　大切な　本です。 　　　　　　　那是很重要的書。

かれ　　ゆうめい　　さっ か
3 彼は　有名な　作家です。 　　　　　　　他是有名的作家。

ま じ め　　ひと　　す
4 真面目な　人が　好きです。 　　　　　　我喜歡認真的人。

49

● 〔形容動詞な＋の〕

➡ 形容動詞後面接代替句子的某個名詞「の」時，要將詞尾「だ」變成「な」。

有名_{ゆうめい}なのを 借_かります。
我要借有名的。

➡ 例句

1 便利_{べんり}なのが ほしいです。 ┃ 我想要方便的。

2 有名_{ゆうめい}なのを 借_かります。 ┃ 我要借有名的。

3 丈夫_{じょうぶ}なのを ください。 ┃ 請給我堅固的。

4 きれいなのが いいです。 ┃ 漂亮的比較好。

● 動詞（現在肯定／否定）

➡ 表示人或事物的存在、動作、行為和作用的詞叫動詞。

今日_{きょう}は お風呂_{ふろ}に 入_{はい}りません。
今天不洗澡。

➡ 例句

1 今晩_{こんばん} 勉強_{べんきょう}します。 ┃ 今晚要讀書。

2 机_{つくえ}を 並_{なら}べます。 ┃ 排桌子。

3 帽子_{ぼうし}を かぶります。 ┃ 戴帽子。

4 今日_{きょう}は お風呂_{ふろ}に 入_{はい}りません。 ┃ 今天不洗澡。

● 動詞（過去肯定／否定）

MP3- 1- 089

➡ 動詞過去式表示人或事物過去的存在、動作、行為和作用。動詞過去的肯定和否定的活用如下：

<ruby>昨日<rt>きのう</rt></ruby>、<ruby>働<rt>はたら</rt></ruby>きませんでした。
昨天沒去工作。

➡ 例句

1 <ruby>先週<rt>せんしゅう</rt></ruby>　<ruby>友達<rt>ともだち</rt></ruby>に　<ruby>手紙<rt>てがみ</rt></ruby>を　<ruby>書<rt>か</rt></ruby>きました。　　上禮拜寫了封信給朋友。

2 <ruby>昨日<rt>きのう</rt></ruby>　<ruby>図書館<rt>としょかん</rt></ruby>へ　<ruby>行<rt>い</rt></ruby>きました。　　昨天去了圖書館。

3 <ruby>昨日<rt>きのう</rt></ruby>、<ruby>働<rt>はたら</rt></ruby>きませんでした。　　昨天沒去工作。

4 <ruby>今年<rt>ことし</rt></ruby>は　<ruby>花<rt>はな</rt></ruby>が　<ruby>咲<rt>さ</rt></ruby>きませんでした。　　今年沒開花。

4
Level

● 動詞（普通形）

MP3- 1- 090

➡ 相對於「動詞ます形」，動詞普通形説法比較隨便，一般用在關係跟自己比較親近的人之間。因為辭典上的單字用的都是普通形，所以又叫辭書形。

<ruby>私<rt>わたし</rt></ruby>は　<ruby>箸<rt>はし</rt></ruby>で　ご<ruby>飯<rt>はん</rt></ruby>を　<ruby>食<rt>た</rt></ruby>べる。
我用筷子吃飯。

➡ 例句

1 <ruby>靴下<rt>くつした</rt></ruby>を　はく。　　穿襪子。

2 <ruby>毎日<rt>まいにち</rt></ruby>　8<ruby>時間<rt>じかん</rt></ruby>　<ruby>働<rt>はたら</rt></ruby>く。　　每天工作8小時。

3 ラジカセで　<ruby>音楽<rt>おんがく</rt></ruby>を　<ruby>聴<rt>き</rt></ruby>く。　　用卡式錄放音機聽音樂。

4 <ruby>私<rt>わたし</rt></ruby>は　<ruby>箸<rt>はし</rt></ruby>で　ご<ruby>飯<rt>はん</rt></ruby>を　<ruby>食<rt>た</rt></ruby>べる。　　我用筷子吃飯。

● 動詞＋名詞

MP3- 1- 091

➡ 動詞的普通形，可以直接修飾名詞。

分(わ)からない　単語(たんご)が　あります。
有不懂的單字。

➡ 例句

1 食(た)べた　人(ひと)は　手(て)を　あげて　ください。 | 有吃的人請舉手。
2 来週(らいしゅう)　休(やす)む　人(ひと)は　誰(だれ)ですか。 | 誰下禮拜請假不來？
3 分(わ)からない　単語(たんご)が　あります。 | 有不懂的單字。
4 私(わたし)が　住(す)んでいる　アパートは　狭(せま)いです。 | 我住的公寓很窄。

● 〔…が＋自動詞〕

MP3- 1- 092

➡ 動詞沒有目的語，用「…が…ます」這種形式的叫「自動詞」。「自動詞」是因為自然等等的力量，沒有人為的意圖而發生的動作。「自動詞」不需要有目的語，就可以表達一個完整的意思。相當於英語的「不及物動詞」。

火(ひ)が　消(き)えました。
火熄了。

➡ 例句

1 火(ひ)が　消(き)えました。 | 火熄了。
2 車(くるま)が　止(と)まりました。 | 車停了。
3 ドアが　開(あ)きました。 | 門開了。
4 気温(きおん)が　あがります。 | 溫度會上升。

● 〔…を＋他動詞〕

➡ 跟「自動詞」相對的，有動作的涉及對象，用「…を…ます」這種形式，名詞後面接「を」來表示動作的目的語，這樣的動詞叫「他動詞」。「他動詞」是人為的，有人抱著某個目的有意識地作某一動作。

私は　火を　消しました。
我把火弄熄了。

➡ 例句

1 私は　火を　消しました。 ｜ 我把火弄熄了。

2 彼は　車を　止めました。 ｜ 他停了車。

3 私は　ドアを　開けました。 ｜ 我開了門。

4 棚に　荷物を　あげました。 ｜ 我把行李放到架上了。

4
Level

● 〔動詞＋て〕 （連接短句）

➡ 單純的連接前後短句成一個句子，表示並舉了幾個動作或狀態。

朝は　パンを　食べて、牛乳を　飲みます。
早上吃麵包，喝牛奶。

➡ 例句

1 新宿に　行って、映画を　見ます。 ｜ 去新宿看電影。

2 公園で　野球を　して、サッカーをします。 ｜ 去公園打棒球，踢足球。

3 朝は　パンを　食べて、牛乳を　飲みます。 ｜ 早上吃麵包，喝牛奶。

4 夏休^{なつやす}みは、おじいちゃんの　家^{いえ}に　行^いって、釣^つりを　します。 ┃ 暑假到伯父的家釣魚。

● 〔動詞＋て〕（時間順序）　　　　　　　　　MP3- 1- 095

➡ 連接行為動作的短句時，表示這些行為動作一個接著一個，按照時間順序進行。除了最後一個動作以外，前面的動詞詞尾都要變成「て形」。

封筒^{ふうとう}に　切手^{きって}を　貼^はって　出^だします。
信封貼上郵票，然後寄出去。

➡ 例句

1 靴^{くつ}を　履^はいて　外^{そと}に　出^でます。 ┃ 穿上鞋子後外出。
2 お風呂^{ふろ}に　入^{はい}って　テレビを　見^みます。 ┃ 洗完澡再看電視。
3 封筒^{ふうとう}に　切手^{きって}を　貼^はって　出^だします。 ┃ 信封貼上郵票，然後寄出去。
4 私^{わたし}は　いつも　電気^{でんき}を　消^けして　寝^ねます。 ┃ 我平常都關電燈再睡覺。

● 〔動詞＋て〕（方法、手段）　　　　　　　　MP3- 1- 096

➡ 表示行為的方法或手段。

ネットを　使^{つか}って、調^{しら}べます。
用網路搜查。

➡ 例句

1 ＣＤを　聞いて、勉強します。　　　　　聽CD來讀書。

2 バスに　乗って、海へ　行きました。　　坐公車到海邊。

3 フォークを　使って、食事します。　　　用叉子吃飯。

4 ネットを　使って、調べます。　　　　　用網路搜尋。

● 〔動詞＋て〕 （原因）　　　　　　　　　MP3- 1- 097

➡ 動詞て形也可以表示原因。
食べ過ぎて、おなかが　痛いです。
吃太多了，肚子很痛。

4
Level

➡ 例句

1 お金が　なくて、困って　います。　　　沒有錢很煩惱。

2 風邪を　引いて、頭が　痛いです。　　　感冒了頭很痛。

3 食べ過ぎて、おなかが　痛いです。　　　吃太多了，肚子很痛。

4 1日中　仕事を　して、疲れました。　　工作了一整天很累。

● 〔動詞＋ています〕 （動作進行中）　　　MP3- 1- 098

「正在…」。

➡ 表示動作或事情的持續，也就是動作或事情正在進行中。我們來看看動
作的三個時態。就能很明白了。

伊藤さんは　電話を　して　います。
伊藤先生在打電話。

→ **例句**

1 私は　京都に　住んで　います。 ｜ 我住在京都。

2 リーさんは　日本語を　習って　います。 ｜ 李小姐在學日語。

3 伊藤さんは　電話を　して　います。 ｜ 伊藤先生在打電話。

4 今　何を　して　いますか。 ｜ 現在在做什麼？

〔動詞＋ています〕（習慣性）　　　　　MP3- 1- 099

→ 「動詞+ています」跟表示頻率的「毎日、いつも、よく、時々」等單詞使用，就有習慣做同一動作的意思。

彼女は　いつも　お金に　困って　います。
她總是為錢煩惱。

→ **例句**

1 毎日　6時に　起きて　います。 ｜ 每天6點起床。

2 時々　電車で　会社に　行って　います。 ｜ 有時候坐電車去公司。

3 よく　高校の　友人と　会って　います。 ｜ 我常和高中的朋友見面。

4 姉は　毎朝　牛乳を　飲んで　います。 ｜ 姊姊每天早上都喝牛奶。

〔動詞＋ています〕（工作）　　　　　MP3- 1- 100

→ 「動詞+ています」接在職業名詞後面，表示現在在做什麼職業。也表示某一動作持續到現在，也就是說話的當時。

兄は　アメリカで　仕事を　して　います。
哥哥在美國工作。

➡ 例句

1 貿易会社で　働いて　います。	我在貿易公司上班。
2 姉は　今年から　銀行に　勤めて　います。	姊姊今年起在銀行服務。
3 李さんは　日本語を　教えて　います。	李小姐在教日文。
4 兄は　アメリカで　仕事を　して　います。	哥哥在美國工作。

4
Level

● 〔動詞＋ています〕（結果或狀態的持續）　　　　MP3- 1- 101

➡ 「動詞+ています」也表示某一動作後的結果或狀態還持續到現在，也就是說話的當時。

机の　下に　財布が　落ちて　います。
錢包掉在桌子下面。

➡ 例句

1 クーラーが　ついて　います。	有開冷氣。
2 窓が　閉まって　います。	窗戶是關著的。
3 あの　人は　帽子を　かぶって　います。	那個人戴著帽子。
4 机の　下に　財布が　落ちて　います。	錢包掉在桌子的下面。

● 〔動詞ないで〕 MP3- 1- 102

「請不要…」。

➡ 是「動詞ない形＋て形＋ください」的形式。表示否定的請求命令，請
求對方不要做某事。

タバコを　吸わないで　ください。
不要抽煙。

➡ 例句

1 タバコを　吸わないで　ください。 | 不要抽煙。

2 ここで　遊ばないで　ください。 | 請不要在這裡玩。

3 大きな　声で　話さないで　ください。 | 請勿大聲說話。

4 邪魔しないで　ください。 | 請勿打擾。

● 〔動詞ないで〕 MP3- 1- 103

「沒…就…」；「沒…反而…」。

➡ 是「動詞ない形＋て形」的形式。表示附帶的狀況，也就是同一個動作主
體的行為「在不做…的狀態下，做…」的意思；也表示並列性的對比，也
就是對比述説兩個事情，「不是…，卻是做後面的事/發生了別的事」，
後面的事情大都是跟預料、期待相反的結果。

りんごを　洗わないで　食べました。
蘋果沒洗就吃。

➡ 例句

1 切手を　貼らないで　手紙を　出しました。 | 沒貼郵票就把信寄出去了。

2 友子は　夕べ　晩ご飯を　食べないで　寝ました。 | 友子昨晚沒吃晚飯就睡了。

3 りんごを 洗わないで 食べました。 | 蘋果沒洗就吃。

4 昨日は 寝ないで 勉強しました。 | 昨天整晚讀書沒睡。

● 自動詞＋…ています

MP3- 1- 104

➡ 表示跟目的、意圖無關的某個動作結果或狀態，還持續到現在。自動詞的語句大多以「…ています」的形式出現。

空に 月が 出て います。
夜空高掛著月亮。

➡ 例句

1 本が 落ちて います。 | 書掉了。

2 時計が 遅れて います。 | 時鐘慢了。

3 川が 分かれて います。 | 河流分支開來。

4 空に 月が 出て います。 | 夜空高掛著月亮。

● 〔他動詞て＋あります〕

MP3- 1- 105

「…著」、「已…了」。

➡ 表示抱著某個目的、有意圖地去執行，當動作結束之後，那一動作的結果還存在的狀態。他動詞的語句大多以「…てあります」的形式出現。

お弁当は もう 作って あります。
便當已經作好了。

→ 例句

1 封筒は　買って　あります。　　　　　有買信封。

2 壁に　写真が　貼って　あります。　　牆上貼著照片。

3 お皿が　並べて　あります。　　　　　盤子排放好了。

4 お弁当は　もう　作って　あります。　便當已經作好了。

● …をください

MP3- 1- 106

「我要…」、「給我…」。

→ 表示想要什麼的時候，跟某人要求某事物。

ジュースを　ください。
我要果汁。

→ 例句

1 ジュースを　ください。　　　　　我要果汁。

2 赤い　りんごを　ください。　　　請給我紅蘋果。

3 紙を　1枚　ください。　　　　　請給我一張紙。

4 安いのを　ください。　　　　　　請給我便宜的。

● …てください

MP3- 1- 107

「請…」。

→ 表示請求、指示或命令某人做某事。一般常用在老師跟學生、上司對部
屬、醫生對病人等指示、命令的時候。

口を　大きく　開けて　ください。
請把嘴巴張大。

➡ 例句

1 口<ruby>を 大<rt>おお</rt>きく 開<rt>あ</rt>けて ください。　請把嘴巴張大。
2 先<rt>さき</rt>に 手<rt>て</rt>を 洗<rt>あら</rt>って ください。　請先洗手。
3 大<rt>おお</rt>きな 声<rt>こえ</rt>で 言<rt>い</rt>って ください。　請大聲說出來。
4 時間<rt>じかん</rt>が ない。早<rt>はや</rt>く して ください。　沒時間了。請快一點。

● …ないでください

MP3- 1- 108

「請不要…」。

➡ 表示否定的請求命令，請求對方不要做某事。

写真<rt>しゃしん</rt>を 撮<rt>と</rt>らないで ください。
請不要拍照。

➡ 例句

1 授業<rt>じゅぎょう</rt>中<rt>ちゅう</rt>は 話<rt>はな</rt>さないで ください。　上課請不要說話。
2 写真<rt>しゃしん</rt>を 撮<rt>と</rt>らないで ください。　請不要拍照。
3 電気<rt>でんき</rt>を 消<rt>け</rt>さないで ください。　請不要關燈。
4 その 部屋<rt>へや</rt>に 入<rt>はい</rt>らないで ください。　請不要進那間房間。

● 動詞てくださいませんか

MP3- 1- 109

「能不能請你…」。

➡ 跟「…てください」一樣表示請求。但是說法更有禮貌，由於請求的內容給對方負擔較大，因此有婉轉地詢問對方是否願意的語氣。

お名前<rt>なまえ</rt>を 教<rt>おし</rt>えて くださいませんか。
能不能告訴我您的尊姓大名。

日語文法・句型詳解

→ **例句**

1 お名前を　教えて　くださいませんか。	能不能告訴我您的尊姓大名？
2 電話番号を　書いて　くださいませんか。	能否請您寫下電話號碼？
3 先生、もう　少し　ゆっくり　話して　くださいませんか。	老師，能否請您講慢一點？
4 東京へ　一緒に　来て　くださいませんか。	能否請您一起去東京？

● **動詞ましょう**　　　　　　　　　　　　　MP3- 1- 110

「做⋯吧」。

→ 是「動詞ます形＋ましょう」的形式。表示勸誘對方跟自己一起做某事。一般用在做那一行為、動作，事先已經規定好，或已經成為習慣的情況。也用在回答時。

ちょっと　休みましょう。
休息一下吧！

→ **例句**

1 ちょっと　休みましょう。	休息一下吧！
2 ９時半に　会いましょう。	就約九點半見面吧。
3 一緒に　帰りましょう。	一起回家吧。
4 名前は　大きく　書きましょう。	把姓名寫大一點吧。

● **動詞ませんか**　　　　　　　　　　　　MP3- 1- 111

「要不要⋯吧」。

➡️ 是「動詞ます形＋ませんか」的形式。表示行為、動作是否要做，在尊敬對方抉擇的情況下，有禮貌地勸誘對方，跟自己一起做某事。

週末、遊園地へ　行きませんか。
週末，要不要一起去遊樂園玩？

➡️ 例句

1	週末、遊園地へ　行きませんか。	週末要不要一起去遊樂園玩。
2	今晩、食事に　行きませんか。	今晚要不要一起去吃飯？
3	明日、一緒に　映画を　見ませんか。	明天要不要一起去看電影？
4	日曜日、一緒に　料理を　作りませんか。	禮拜天要不要一起下廚？

4
Level

● …がほしい

MP3- 1- 112

「…想要…」。

➡️ 是「名詞＋が＋ほしい」的形式。表示説話人（第一人稱）想要把什麼東西弄到手，想要把什麼東西變成自己的，希望得到某物的句型。「ほしい」是表示感情的形容詞。希望得到的東西，用「が」來表示。疑問句時表示聽話者的希望。

私は　自分の　部屋が　ほしいです。
我想要有自己的房間。

➡️ 例句

1	私は　自分の　部屋が　ほしいです。	我想要有自己的房間。
2	新しい　洋服が　ほしいです。	我想要新的洋裝。

63

3 もっと　時間が　ほしいです。

4 どんな　恋人が　ほしいですか。

我想要多一點的時間。

你想要怎樣的情人？

● **動詞たい**　　　　　　　　　　　　　　　MP3- 1- 113

「…想要做…」。

➡ 是「動詞ます形＋たい」的形式。表示説話人（第一人稱）內心希望某一行為能實現，或是強烈的願望。疑問句時表示聽話者的願望。「たい」跟「ほしい」一樣也是形容詞。

私は　医者に　なりたいです。
我想當醫生。

➡ **例句**

1 果物が　食べたいです。

2 私は　医者に　なりたいです。

3 どこか　出かけたいです。

4 今晩　何が　食べたいですか。

我想要吃水果。

我想當醫生。

我想要出去走走。

今晚想吃什麼？

● **…とき**　　　　　　　　　　　　　　　MP3- 1- 114

「…的時候…」。

➡ 是「普通形＋とき」、「な形容詞＋な＋とき」、「形容詞＋とき」、「名詞＋の＋とき」的形式。表示與此同時並行發生其他的事情。前接動詞辭書形時，跟「するまえ」、「同時」意思一樣，表示在那個動作進行之前或同時，也同時並行其他行為或狀態；如果前面接動詞過去式，表示在過去，與此同時並行發生的其他事情或狀態。

妹 が 生まれたとき、父は 外国に いました。
妹妹出生的時候，父親在國外。

➡ 例句

1 妹 が 生まれた とき、父は 外国に いました。	妹妹出生的時候，父親在國外。
2 暇な とき、公園へ 散歩に 行きます。	空閒時會到公園散步。
3 小さい とき、よく あの 川で 遊びました。	小時候，常在那條河玩。
4 10歳の とき、入院しました。	10歲時有住院。

4
Level

● 動詞ながら

MP3- 1- 115

「一邊…一邊…」。

➡ 是「動詞ます形＋ながら」的形式。表示同一主體同時進行兩個動作。這時候後面的動作是主要的動作，前面的動作伴隨的次要動作。

音楽を 聴きながら、ご飯を 作ります。
邊聽音樂，邊做飯。

➡ 例句

1 映画を 見ながら、泣きました。	邊看電影邊掉了眼淚。
2 音楽を 聴きながら、ご飯を 作ります。	邊聽音樂，邊做飯。
3 タバコを 吸いながら、本を 読みました。	邊抽煙邊看了書。
4 歌を 歌いながら 歩きましょう。	邊走邊唱歌。

● 動詞てから

「先做…，然後再做…」。

→ 是「動詞て形＋から」的形式。結合兩個句子，表示前句的動作做完後，進行後句的動作。這個句型強調先做前項的動作。

お風呂に 入ってから、晩ご飯を 食べます。
洗完澡後吃晚飯。

→ 例句

1 お風呂に 入ってから、晩ご飯を 食べます。　｜　洗完澡後吃晚飯。

2 食事を してから、薬を 飲みます。　｜　吃完飯後再吃藥。

3 夜 歯を 磨いてから、寝ます。　｜　晚上刷完牙後再睡覺。

4 テープを 入れてから、青い ボタンを 押します。　｜　放入錄音帶後再按藍色按鈕。

● 動詞たあとで

「…以後…」。

→ 是「動詞た形＋あとで」、「名詞＋の＋あとで」的形式。表示前項的動作做完後，做後項的動作。是一種按照時間順序，客觀敘述事情發生經過的表現。而且前後兩項動作相隔一定的時間發生。

風呂に 入ったあとで、ビールを 飲みます。
洗完澡後，喝啤酒。

→

1 掃除した あとで、出かけます。　｜　打掃後出門去。

2 お風呂に 入った あとで、ビールを 飲みます。　｜　洗完澡後，喝啤酒。

3 お客さんが　帰った　あとで、茶碗を　洗 ｜ 客人離開後洗了碗。
　 いました。

4 昨日の　夜　友達と　話した　あとで　寝 ｜ 昨天晚上和朋友聊天後就
　 ました。 ｜ 睡了。

● 動詞まえに

MP3- 1- 118

「…之前，先…」。

➡ 是「動詞辭書形＋まえに」的形式。表示動作的順序，也就是做前項動
作之前，先做後項的動作。句尾的動詞即使是過去式，「まえに」的動
詞也要用辭書形；「名詞＋の＋まえに」的形式。表示空間上的前面，
或是某一時間之前。

　 私は　いつも　寝る　前に、歯を　磨きます。
　 我都是睡前刷牙。

4 Level

➡ 例句

1 テレビを　見る　前に、朝ご飯を　食べ ｜ 在看電視之前，先吃了早
　 ました。 ｜ 餐。

2 私は　いつも　寝る　前に、歯を　磨き ｜ 我都是睡前刷牙。
　 ます。

3 テストを　する　前に、勉強します。 ｜ 考試之前先讀書。

4 友達の　うちへ　行く　前に、電話を ｜ 去朋友家之前先打了電
　 かけました。 ｜ 話。

● でしょう

MP3- 1- 119

「也許…」、「可能…」、「大概…吧」。

➡ 是「動詞普通形＋でしょう」、「形容詞＋でしょう」、「名詞＋で
しょう」的形式。伴隨降調，表示説話者的推測，説話者不是很確定，
不像「です」那麼肯定。常跟「たぶん」一起使用。

67

明日は　風が　強いでしょう。
明天風很強吧！

→ 例句

1	明日は　風が　強いでしょう。	明天風很強吧！
2	彼は　たぶん　来るでしょう。	他應該會來吧。
3	あの　人は　たぶん　学生でしょう。	那個人應該是學生吧。
4	この　仕事は　1時間ぐらい　かかるでしょう。	這份工作約要花上一個小時吧。

● 動詞たり、動詞たりします

MP3- 1- 120

「又是…，又是…」；「有時…，有時…」。

→ 是「動詞た形＋り＋動詞た形＋り＋する 」的形式。表示動作的並列，從幾個動作之中，例舉出2、3個有代表性的，然後暗示還有其他的。這時候意思跟「や」一樣；還表示動作的反覆實行，說明有這種情況，又有那種情況，或是兩種對比的情況。

休みの　日は　掃除を　したり、洗濯を　したり　する。
假日又是打掃啊！又是洗衣服等等。

→ 例句

1	冬は　雪が　降ったり、強い　風が　吹いたり　します。	冬天又是下雪、又是吹強風。
2	土曜日は　散歩したり、ギターを　練習したり　します。	禮拜六有時散步、有時練吉他。

| 3 夕べは 友達と 飲んだり、食べたり しました。 | 昨晚和朋友又是喝酒、又是吃飯的。 |
| 4 休みの 日は 掃除を したり、洗濯を したり する。 | 假日又是打掃、又是洗衣的。 |

● 形容詞く＋なります

「變…」。

➡ 表示事物的變化。同樣可以看做一對的還有自動詞「なります」和他動詞「します」。它們的差別在，「なります」的變化不是人為有意圖性的，是在無意識中物體本身產生的自然變化；「します」表示人為的有意圖性的施加作用，而產生變化。形容詞後面接「なります」，要把詞尾的「い」變成「く」。

西の 空が 赤く なりました。
西邊的天空變紅了。

➡ 例句

1 午後は 暑く なりました。	下午變熱了。
2 西の 空が 赤く なりました。	西邊的天空變紅了。
3 この 家も 古く なりました。	這棟房子也變舊了。
4 山田さんの 顔が 赤く なりました。	山田先生的臉變紅了。

● 形容動詞に＋なります

「變…」。

➡ 表示事物的變化。如上一單元説的，「なります」的變化不是人為有意圖性的，是在無意識中物體本身產生的自然變化。形容詞後面接「なります」，要把語尾的「だ」變成「に」。

彼女は　最近　きれいに　なりました。
她最近變漂亮了。

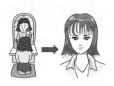

➡ 例句

1 身体が　丈夫に　なりました。　　　身體變強壯了。

2 彼女は　最近　きれいに　なりました。　她最近變漂亮了。

3 この　街は　賑やかに　なりました。　這條街變熱鬧了。

4 高校に　入って、弟は　真面目に　なり　弟弟上高中後變認真了。
ました。

● 名詞に＋なります　　　　　　　　MP3- 1- 123

➡ 表示事物的變化。如前面所説的，「なります」的變化不是人為有意圖
性的，是在無意識中物體本身産生的自然變化。名詞後面接「なりま
す」，要先接「に」再加上「なります」。

そこの　夏は、　４０度に　なりました。
那裡的夏天，高達了40度。

➡ 例句

1 もう　夏に　なりました。　　　　　已經是夏天了。

2 そこの　夏は、40度に　なりました。　那裡的夏天，溫度高達了
　　　　　　　　　　　　　　　　　　40度。

3 身長が　180センチに　なりました。　長高到了180公分。

4 毎日　遅くまで　仕事を　して、病気に　每天工作到很晚，結果生
なりました。　　　　　　　　　　　　病了。

70

● 形容詞く＋します

MP3- 1- 124

→ 表示事物的變化。跟「なります」比較，「なります」的變化不是人為有意圖性的，是在無意識中物體本身產生的自然變化；而「します」是表示人為的有意圖性的施加作用，而產生變化。形容詞後面接「します」，要把詞尾的「い」變成「く」。

部屋を　暖かく　しました。
房間弄暖和。

→ 例句

1 壁を　白く　します。	把牆壁漆白。
2 部屋を　暖かく　しました。	房間弄暖和。
3 音を　小さく　します。	把音量壓小。
4 砂糖を　入れて　甘く　します。	加砂糖讓它變甜。

● 形容動詞に＋します

MP3- 1- 125

→ 表示事物的變化。如前一單元所說的，「します」是表示人為的有意圖性的施加作用，而產生變化。形容動詞後面接「します」，要把詞尾的「だ」變成「に」。

運動して、体を　丈夫に　します。
去運動讓身體變強壯。

➡️ **例句**

1 彼女(かのじょ)を 有名(ゆうめい)に しました。	讓她成名了。
2 この 町(まち)を きれいに しました。	把這個市鎮變乾淨了。
3 音楽(おんがく)を 流(なが)して、賑(にぎ)やかに します。	放音樂讓氣氛變熱鬧。
4 運動(うんどう)して、体(からだ)を 丈夫(じょうぶ)に します。	去運動讓身體變強壯。

● **名詞に＋します**　　　　　　　　　　　　MP3- 1- 126

➡️ 表示事物的變化。再練習一次「します」是表示人為的有意圖性的施加作用，而産生變化。名詞後面接「します」，要先接「に」再接「します」。

子供(こども)を 医者(いしゃ)に しました。
讓孩子成為醫生。

➡️ **例句**

1 子供(こども)を 医者(いしゃ)に します。	我要讓孩子當醫生。
2 バナナを 半分(はんぶん)に しました。	我把香蕉分成一半了。
3 玄関(げんかん)を 北(きた)に します。	把玄關建在北邊。
4 木(き)の 角(かど)を 丸(まる)く します。	把木頭的邊角磨圓。

● **もう＋肯定**　　　　　　　　　　　　　MP3- 1- 127

「已經…了」。

➡️ 和動詞句一起使用，表示行為、事情到了某個時間已經完了。用在疑問句的時候，表示詢問完或沒完。

病気(びょうき)は もう 治(なお)りました。
病已經治好了。

➡️ 例句

1 病気は　もう　治りました。	病已經治好了。
2 妹は　もう　出かけました。	妹妹已經出門了。
3 もう　お風呂に　入りました。	已經洗過澡了。
4 仕事は　もう　終わりました。	工作已經結束了。

● もう＋否定

MP3- 1- 128

「已經不…了」。

➡️ 「否定」後接否定的表達方式，表示不能繼續某種狀態了。一般多用於感情方面達到相當程度。

もう　飲みたく　ありません。
我已經不想喝了。

➡️ 例句

1 もう　痛く　ありません。	已經不痛了。
2 もう　寒く　ありません。	已經不冷了。
3 紙は　もう　ありません。	已經沒紙了。
4 もう　飲みたく　ありません。	我已經不想喝了。

● まだ＋肯定

MP3- 1- 129

「還有…」。

➡️ 表示同樣的狀態，從過去到現在一直持續著。也表示還留有某些時間或東西。

お茶は　まだ　熱いです。
茶還很熱。

73

➡ 例句

1 まだ 時間が あります。	還有時間。
2 お茶は まだ 熱いです。	茶還很燙。
3 空は まだ 明るいです。	天色還很亮。
4 まだ 電話中ですか。	還是通話中嗎？

● まだ＋否定

MP3- 1- 130

「還（沒有）…」。

➡ 表示預定的事情或狀態，到現在都還沒進行，或沒有完成。

宿題は まだ 終わりません。
習題還沒做完。

➡ 例句

1 宿題は まだ 終わりません。	習題還沒做完。
2 日本語は まだ 覚えて いません。	還沒有記好日語。
3 図書館の 本は まだ 返して いません。	圖書館的書還沒還。
4 まだ、何も 食べて いません。	什麼都還沒吃。

● 〔…という 名詞〕

MP3- 1- 131

「叫做…」。

➡ 表示說明後面這個事物、人或場所的名字。一般是說話人或聽話人一方，或者雙方都不熟悉的事物。

あの 店は 何という 名前ですか。
那家店叫什麼名字？

➡ 例句

1 あれは　何という　犬ですか。	那是什麼狗？
2 あの　店は　何という　名前ですか。	那家店叫什麼名字？
3 これは　何という　果物ですか。	這是什麼水果？
4 これは　「マンゴー」という　果物です。	這是名叫「芒果」的水果。

● つもり

MP3- 1- 132

「打算」、「準備」。

➡ 是「動詞辭書形＋つもり」的形式。表示打算作某行為的意志。這是事前決定的，不是臨時決定的，而且想做的意志相當堅定。相反地，不打算的話用「動詞ない形＋つもり」的形式。

今年は　車を　買う　つもりです。
我今年準備買車。

➡ 例句

1 今年は　車を　買う　つもりです。	我今年準備買車。
2 夏休みには　日本へ　行く　つもりです。	暑假打算去日本。
3 来月、コンサートに　行く　つもりです。	下個月打算去聽演唱會。
4 今年は　海外旅行しない　つもりです。	今年不打算去海外旅行。

● …をもらいます

MP3- 1- 133

「取得」、「要」、「得到」。

➡ 表示從某人那裡得到某物。「を」前面是得到的東西。給的人一般用「から」或「に」表示。

彼から　花を　もらいました。
他送我花。

➡ 例句

1 彼から 花を もらいました。　　　　他送我花。

2 親から 誕生日プレゼントを もらいまし　　我從爸媽那裡收到了生日
た。　　　　　　　　　　　　　　　　禮物。

3 友人から お土産を もらいました。　　從朋友那裡拿到了名產。

4 彼から 婚約指輪を もらいました。　　我從他那裡收到了結婚戒
　　　　　　　　　　　　　　　　　　指。

● …に…があります／います

MP3- 1- 134

「某處有某物或人」。

➡ 表示某處存在某物或人。也就是無生命事物，及有生命的人或動物的存
在場所，用「（場所）に（物）があります （人）がいます」。表示事
物存在的動詞有「あります・います」，無生命的自己無法動的用「あ
ります」；「います」用在有生命的，自己可以動作的人或動物。

部屋に 姉が います。
房間裡有姊姊。

➡ 例句

1 部屋に 姉が います。　　　　　　　房間裡有姊姊。

2 北海道に 兄が います。　　　　　　北海道那邊有哥哥。

3 箱の 中に お菓子が あります。　　箱子裡有甜點。

4 町の 東に 長い 川が あります。　市鎮的東邊有長河。

● …は…にあります／います

MP3- 1- 135

「某物或人在某處」。

➡ 表示某物或人，存在某場所用「（物）は（場所）にあります／（人）は（場所）にいます」。

<ruby>姉<rt>あね</rt></ruby>は　<ruby>部屋<rt>へや</rt></ruby>に　います。
姉姉在房間。

➡ 例句

1	<ruby>姉<rt>あね</rt></ruby>は　<ruby>部屋<rt>へや</rt></ruby>に　います。	姉姉在房間。
2	<ruby>彼<rt>かれ</rt></ruby>は　<ruby>外国<rt>がいこく</rt></ruby>に　います。	他在國外。
3	トイレは　あちらに　あります。	廁所在那邊。
4	<ruby>八百屋<rt>やおや</rt></ruby>は　<ruby>郵便局<rt>ゆうびんきょく</rt></ruby>の　<ruby>隣<rt>となり</rt></ruby>に　あります。	蔬果店在郵局的隔壁。

● あまり…ない

MP3- 1- 136

「（不）很」、「（不）怎樣」、「沒多少」。

➡ 「あまり」下接否定的形式，表示程度不特別高，數量不特別多。在口語中加強語氣説成「あんまり」。

あまり　<ruby>お酒<rt>さけ</rt></ruby>は　<ruby>飲<rt>の</rt></ruby>みません。
我不怎麼喝酒。

➡ 例句

1	あまり　<ruby>お酒<rt>さけ</rt></ruby>は　<ruby>飲<rt>の</rt></ruby>みません。	我不怎麼喝酒。
2	あまり　<ruby>行<rt>い</rt></ruby>きたく　ありません。	不大想去。
3	<ruby>今日<rt>きょう</rt></ruby>は　あまり　<ruby>忙<rt>いそが</rt></ruby>しく　ありません。	今天不大忙。
4	<ruby>私<rt>わたし</rt></ruby>は　あまり　<ruby>丈夫<rt>じょうぶ</rt></ruby>では　ありませんでした。	我以前身體不大好。

3 LEVEL

● こんな

「這樣的」、「這麼的」、「如此的」。

→ 間接地在講事物的狀態和程度，然後這個事物是靠近説話人的。

こんな大きな木は見たことがない。
沒看過如此大的樹木。

→ 例句

1 こんな洋服は、いかがですか？

這樣的洋裝如何？

2 こんなことはたいしたことではない。

這並不是什麼了不起的事。

3 こんな時こそ皆で助け合おうじゃないか。

這種時候，大家才更要互相幫忙不是嗎？

4 こんなすばらしい部屋は、私には立派すぎます。

這樣棒的房間對我來說太過豪華了。

● そんな

MP3- 1- 138

「那樣的」。

→ 間接地在説人或事物的狀態和程度。而這個事物是靠近聽話人的或聽話人之前説過的。有時也含有輕視和否定對方的意味。

78

そんなことばかり言わ(い)ないで、元気(げんき)を出(だ)して。
別淨說那些話，打起精神來。

➡ 例句

1 そんな名前(なまえ)は聞(き)いたことがない。　　我沒有聽過那樣的名字。

2 そんな失礼(しつれい)なことは言(い)えない。　　我說不出那樣沒禮貌的話。

3 そんなことをしたらだめです。　　那樣做是不行的。

4 そんなときは、この薬(くすり)を飲(の)んでください。　　那時候就請吃這個藥。

● あんな

MP3- 1- 139

3
Level

「那樣的」。

➡ 間接地説人或事物的狀態或程度。而這是指説話人和聽話人以外的事物，或是雙方都理解的事物。有時也含有輕視和否定對方的意味。

私(わたし)は、あんな女性(じょせい)と結婚(けっこん)したいです。
我想和那樣的女性結婚。

➡ 例句

1 あんな方法(ほうほう)ではだめだ。　　那種的方法是行不通的。

2 わたしもあんな家(いえ)に住(す)みたいです。　　我也想住那樣的房子。

3 どうして、あんなことをなさったのですか？　　您為什麼會做那樣的事呢？

4 彼女(かのじょ)があんな優(やさ)しい人(ひと)だとは知(し)りませんでした。　　我不知道她是那麼貼心的人。

こう

MP3- 1- 140

「這樣」、「這麼」。

→ 指眼前的物或近處的事的時候用的詞。

アメリカでは、こう握手して挨拶します。
在美國都像這樣握手寒暄。

→ 例句

1 予定をこう決めました。

行程就這樣決定了。

2 こう寒くてはたまらない。

這麼冷簡直叫人無法忍受。

3 こうすれば、簡単に汚れが取れるんです。

這樣處理的話，就可以輕易去除污漬了。

4 こう行って、こう行けば、駅に戻れます。

這樣走，再這樣走的話，就可以回到車站。

そう

MP3- 1- 141

「那樣」。

→ 指示較靠近對方或較為遠處的事物時用的詞。

そうしたら、君も東大に合格できるのだ。
那樣一來，你也能考上東京大學的！

→ 例句

1 父には、そう説明するつもりです。

打算跟父親那樣說明。

2 私もそういうふうになりたいです。

我也想變成那樣。

3 彼がそう言うのは、珍しいですね。

他會那樣說倒是很稀奇。

4 私がそうしたのには、訳があります。

我那樣做是有原因的。

● ああ

「那樣」。

→ 指示說話人和聽話人以外的事物，或是雙方都理解的事物。

ああ太_{ふと}っていると、苦_{くる}しいでしょうね。
那麼胖一定很辛苦吧。

→ 例句

1 ああしろこうしろとうるさい。

一下叫我那樣，一下叫我這樣煩死人了！

2 彼_{かれ}は怒_{おこ}るといつもああだ。

他一生起氣來一向都是那樣子。

3 子どもをああしかっては、かわいそうですよ。

把小孩罵成那樣太可憐了。

4 テストの答_{こた}えは、ああ書_かいておきました。

考試的解答已先那樣寫好了。

● ちゃ／じゃ

→ 「ちゃ」是「ては」，「じゃ」是「では」的縮略形式，也就是縮短音節的形式，一般是用在口語上。多用在跟自己比較親密的人，輕鬆交談的時候。其他還有「てしまう」是「ちゃう」，「ておく」是「とく」，「なくては」是「なくちゃ」，「なければ」是「なきゃ」。

そんなにたくさん飲_のんじゃだめだ。
喝這麼多可不行喔！

→ 例句

1 この仕事_{しごと}は、僕_{ぼく}がやらなくちゃならない。

這個工作非我做不行。

2 動物にえさをやっちゃだめです。 | 不可以餵食動物。

3 私は日本人じゃない。 | 我不是日本人。

4 まだ、火をつけちゃいけません。 | 還不可以點火。

● が

MP3- 1- 144

➡ 【體言】＋が。接在名詞的後面，表示後面的動作或狀態的主體。

子どもが、泣きながら走ってきた。
小孩邊哭邊跑過來。

➡ 例句

1 台風で、窓が壊れました。 | 颱風導致窗戶壞了。

2 そこにいる男性が、私たちの先生です。 | 在那裡的那位男性是我們老師。

3 新しい番組が始まりました。 | 新節目已經開始了。

4 山の上に、湖があります。 | 山上有湖泊。

● までに

MP3- 1- 145

「在…之前」、「到…時候為止」。

➡ 【體言・動詞連體形】＋までに。接在表示時間的名詞後面，表示動作或事情的截止日期或期限。「までに」跟表示時間終點的「まで」意思是不一樣的喔！

金曜日_{きんようび}までに直_{なお}してください。
請在禮拜五前修好。

→ 例句

1 3時_じまでにプールで泳_{およ}ぎました。	我在3點前都在游泳池游泳。
2 なるべく明日_{あした}までにやってください。	請儘量在明天以前完成。
3 彼は、年末_{ねんまつ}までに日本_{にほん}に来_くるはずです。	他在年底前應該會來日本。
4 仕事_{しごと}が終_おわるまでに連絡_{れんらく}します。	完成工作以前會通知您。

● 數量詞＋も

MP3- 1- 146

3 Level

→ 【數量詞】＋も。前面接數量詞，用在強調數量很多、程度很高的時候。由於因人物、場合等條件而異，所以前接的數量詞雖不一定很多，但客觀來看還是很多。用「何+助數詞+も」也表示數量、次數很多的樣子。

彼女_{かのじょ}はビールを5本_{ほん}も飲_のんだ。
她喝了多達5瓶的啤酒。

→ 例句

1 パーティーに、1000人_{にん}も集_{あつ}まりました。	多達1000人聚集在派對上。
2 ゆうべはワインを3本_{ぼん}も飲_のんだので、頭_{あたま}が痛_{いた}い。	昨晚竟喝了三瓶紅酒，也因此現在頭很痛。
3 ディズニーランドは何度_{なんど}も行_いきましたよ。	我去過迪士尼樂園好幾次了。
4 私_{わたし}はもう30年_{ねん}も看護婦_{かんごふ}をしています。	我當護士已經長達30年了。

● ばかり

MP3- 1- 147

「淨…」、「光…」、「老…」。

→ 【體言】+ばかり。表示數量、次數非常多，而且說話人對這件事有負面評價。【動詞て形】+ばかり。表示說話人對不斷重複一樣的事，或一直都是同樣的狀態，有負面的評價。

アルバイトばかりしていないで、勉強<ruby>勉強<rt>べんきょう</rt></ruby>もしなさい。
別光打工，也要唸書。

→ 例句

1	<ruby>毎日<rt>まいにち</rt></ruby><ruby>暑<rt>あつ</rt></ruby>いので、コーラばかり<ruby>飲<rt>の</rt></ruby>んでいます。	每天天氣都很熱，所以一直喝可樂。
2	チョコを<ruby>食<rt>た</rt></ruby>べてばかりいると、<ruby>太<rt>ふと</rt></ruby>りますよ。	你要是老吃巧克力，是會變胖的喔！
3	<ruby>赤<rt>あか</rt></ruby>ちゃんは、<ruby>泣<rt>な</rt></ruby>いてばかりいます。	嬰兒老是在哭。
4	アルバイトばかりしていないで、勉強<ruby>勉強<rt>べんきょう</rt></ruby>もしなさい。	別光打工，也要唸書啊。

● でも

MP3- 1- 148

「就連…也」。

→ 【體言】+でも。（1）用於舉例。表示雖然含有其他的選擇，但還是舉出一個例子；（2）先舉出一個極端的例子，再表示其他情況當然是一樣的。

お<ruby>帰<rt>かえ</rt></ruby>りなさい。お<ruby>茶<rt>ちゃ</rt></ruby>でも<ruby>飲<rt>の</rt></ruby>みますか。
你回來了。要不要喝杯茶？

➡ 例句

1 コーヒーでも飲みませんか。 要喝杯咖啡嗎？

2 コンサートでも行きませんか？ 要不要去參加音樂會？

3 この問題は、専門家でも難しいでしょう。 這個問題就連專家也覺得難吧！

4 日本人でも読めない漢字があります。 就連日本人，也都會有不會唸的漢字。

● 疑問詞＋でも

MP3- 1- 149

「無論」、「不論」、「不拘」。

➡ 【疑問詞】＋でも。「でも」上接疑問詞，表示全面肯定或否定，也就是沒有例外，全部都是。句尾大都是可能或容許等表現。

なんでも相談してください。
什麼都可以找我商量。

➡ 例句

1 いつでも、手伝ってあげます。 隨時都樂於幫你忙的。

2 年末はどのデパートでも大安売りをします。 到年底，不管是哪家百貨公司，都會大減價。

3 兄はどんなスポーツでもできます。 哥哥什麼運動都會。

4 どこでも、仕事を見つけることができませんでした。 到哪都找不到工作。

● **疑問詞＋か**

→ 【疑問詞】+か。「か」上接「なに、どこ、いつ、だれ」等疑問詞，表示不肯定的、不確定的，或是沒必要說明的事物。用在不特別指出某個物或事的時候。還有，後面的助詞經常被省略。

研究室（けんきゅうしつ）にだれかいるようです。
研究室裡好像有人。

→ **例句**

1 なにかおっしゃいましたか？ | 您說什麼？
2 映画（えいが）は何時（なんじ）から始（はじ）まるか教（おし）えてください。 | 請告訴我電影幾點放映。
3 彼（かれ）はどこへ行（い）ったかわかりません。 | 我不知道他到哪裡去了。
4 こっちに、なにか面白（おもしろ）い鳥（とり）がいます。 | 這裡有一隻有趣的鳥。

● **とか**

「…啦…啦」、「…或…」、「及…」。

→ 【體言・用言終止形】+とか+【體言・用言終止形】+とか。「とか」上接人或物相關的名詞之後，表示從各種同類的人事物中選出一、兩個例子來說，或羅列一些事物。暗示還有其它。是口語的說法。

赤（あか）とか青（あお）とか、いろいろな色（いろ）を塗（ぬ）りました。
或紅或藍，塗上了各種的顏色。

→ **例句**

1 引（ひ）き出（だ）しの中（なか）には、鉛筆（えんぴつ）とかペンとかがあります。 | 抽屜中有鉛筆啦！原子筆啦等等。

2 展覧会とか音楽会とかに、よく行きます。

我常去展覽會或音樂會等。

3 ときどき、散歩するとか運動するとかしたほうがいいよ。

偶爾要散步啦！運動啦比較好。

4 飲み物というのはコーヒーとかジュースとかのことです。

所謂飲料，就是咖啡啦！果汁啦這類東西。

● し

MP3- 1- 152

「既…又…」、「不僅…而且…」。

→ 【用言終止形】＋し。用在並列陳述性質相同的複數事物，或說話人認為兩事物是有相關連的時候。也表示理由，並暗示還有其他理由。是一種語氣委婉的說法。前因後果的關係沒有「から」跟「ので」那麼緊密。

この町は、工業も盛んだし商業も盛んだ。
這城鎮不僅工業很興盛，就連商業也很繁盛。

→ 例句

1 この町は静かだし、空気がきれいです。

這個市鎮既安靜，空氣又清新。

2 田中さんのアパートは広いし、学校からも近い。

田中同學的公寓不僅寬敞，而且離學校也近。

3 おなかもすいたし、のどもかわきました。

肚子既餓，喉嚨又渴。

4 背中も痛いし、足も疲れました。

不僅背痛，就連腳也酸痛。

日語文法・句型詳解

● の

「…嗎」。

➡ 【句子】+の。在句尾，用升調表示發問，一般是用在對兒童，或關係比較親密的人。是婦女或兒童用言。

そのかっこうで出かけるの？
你要穿那樣出去嗎？

➡ 例句

1 どうして今日は会社を休んだの。

今天為什麼休息沒去上班呢？

2 この写真はどこで撮ったの。

這張照片在哪裡拍的呀？

3 いってらっしゃい。何時に帰るの？

路上小心，你幾點回來呢？

4 会議はもう終わったの？

會議已經結束了嗎？

● だい（語尾）

➡ 【句子】+だい。接在疑問詞或含有疑問詞的句子後面，表示向對方詢問的語氣。有時也含有責備或責問的口氣。男性用言，用在口語，說法較為老氣。

田舎のおかあさんの調子はどうだい？
鄉下母親的身體狀況怎麼樣？

➡ 例句

1 そのバックはどこで買ったんだい。

那個皮包是哪裡買的呀？

2 いまの電話、誰からだい。

剛才的電話是誰打來的？

3 入学式 の会場はどこだい？

にゅうがくしき　かいじょう

開學典禮會場在哪裡？

4 君の趣味は何だい？

きみ　しゅみ　なん

你的嗜好是啥？

● かい（語尾）

MP3- 1- 155

「嗎…」。

➡ 【句子】＋かい。放在句尾，表示親暱的疑問。

花見は楽しかったかい？

はなみ　たの

賞花有趣嗎？

➡ 例句

1 その辞書は役に立つかい？

じしょ　やく　た

那字典對你有幫助嗎？

2 記念の指輪がほしいかい？

きねん　ゆびわ

想要戒指做紀念嗎？

3 フランス料理のほうが好きかい？

りょうり　　す

比較喜歡法國料理嗎？

4 財布は見つかったかい？

さいふ　み

錢包找到了嗎？

● な（禁止）

MP3- 1- 156

「不准…」、「不要…」。

➡ 【動詞連用形】＋な。表示禁止。命令對方不要做某事的説法。由於説法比較粗魯，所以大都是直接面對當事人説。一般用在對孩子、兄弟姊妹或親友時。也用在遇到緊急狀況或吵架的時候。

病 気のときは、無理をするな。

びょうき　　むり

生病時不要太勉強了。

→ 例句

1 ここに荷物を置くな。じゃまだ。

2 危ないから、あの川で遊ぶなよ。

3 がんばれよ。ぜったい負けるなよ。

4 失敗しても、恥ずかしいと思うな。

不要把行李放在這裡，會妨礙別人。

因為很危險，所以別在那條河玩耍。

加油點，千萬別輸了。

即使失敗也不用覺得丟臉。

● さ（暑さ）

MP3- 1- 157

→ 接在形容詞、形容動詞的詞幹後面等構成名詞，表示程度或狀態。也接跟尺度有關的如「長さ、深さ、高さ」等，這時候一般是跟長度、形狀等大有關的形容詞。

健康の大事さを知りました。
了解了健康的重要性。

→ 例句

1 あの子は厳しさに強い。

2 彼女の美しさに惚れました。

3 彼の心の優しさに、感動しました。

4 ナイロンの丈夫さが、女性のファッションを変えた。

艱困是難不倒那孩子的。

我為她的美麗而傾倒。

為他的心地善良而感動。

尼龍的耐用度改變了女性的流行。

● らしい

「好像…」；「説是…」；「像…樣子」」。

➡ 【動詞、形容詞終止形、形容動詞詞幹、體言】＋らしい。表示從眼前可觀察的事物等狀況，來進行判斷。「好像…」、「似乎…」的意思；又指從外部來的，是説話人自己聽到的內容為根據，來進行推測。含有推測的責任不在自己的語氣。「説是…」、「好像…」的意思；又表示充分反應出該事物的特徵或性質。「像…的樣子」、「有…風度」。

王さんがせきをしている。風邪を引いているらしい。
王先生在咳嗽。他好像是感冒了。

➡ 例句

1	地面が濡れている。夜中に雨が降ったらしい。	地面是濕的。晚上好像有下雨的樣子。
2	先生がおっしゃるには、今度の試験はとても難しいらしいです。	照老師所説，這次的考試好像會很難的樣子。
3	天気予報によると明日は雪らしい。	聽天氣預報説明天好像會下雪。
4	彼は本当に男らしい。	他真有男子氣概。

● がる（がらない）

「覺得…」、「想要…」。

➡ 【形容詞、形容動詞詞幹】＋がる（がらない）。表示某人説了什麼話或做了什麼動作，而給説話人留下有這種想法，有這種感覺，想這樣做的印象。而「がる」的主體一般是第三人稱。表示現在的狀態用「ている」形，也就是「がっている」。以「を」表示想要的對象。

妻がきれいなドレスをほしがっています。
妻子很想要一件漂亮的洋裝。

→ 例句

1	外は真冬なので、子供たちは寒がっている。	屋外嚴冬澈骨，孩子們冷得受不了。
2	あなたが来ないので、みんな残念がっています。	因為你不來，大家都覺得非常可惜。
3	泥棒を怖がって、鍵をたくさんつけた。	因害怕遭小偷，而上了許多鎖。
4	おかしいことを言ったのに、だれも面白がらない。	說了滑稽的事，卻沒人覺得有趣。

● たがる

MP3- 1- 160

「想…」、「願意…」。

→ 【動詞連用形】+たがる。用在表示第三人稱，顯露在外表的願望或希望。是「動詞連用形」＋「たい的詞幹」＋「がる」來的。否定詞是「たがらない」。

子供は歯医者に行きたがらない。
小孩子不想去看牙醫。

→ 例句

1	外国の文化について知りたがる。	想多了解外國的文化。
2	夫は冷たいビールを飲みたがっています。	丈夫想喝冰啤酒。
3	彼女は、理由を言いたがらない。	她不想說理由。
4	うちの息子は、朝寝坊をしたがる。	我兒子老喜歡賴床。

● （ら）れる

MP3- 1- 161

「被…」。

→ 【一段動詞、力變動詞未然形】+られる；【五段動詞未然形・サ變動詞未然形さ】+れる。表示被動。（1）直接被動，表示某人直接承受到別人的動作；又社會活動等，普遍為大家知道的事；表達社會對作品、建築等的接受方式。（2）間接被動，間接地承受了某人的動作，而使得身體的一部分等，受到麻煩；由於天氣等自然現象的作用，而間接受到某些影響時。

<ruby>弟<rt>おとうと</rt></ruby> が<ruby>犬<rt>いぬ</rt></ruby>にかまれました。
弟弟被狗咬了。

→ 例句

1 <ruby>彼女<rt>かのじょ</rt></ruby>は<ruby>夫<rt>おっと</rt></ruby>に<ruby>深<rt>ふか</rt></ruby>く<ruby>愛<rt>あい</rt></ruby>されていた。 | 她老公曾深深地疼愛過她。

2 <ruby>試験<rt>しけん</rt></ruby>が２<ruby>月<rt>がつ</rt></ruby>に<ruby>行<rt>おこな</rt></ruby>われます。 | 考試將在2月舉行。

3 <ruby>私<rt>わたし</rt></ruby>は<ruby>電車<rt>でんしゃ</rt></ruby>の<ruby>中<rt>なか</rt></ruby>で<ruby>足<rt>あし</rt></ruby>を<ruby>踏<rt>ふ</rt></ruby>まれた。 | 我在電車上被踩了一腳。

4 <ruby>学校<rt>がっこう</rt></ruby>に<ruby>行<rt>い</rt></ruby>く<ruby>途中<rt>とちゅう</rt></ruby>で、<ruby>雨<rt>あめ</rt></ruby>に<ruby>降<rt>ふ</rt></ruby>られました。 | 去學校途中，被雨淋濕了。

● お…になる

MP3- 1- 162

→ 【お動詞連用形；ごサ變動詞詞幹】+になる。動詞尊敬語的形式。表示對對方或話題中提到的人物的尊敬。這是為了表示敬意而抬高對方行為的表現方式，所以「お〜になる」中間接的就是對方的動作。比「れる」、「られる」的尊敬程度要高。

3
Level

先生がお書きになった小説を読みたいです。
我想看老師所寫的小說。

➡ 例句

1 昨日は、十分お休みになりましたか？ | 昨天有充分休息了嗎?

2 差し上げた薬を、毎日お飲みになってください。 | 給您的藥請每天服用。

3 中山さんが書いた小説をご覧になりましたか。 | 中山先生寫的小說您看了嗎？

4 ご家族の方は半額で、ご利用になれます。 | 家人使用可享半價優惠。

● （ら）れる

MP3- 1- 163

➡ 【一段動詞、力變動詞未然形】+られる；【五段動詞未然形・サ變動詞未然形さ】+れる。作為尊敬助動詞。表示對話題人物的尊敬。也就是在對方的動作上用尊敬助動詞。尊敬程度低於「お〜になる」。

もう具合はよくなられましたか？
身體好一些了嗎？

➡ 例句

1 先生方は講堂に集まられました。 | 老師們到禮堂集合了。

2 社長はあしたパリへ行かれます。 | 社長明天將要前往巴黎。

3 先生は、少し痩せられたようですね。 | 老師好像變瘦了呢。

4 何を研究されていますか？ | 您在做什麼研究？

● お…ください

MP3- 1- 164

「請…」。

➡ 【お動詞連用形；ごサ變動詞詞幹】+ください。用在對客人、屬下對上司的請求。這也是為了表示敬意而抬高對方行為的表現方式。尊敬程度比「てください」要高。「ください」是「くださる」的命令形。

かしこまりました。少々お待ちください。
知道了，您請稍候。

➡ 例句

1 どうぞこちらにお座りください。 　 請坐這裡。
2 田中さんに会ったら、よろしくお伝えください。 　 見到田中先生的話，請代替我向他問好。
3 お好きなのをお選びください。 　 請選您喜歡的。
4 新宿でJRにお乗り換えください。 　 請在新宿轉搭JR線。

● お（名詞）

MP3- 1- 165

➡ お+【體言】。後接名詞（跟對方有關的行為、狀態或所有物），表示尊敬、鄭重、親愛，此外，還有習慣用法等意思。基本上，名詞如果是日本原有的和語就接「お」，如「お仕事、お名前」；如果是利用中國造字法造的漢語就接「ご」如「ご住所、ご兄弟」。

息子さんのお名前を教えてください。
請教令郎大名。

日語文法・句型詳解

➡ 例句

1 もうすぐお正月ですね。 | 馬上就要新年了。
2 これは、お祝いのプレゼントです。 | 這是聊表祝賀的禮物。
3 あのお店の品物は、とてもいい。 | 那家店的貨品非常好。
4 お菓子を召し上がりませんか？ | 要不要吃一些點心呢？

● お…する

MP3- 1- 166

➡ 【お動詞連用形；ごサ變動詞詞幹】＋する。表示動詞的謙讓形式。對要表示尊敬的人，透過降低自己或自己這一邊的人，以提高對方，來向對方表示尊敬。謙和度比「お～いたす」要低。

興味があれば、お教えします。
如有興趣的話，願意盡力幫忙。

➡ 例句

1 私のペンをお貸ししましょう。 | 我的筆借給你吧！
2 私が会場のほうへご案内します。 | 我來帶諸位去會場。
3 日本の経済について、ちょっとお聞きします。 | 想請教一下有關日本經濟的問題。
4 鈴木さんをご紹介しましょう。 | 我來跟您介紹鈴木小姐。

● お…いたす

MP3- 1- 167

➡ 【お動詞連用形；ごサ變動詞詞幹】+いたす。這也是動詞的謙讓形式。同樣地，對要表示尊敬的人，透過降低自己或自己這一邊的人的説法，以提高對方，來向對方表示尊敬。比「お～する」在語氣上更謙和一些。

私の計画をご説明いたしましょう。
我來說明一下我的計劃吧。

➡ 例句

1 資料は私が来週の月曜日にお届けいたします。
我下週一會將資料送達。

2 詳しいことは私からご説明いたしましょう。
詳細的事項由我來為各位做說明吧！

3 日本の歴史についてお話しいたします。
我要講的是日本的歷史。

4 ただいまお茶をお出しいたします。
我馬上就端茶出來。

● ておく   MP3- 1- 168

「著…」；「先…」、「暫且…」。

➡ 【動詞連用形】+ておく。表示考慮目前的情況，採取應變措施，將某種行為的結果保持下去。「…著」的意思；也表示為將來做準備，也就是為了以後的某一目的，事先採取某種行為。「先…」、「暫且…」的意思。

結婚する前に料理を習っておきます。
結婚前事先學做菜。

→ 例句

1 暑いから、窓を開けておきます。	因為很熱，所以先把開窗打開。
2 この荷物はしばらくあの部屋に入れておきましょう。	先暫時把這箱行李放到那個房間吧！
3 レストランを予約しておきます。	我先去預約餐廳。
4 試験のために、たくさん勉強をしておきました。	為了考試，事先用功過了。

● （名詞）でございます

MP3- 1- 169

→ 【體言】+でございます。是「です」的鄭重表達方式。日語除了尊敬語跟謙讓語之外，還有一種叫鄭重語。鄭重語有用在車站、百貨公司等公共場合。這時說話人跟聽話人之間無任何關係，只是為了表示尊敬。至於，用在自己的時候，就有謙遜的意思。

こちらが、会社の事務所でございます。
這裡是公司的辦公室。

→ 例句

1 右の建物は、新聞社でございます。	右邊的建築物是報社。
2 そろそろ2時でございます。	快要2點了。
3 うちの娘は、まだ小学生でございます。	我女兒還只是小學生。
4 原因は、小さなことでございました。	原因是起自一件小事。

● （さ）せる

MP3- 1- 170

「讓…」、「叫…」。

➡ 【一段動詞、力變動詞未然形・サ變動詞詞幹】+させる。【五段動詞未然形】+せる。表示使役。使役形的用法有：（1）某人強迫他人做某事，由於具有強迫性，只適用於長輩對晚輩或同輩之間。這時候如果是他動詞，用「XがYにNをV-させる」。如果是自動詞用「XがYを／にV-させる」；（2）某人用言行促使他人（用を表示）自然地做某種動作；（3）允許或放任不管。

親が子供に部屋を掃除させた。
父母叫小孩整理房間。

➡ 例句

1	若い人に荷物を持たせる。	讓年輕人拿行李。
2	姉はプレゼントをして、父を喜ばせました。	姊姊送禮，讓父親很高興。
3	私は会社を辞めさせていただきます。	請讓我辭職。
4	私がそばにいながら、子供にけがさせてしまった。	雖然我人在身旁，但還是讓孩子受傷了。

● （さ）せられる

MP3- 1- 171

「被迫…」、「不得已…」。

➡ 【動詞動詞未然形】+（さ）せられる。表示被迫。被某人或某事物強迫做某動作，且不得不做。含有不情願、感到受害的心情。這是從使役句的「XがYにNをV-させる」變成為「YがXにNをV-させられる」來的，表示Y被X強迫做某動作。

しゃちょう むずか しごと
社長に、難しい仕事をさせられた。
社長讓我做困難的工作。

➡️ 例句

かれ しょくじ　　　　　ぼく かね はら
1 彼と食事すると、いつも僕がお金を払わせられる。 | 每次要跟他吃飯，都是我付錢。

はな こ　　　　　　　 しゃちょう むすこ けっこん
2 花子はいやいや社長の息子と結婚させられた。 | 花子心不甘情不願地被安排和社長的兒子結婚。

わか ふたり りょうしん わか
3 若い二人は、両親に別れさせられた。 | 兩位年輕人被父母強迫分開。

こうえん　　　　　　ひろ
4 公園でごみを拾わせられた。 | 被迫在公園撿垃圾。

● ず（に）　　　　　　　　　　　　　　　　MP3- 1- 172

「不…地」、「沒…地」。

➡️ 【動詞未然形】＋ずに。表示以否定的狀態，或方式來做後項的動作，或產生後項的結果。語氣比較生硬，多用在書面上。意思跟「…ないで」相同，但是不能後接「ください」、「ほしい」。動詞是「する」的時候，要變成「せずに」。

ほうほう　　　　　　　　 しっぱい
方法がわからず、失敗しました。
不知道方法而失敗了。

➡️ 例句

れんらく　　　　　しごと やす
1 連絡せずに、仕事を休みました。 | 沒有聯絡就請假了。

なん た ね
2 何にも食べずに寝ました。 | 什麼都沒吃就睡了。

たろう べんきょう あそ
3 太郎は勉強せずに遊んでばかりいる。 | 太郎不讀書都在玩。

しお つか りょうり
4 塩を使わずに料理をした。 | 煮菜不加鹽巴。

● 命令形

MP3- 1- 173

「給我…」、「不要…」。

➡ 表示命令。一般用在命令對方的時候，由於給人有粗魯的感覺，所以大都是直接面對當事人說。一般用在對孩子、兄弟姊妹或親友時。也用在遇到緊急狀況或吵架的時候。還有交通號誌等。

うるさいなあ。静かにしろ！
很吵耶，安靜一點！

➡ 例句

1 早く起きろ、運動会に遅れるよ。

快點起床，不然運動會要遲到了！

2 早くここに来なさい。

快點到這裡來！

3 そのお金を私にくれ。

那筆錢給我。

4 警官が来たぞ。逃げろ！

警察來了，快逃！

● …の（は／が／を）

MP3- 1- 174

「的是…」。

➡ 【名詞修飾短語】＋の（は／が／を）。前接名詞修飾短句，使其名詞化，成為後面的句子的主語或目的語。用「～のは～です」的句型，表示強調。想強調句子裡的某一部分，就放在「の」的後面；又後接知覺動詞（透過感覺器官，去感知外在事物）「見える／聞こえる」，成為知覺動詞的對象時。也可以接「手伝う、待つ」等配合某一事態而做的動作，還有「やめる、止める」等動詞。

昨日ビールを飲んだのは花子です。
昨天喝酒的是花子。

例句

1 昨日花子が飲んだのはビールです。

昨天花子喝的是啤酒。

2 花子がビールを飲んだのは昨日です。

花子是昨天喝啤酒。

3 花子が歌っているのが聞こえます。

可以聽到花子在唱歌。

4 子供が泳いでいるのを見ていました。

我看著小孩子游泳。

● こと

MP3- 1- 175

【名詞修飾短句】+こと。做各種形式名詞用法。前接名詞修飾短句，使其名詞化，成為後面的句子的主語或目的語。「こと」跟「の」有時可以互換。但只能用「こと」的有：表達「話す、伝える、命ずる、要求する」等動詞的内容、後接的是「です、だ、である」、固定的表達方式「ことができる」。

みんなに会えることを楽しみにしています。
很期待與大家見面。

例句

1 美しい絵を見ることが好きです。

喜歡看美麗的畫。

2 生きることは本当にすばらしいです。

人活著這件事真是太好了！

3 日本人が英語を話すことは難しい。

說英文對日本人而言很困難。

4 そのパーティーに出席することは難しい。

想出席那個派對很難。

● ということだ

MP3- 1- 176

「聽說…」、「據說…」。

➡️ 【簡體句】+ということだ。表示傳聞，直接引用的語感強。一定要加上「という」。

田中さんは、大学入試をうけるということだ。
聽說田中先生要考大學。

➡️ 例句

1 部長は、来年帰国するということだ。　聽說部長明年會回國。

2 物価が来月はさらに上がるということだ。　據說物價下個月會再往上漲。

3 花子が来週結婚するということだ。　聽說花子下個禮拜要結婚了。

4 田中さんは、今日会社を休むということだ。　聽說田中先生今天要請假。

3
Level

● ていく

MP3- 1- 177

「…去」；「…下去」。

➡️ 【動詞連用形】+ていく。（1）保留「行く」的本意，也就是某動作由近而遠，從說話人的位置、時間點離開。「…去」的意思；（2）表示動作或狀態，越來越遠地移動或變化，或動作的繼續、順序。多指從現在向將來。「…下去」的意思。

太郎はこの家から出て行きました。
太郎離開了這個家。

→ **例句**

1 川の水がさらさらと流れていきました。 ｜ 河水嘩啦嘩啦地流逝了。

2 これから、天気はどんどん暖かくなっていくでしょう。 ｜ 今後天氣會漸漸回暖吧！

3 今後も、まじめに勉強していきます。 ｜ 今後也要認真繼續學習。

4 ますます技術が発展していくでしょう。 ｜ 技術會愈來愈進步吧。

● **てくる**　　　　　　　　　　　　　　　　MP3- 1- 178

「…來」；「…起來」、「…過來」；「去…」。

→ 【動詞連用形】＋てくる。（1）保留「来る」的本意，也就是由遠而近，向說話人的位置、時間點靠近；（2）表示動作從過去到現在的變化、推移，或從過去一直繼續到現在；（3）表示在其他場所做了某事之後，又回到原來的場所。

電車の音が聞こえてきました。
聽到電車的聲音了。

→ **例句**

1 大きな石ががけから落ちてきた。 ｜ 巨石從懸崖掉了下來。

2 お祭りの日が、近づいてきた。 ｜ 慶典快到了。

3 太陽が出たので、だんだん雪が解けてきた。 ｜ 太陽出來了，所以雪便逐漸溶化了。

4 この街は、みなに愛されてきました。 ｜ 這條街一直深受大家的喜愛。

● てみる

MP3- 1- 179

「試著（做）…」。

➡ 【動詞連用形】＋てみる。表示嘗試著做前接的事項，由於不知道好不好，對不對，所以嘗試做做看。是一種試探性的行為或動作，一般是肯定的說法。其中的「みる」是抽象的用法，所以用平假名書寫。

このおでんを食べ<ruby>た<rt></rt></ruby>てみてください。
請嚐看看這個關東煮。

➡ 例句

1 一度富士山に登ってみたいです。 我想爬一次富士山看看。
<small>いちど ふ じ さん のぼ</small>

2 靴を買う前に履いてみました。 買鞋子前先試穿了看看。
<small>くつ か まえ は</small>

3 最近話題になっている本を読んでみました。 我看了最近熱門話題的書。
<small>さいきん わ だい ほん よ</small>

4 珍しい店ですから、ぜひ行ってみてください。 因為那家店很特別，請務必去看看。
<small>めずら みせ い</small>

● てしまう

MP3- 1- 180

「…完」。

➡ 【動詞連用形】＋てしまう。（1）表示動作或狀態的完成。常接「すっかり、全部」等副詞、數量詞。如果是動作繼續的動詞，就表示積極地實行並完成其動作；（2）表示出現了說話人不願意看到的結果，含有遺憾、惋惜、後悔等語氣。這時候一般接的是無意志的動詞。縮約形的話「てしま」是「ちゃ」，「でしま」是「じゃ」。

部屋はすっかり片付けてしまいました。
房間全部整理好了。

日語文法・句型詳解

→ 例句

1 小説は一晩で全部読んでしまった。

小説一個晚上就全看完了。

2 宿題は1時間でやってしまった。

作業一個小時就把它完成了。

3 コップを壊してしまいました。

弄破杯子了。

4 失敗してしまって、悲しいです。

失敗了很傷心。

● （よ）うと思う

MP3- 1- 181

「我想…」、「我要…」。

→ 【動詞意向形】＋（よ）うと思う。表示説話人的打算或意圖。用句型「（よ）うと思う」，表示説話人告訴聽話人，説話當時自己的想法。用句型「（よ）うと思っている」表示説話人在某一段時間持有的打算。與陳述説話人希望的「たいと思います」相比，「（よ）うと思う」具有採取某種行動的意志，且動作實現的可能性很高。而「たいと思います」是不管實現的可能性是高或低都可以使用。

みんなにお土産を買ってこようと思います。
我想買點當地名產給大家。

→ 例句

1 日曜日はこのDVDを見ようと思っています。

我想在禮拜天看這片DVD。

2 特急で行こうと思う。

想搭特急電車前往。

3 柔道を習おうと思っている。

想學柔道。

4 お正月は北海道に行こうと思います。

過年我想去北海道。

● つもりだ

「打算…」、「準備…」。

➡ 【動詞連體形】+つもりだ。表示意志、意圖。既可以表示説話人的意志、預定、計畫等。也可以表示第三人稱的意志。有説話人的打算是從之前就有，且意志堅定的語氣。前面要接辭書形。否定形是「ないつもりだ」。

しばらく会社を休むつもりです。
打算暫時向公司請假。

➡ 例句

1 後で説明をするつもりです。

打算稍後再說明。

2 国に帰ったら、父の会社を手伝うつもりです。

要是回國的話，打算去父親的公司幫忙。

3 卒業しても、日本語の勉強をつづけていくつもりだ。

即使畢業了，我也打算繼續學習日文。

4 みんなをうちに招待するつもりです。

打算邀請大家來家裡。

● （よ）うとする

「想…」、「打算…」。

➡ 【動詞意向形】+（よ）うとする。表示動作主體的意志、意圖。（1）表示努力地去實行某動作；（2）表示某動作還在嘗試但還沒達成的狀態，或某動作實現之前。主語不受人稱的限制。

赤ん坊が歩こうとしている。
嬰兒正嘗試著走路。

➡ 例句

1 そのことを忘れようとしましたが、忘れられません。	我想把那件事給忘了，但卻無法忘記。
2 テニスをやろうとしましたが、できませんでした。	雖然我試著打網球，但是還是不會打。
3 教室を片付けようとしていたら、先生が来た。	正打算整理教室時老師就來了。
4 車を運転しようとしたら、かぎがなかった。	正想開車才發現沒有鑰匙。

● ことにする

MP3- 1- 184

「決定…」。

➡ 【動詞連體形】＋ことにする。表示說話人以自己的意志，主觀地對將來的行為做出某種決定、決心。大都用在跟對方報告自己決定的事。前面要接辭書形的意志動詞。用過去式「ことにした」表示決定已經形成。

警察に連絡することにしました。
決定與警察聯絡。

➡ 例句

1 大阪に引っ越すことにしました。	決定搬到大阪。
2 一月に一回、母に電話することにした。	決定一個月打一次電話給母親。
3 今日からタバコを吸わないことにしました。	今天起我決定不抽煙了。
4 毎朝ジョギングすることにしています。	我固定每天早上都要慢跑。

● にする

「決定…」、「叫…」。

➡ 【體言；副助詞】+にする。表示決定、選定某事物。

まいちゃんは、何_{なに}にする？
小舞，你要吃什麼？

➡ 例句

1 この黒_{くろ}いオーバーにします。 　我要這件黑大衣。

2 私_{わたし}はこのタイプのパソコンにします。 　我要這款電腦。

3 朝寝坊_{あさねぼう}しちゃったから、朝_{あさ}ごはんは牛乳_{ぎゅうにゅう}に
しました。 　因為睡過頭了，所以早餐就喝牛奶。

4 女_{おんな}の子_こが生_うまれたら、名前_{なまえ}は桜子_{さくらこ}にしよう。 　如果生的是女孩，名字就叫櫻子。

● お…ください

「請…」。

➡ 【お動詞連用形；ごサ變動詞詞幹】+ください。用在對客人、屬下對上
司的請求。這也是為了表示敬意而抬高對方行為的表現方式。尊敬程度
比「てください」要高。「ください」是「くださる」的命令形。

山田様_{やまださま}、どうぞお入_{はい}りください。
山田先生，請進。

➡ 例句

1 ご存知_{ぞんじ}のことをお教_{おし}えください。 　請告訴我您所知道的事。

2 あちらの席_{せき}にお移_{うつ}りください。 　請您移到那邊的座位。

3 ここにコートをお掛_かけください。 　請把外套掛在這裡。

4 お待_またせしました。どうぞお坐_{すわ}りください。 久等了，請坐。

● （さ）せてください

「請允許…」、「請讓…做…」。

➡ 【動詞未然形；サ變動詞語幹】＋（さ）せてください。表示「我請對方允許我做前項」之意，是客氣地請求對方允許、承認的説法。用在當説話人想做某事，而那一動作一般跟對方有關的時候。

あなたの作品をぜひ読ませてください。
請務必讓我拜讀您的作品。

➡ 例句

1 疲れたから、少し休ませてください。 | 有點累，請讓我休息一下。

2 祭りを見物させてください。 | 請讓我看祭典。

3 お礼を言わせてください。 | 請讓我致謝。

4 工場で働かせてください。 | 請讓我在工廠工作。

● と言う

「説…」。

➡ 【引用的句子】＋と言う。表示某人的説話內容。如果説話內容照原樣被引用的話，就用「」刮起來。「」刮號後接「と」。如果不是照原樣，而是換個説法來轉達內容，就不用刮號，而直接把它放在「と」前面（這時候前面要接普通形）。

息子は、「いってまいります。」と言ってでかけました。
兒子說：「我走了」。便出去了。

➡ 例句

1 先生は「頑張ってくださいね。」と言いました。	老師說：「請加油喔！」
2 リーさんは刺身は嫌いだと言いました。	李小姐說她討厭生魚片。
3 父は「明日の朝、6時に起こしてくれ。」と言った。	父親說：「明天早上6點叫我起床！」。
4 彼は「ずいぶん立派な家ですね。」と言った。	他說：「真是棟相當豪華的房子呢！」。

● はじめる

MP3- 1- 189

「開始…」。

➡ 【動詞連用形】+はじめる。表示前接動詞的動作、作用的開始。前面可以接他動詞，也可以接自動詞。

台風が来て、風が吹きはじめた。
颱風來了，風開始刮起來了。

➡ 例句

1 ベルが鳴りはじめたら、書くのをやめてください。	鈴聲響起後就不要再寫了。
2 みんなが子供のように元気に走り始めた。	大家像孩子般地，精神飽滿地跑了起來。
3 突然、彼女が泣き始めた。	她突然哭了起來。
4 お酒を飲んだら、眠くなりはじめた。	喝了酒便開始想睡覺了。

● だす

MP3- 1- 190

「…起來」。

➡ 【動詞連用形】+だす。跟「はじめる」幾乎一樣。表示某動作、狀態的開始。

結婚<ruby>けっこん</ruby>しない人<ruby>ひと</ruby>が増<ruby>ふ</ruby>えだした。
不結婚的人多起來了。

➡ 例句

1 ばらの花<ruby>はな</ruby>が開<ruby>ひら</ruby>きだした。 | 玫瑰花開始綻放了。

2 靴<ruby>くつ</ruby>もはかないまま、走<ruby>はし</ruby>りだした。 | 沒穿鞋就這樣跑起來了。

3 天気予報<ruby>てんきよほう</ruby>によると、7時<ruby>じ</ruby>ごろから雪<ruby>ゆき</ruby>が降<ruby>ふ</ruby>りだすそうです。 | 根據氣象報告說7點左右將開始下雪。

4 お湯<ruby>ゆ</ruby>が沸<ruby>わ</ruby>きだしたから、ガスをとめてください。 | 水開了請把瓦斯關掉。

● すぎる

MP3- 1- 191

「太…」、「過於…」。

➡ 【形容詞、形容動詞詞幹・動詞連用形】+すぎる。表示程度超過限度，超過一般水平，過份的狀態。含有由於過度，而無法令人滿意或喜歡；也有已經過時的意思。

肉<ruby>にく</ruby>を焼<ruby>や</ruby>きすぎました。
肉烤過頭了。

➡ 例句

1 君<ruby>きみ</ruby>ははっきり言<ruby>い</ruby>いすぎる。 | 你說得太露骨了。

2 田中<ruby>たなか</ruby>さんは運動<ruby>うんどう</ruby>をしすぎて、足<ruby>あし</ruby>が痛<ruby>いた</ruby>くなった。 | 田中先生運動過度，腳痛起來了。

3 この問題は彼女にとっては難しすぎる。 | 這個問題對她來說太難了。

4 この機械は、不便すぎます。 | 這機械太不方便了。

● ことができる

MP3- 1- 192

「能…」、「會…」。

➡ 【動詞連體形】+ことができる。表示技術上、身體的能力上，是有能力做的；或是在外部的狀況、規定等客觀條件允許時可能做。説法比「可能形」還要書面語一些。

ここから、富士山をご覧になることができます。
從這裡可以看到富士山。

➡ 例句

1 屋上でサッカーをすることができます。 | 頂樓可以踢足球。

2 私も会場に入ることができますか？ | 我也可以進會場嗎？

3 車は、急に止まることができない。 | 車子無法突然停下。

4 こうしてもいいが、そうすることもできる。 | 這樣也可以，但也可以那樣做。

● （ら）れる

MP3- 1- 193

「會…」；「能…」。

➡ 【一段動詞、力變動詞未然形】+られる；【五段動詞未然形・サ變動詞未然形さ】+れる。表示可能，跟「ことができる」意思幾乎一樣。只是「可能形」比較口語。（1）表示技術上、身體的能力上，是具有某種能力的；（2）從周圍的客觀環境條件來看，有可能做某事。日語中，他動詞的對象用「を」表示，但是在使用可能形的句子裡「を」就要改成「が」。

私_{わたし}はタンゴが踊_{おど}れます。
我會跳探戈。

➡ 例句

1 私_{わたし}は２００メートルぐらい泳_{およ}げます。 ｜ 我能游兩百公尺左右。

2 マリさんはお箸_{はし}が使_{つか}えますか。 ｜ 瑪麗小姐會用筷子嗎？

3 だれでもお金_{かね}持_もちになれる。 ｜ 誰都可以變成有錢人。

4 新_{あたら}しい商品_{しょうひん}と取_とり替_かえられます。 ｜ 可以與新產品替換。

● ほうがいい

MP3- 1- 194

「最好…」、「還是…為好」。

➡ 【體言の；動詞連體形】+ほうがいい。用在向對方提出建議，或忠告的時候。有時候雖然是「た形」，但指的卻是以後要做的事。否定形為「ないほうがいい」。

塩分_{えんぶん}を取_とりすぎないほうがいい。
最好不要攝取過多的鹽分。

➡ 例句

1 曇_{くも}っているから、傘_{かさ}を持_もっていったほうがいいですよ。 ｜ 天色陰陰的，還是帶把傘去比較好！

2 柔_{やわ}らかい布団_{ふとん}のほうがいい。 ｜ 柔軟的棉被比較好。

3 授業_{じゅぎょう}の前_{まえ}に予習_{よしゅう}をするほうがいいです。 ｜ 上課前預習一下比較好。

4 熱_{ねつ}があるときは、休_{やす}んだ方_{ほう}がいい。 ｜ 發燒時最好休息。

● たがる

「想…」、「願意…」。

➡ 【動詞連用形】+たがる。用在表示第三人稱，顯露在外表的願望或希望。是「動詞連用形」＋「たい的詞幹」＋「がる」來的。

あの学生(がくせい)は、いつも意見(いけん)を言(い)いたがる。
那位學生總是喜歡發表意見。

➡ 例句

1 この本(ほん)を買(か)いたがっている学生(がくせい)が多(おお)い。 很多學生想買這本書。

2 うちの子(こ)は本当(ほんとう)に何(なん)でも知(し)りたがる。 我家小孩真的好奇心很強。

3 彼(かれ)は医学部(いがくぶ)に入(はい)りたがっています。 他想進醫學系。

4 親(おや)は私(わたし)を医者(いしゃ)にしたがっています。 父母希望我當醫生。

● なければならない

「必須…」、「應該…」。

➡ 【動詞未然形】+なければならない。表示義務和責任。無論是自己或對方，從社會常識或事情的性質來看，不那樣做就不合理，有義務要那樣做。一般用在對社會上的一般行為。口語上「なければ」説成「なきゃ」。

医者(いしゃ)になるためには国家試験(こっかしけん)に合格(ごうかく)しなければならない。
想當醫生，就必須通過國家考試。

→ **例句**

1 寮には夜11時までに帰らなければならない。	得在晚上11點以前回到宿舍才行。
2 このDVDは明日までに返さなければならない。	必須在明天以前歸還這個DVD。
3 大人は子供を守らなければならないよ。	大人應該要保護小孩呀！
4 9時半までに空港に着かなければなりません。	9點半以前要抵達機場才行。

● **なくてはいけない**　　　　　　　MP3- 1- 197

「必須…」。

→ 【動詞未然形】+なくてはいけない。表示義務和責任。多用在個別的事情，對某個人。口氣比較強硬，所以一般用在上對下，或同輩之間。縮約形「なくては」為「なくちゃ」。有時也只說「なくちゃ」，而把後面省略掉。

法律は、ぜったい守らなくてはいけません。
法律一定要遵守。

→ **例句**

1 寝る前に歯を磨かなくてはいけない。	睡覺前必須要刷牙。
2 来週までに、お金を払わなくてはいけない。	下星期前得付款。
3 授業の後で、復習をしなくてはいけませんか？	下課後一定得複習嗎？
4 風邪をひきやすいので、気をつけなくてはいけない。	容易感冒所以得注意一點。

● のに

「為了…」、「因為…」。

→ 【動詞連體形】+のに。「のに」除了表示前後的因果關係之外，還可以表示目的。相當於「のために」。這是助詞「に」，加上「以動詞辭書形做謂語的名詞修飾短句＋の」而來的。

掃除_{そうじ}をするのに１日_{にち}かかった。
我花了一整天打掃。

→ 例句

1 このナイフはパンを切_きるのにいいです。 | 這個刀子很適合用來切麵包。

2 この小説_{しょうせつ}を書_かくのに５年_{ねん}かかりました。 | 花了五年的時間寫這本小說。

3 この部屋_{へや}は静_{しず}かで勉強_{べんきょう}するのにいいです。 | 這房間很安靜很適合唸書。

4 部長_{ぶちょう}を説得_{せっとく}するのには実績_{じっせき}が必要_{ひつよう}です。 | 要說服部長就需要有實際的功績。

● てもいい

「…也行」、「可以…」。

→ 【動詞連用形】+てもいい。表示許可或允許某一行為。如果說的是聽話人的行為，表示允許聽話人某一行為。如果說話人用疑問句詢問某一行為，表示請求聽話人允許某行為。

今日_{きょう}もう帰_{かえ}ってもいいよ。
今天你可以回去了。

→ **例句**

1 この試験では、辞書を見てもいいです。 | 這次的考試，可以看辭典。

2 やりたくないなら、無理にやらなくてもいいよ。 | 不想做的話，也不用勉強做。

3 窓を開けてもいいでしょうか。 | 可以打開窗戶嗎？

4 ここでタバコを吸ってもいいですか。 | 這裡可以抽煙嗎？

● **てもかまわない**　　　　　　　　　　MP3- 1- 200

「即使…也沒關係」、「…也行」。

→ 【動詞、形容詞連用形】＋てもかまわない；【形容動詞詞幹・體言】＋でもかまわない。表示讓步關係。雖然不是最好的，或不是最滿意的，但妥協一下，這樣也可以。

ホテルさえよければ、多少高くてもかまいません。
只要飯店好，貴一點也沒關係。

→ **例句**

1 靴のまま入ってもかまいません。 | 直接穿鞋進來也沒關係。

2 この仕事はあとでやってもかまいません。 | 待會再做這份工作也行。

3 安いアパートなら、交通が不便でもかまいません。 | 只要是便宜的公寓，即使交通不便也沒關係。

4 このレポートは手書きでもかまいません。 | 這份報告用手寫也行。

● てはいけない

MP3- 1- 201

「不准…」、「不許…」、「不要…」。

→ 【動詞連用形】＋てはいけない。表示禁止。（1）表示根據某種規則或一般的道德，不能做前項。常用在交通標誌、禁止標誌或衣服上洗滌表示等。是一種間接的表現。（2）根據某種理由、規則，直接跟聽話人表示不能做前項事情。由於說法直接，所以一般限於用在上司對部下，長輩對晚輩。

ベルが鳴るまで、テストを始めてはいけません。
在鈴聲響起前不能開始考試。

→ 例句

1 ここに駐車してはいけない。　　　　　不許在此停車。
2 熱のある人はお風呂に入ってはいけない。　發燒的人不可以泡澡。
3 動物や虫を殺してはいけない。　　　　不可殺動物或昆蟲。
4 このボタンには、ぜったい触ってはいけない。這個按鍵絕對不可觸摸。

3
Level

● な（禁止）

MP3- 1- 202

「不准…」、「不要…」。

→ 【動詞連用形】＋な。表示禁止。命令對方不要做某事的說法。由於說法比較粗魯，所以大都是直接面對當事人說。一般用在對孩子、兄弟姊妹或親友時。也用在遇到緊急或吵架的時候。還用在交通號誌、標語等，用來表示警告的內容。

ここで魚を釣るな。
不要在這裡釣魚。

→ **例句**

1 池_{いけ}に石_{いし}を投_なげるな。 | 不要把石頭丟進池塘。

2 時間_{じかん}に遅_{おく}れるな。 | 不要遲到。

3 地震_{じしん}の時_{とき}はエレベーターに乗_のるな。 | 地震時不要搭電梯。

4 あんな男_{おとこ}にはかまうな。 | 不要理那種男人。

● **たことがある**　　　　　　　　　MP3- 1- 203

「（曾經）…過」。

→ 【動詞過去式】+ことがある。表示過去經歷過的經驗。但這個經驗必須是，不是普通的事，及離現在已有一段時間。所以不能用較近的時間詞，如「昨日、先週」等，但可以用表示很久的過去，如「昔、子供のとき」。否定的說法是「ことがない」。

うん、僕_{ぼく}はUFOを見_みたことがあるよ。
對，我有看過UFO。

→ **例句**

1 彼_{かれ}は一度_{いちど}奥_{おく}さんに逃_にげられたことがある。 | 他老婆曾跑掉過一次。

2 私_{わたし}は北京_{ペキン}へ行_いったことがあります。 | 我曾經去過北京。

3 私_{わたし}は、中学校_{ちゅうがっこう}でテニスの試合_{しあい}に出_でたことがあります。 | 我在中學曾參加過網球比賽。

4 沖縄_{おきなわ}の踊_{おど}りを見_みたことがありますか？ | 你曾看過沖繩的舞蹈嗎？

● つづける

MP3- 1- 204

「連續…」、「繼續…」。

→ 【動詞連用形】＋つづける。表示某動作或事情還沒有結束，還繼續、不斷地處於同樣狀態。表示現在的事情要用「つづけている」。

傷_{きず}から血_ちが流_{なが}れつづけている。
傷口血流不止。

→ 例句

1 店員_{てんいん}さんは１日_{にちじゅう}中立_たちつづけます。 店員持續站了一整天。

2 朝_{あさ}からずっと走_{はし}りつづけて、疲_{つか}れました。 從早上就一直跑，真累。

3 風邪_{かぜ}が治_{なお}るまで、この薬_{くすり}を飲_のみつづけてください。 這個藥請持續吃到感冒痊癒為止。

4 彼_{かれ}は、まだ甘_{あま}い夢_{ゆめ}を見_みつづけている。 他還在做天真浪漫的美夢。

● やる

MP3- 1- 205

「給予…」、「給…」。

→ 授受物品的表達方式。表示給予同輩以下的人，或小孩、動植物有利益的事物。句型是「給予人は（が）接受人に事物をやる」。這時候接受人大多為關係親密，且年齡、地位比給予人低。或接受人是動植物。

応接_{おうせつ}間_まの花_{はな}に水_{みず}をやってください。
把會客室的花澆一下。

121

➡ **例句**

1 私は子供にお菓子をやる。	我給孩子點心。
2 高校生の息子に、英語の辞書をやった。	我送就讀高中的兒子英文字典。
3 小鳥には、何をやったらいいですか？	餵什麼給小鳥吃好呢？
4 動物園の動物に食べ物をやってはいけません。	不可以給動物園的動物食物。

● **てやる**

MP3- 1- 206

「給…（做…）」。「給予…」、「給…」。

➡ 【動詞連用形】+てやる。表示以施恩或給予利益的心情，為下級或晚輩（或動、植物）做有益的事。基本句型是「給予人は（が）接受人に（を・の…）事物を動詞てやる」。又表示因為憤怒或憎恨，而做讓對方不利的事。

弟と遊んでやったら、とても喜びました。
我陪弟弟玩，他非常高興。

➡ **例句**

1 自転車を直してやるから、持ってきなさい。	我幫你修腳踏車，去牽過來吧。
2 私は犬に薬をつけてやりました。	我幫狗狗塗了藥。
3 こんな給料の安い会社、いつでも辞めてやる。	薪水這麼低的公司，我隨時都可以不幹的。
4 東京にいる息子に、お金を送ってやりました。	寄錢給在東京的兒子了。

● あげる

MP3- 1- 207

「給予…」、「給…」。

→ 授受物品的表達方式。表示給予人（説話人或説話一方的親友等），給予接受人有利益的事物。句型是「給予人は（が）接受人に事物 をあげます」。給予人是主語，這時候接受人跟給予人大多是地位、年齡同等的同輩。

彼女の誕生日に、絹のスカーフをあげました。
女朋友生日，送了絲巾給她。

→ 例句

1	私はリーさんにCDをあげた。	我送了CD給李小姐。
2	私は中山君にチョコをあげた。	我給了中田同學巧克力。
3	私の住所をあげますから、手紙をください。	給你我的地址，請寫信給我。
4	彼にステレオをあげたら、とても喜んだ。	送他音響，他非常高興。

● てあげる

MP3- 1- 208

「（為他人）做…」。

→ 【動詞連用形】+てあげる。表示自己或站在自己一方的人，為他人做前項有益的行為。基本句型是「給予人は（が）接受人に（を・の） 事物 を動詞てあげる」。這時候接受人跟給予人大多是地位、年齡同等的同輩。是「てやる」的客氣説法。

私は夫に一冊の本を買ってあげた。
我給丈夫買了一本書。

Level 3　日語文法・句型詳解

→ 例句

1　私は友達に本を貸してあげました。	我借給了朋友一本書。
2　私は中山君にノートを見せてあげた。	我讓中山同學看了筆記本。
3　花子、写真を写してあげましょうか。	花子，我來替妳拍張照片吧！
4　リーさんは中山さんに中国語を教えてあげます。	李小姐教中山先生中文。

● さしあげる

MP3- 1- 209

「給予…」、「給…」。

→ 授受物品的表達方式。表示下面的人給上面的人物品。句型是「給予人は（が）接受人に事物をさしあげる」。給予人是主語，這時候接受人的地位、年齡、身份比給予人高。是一種謙虛的說法。

私は社長に資料をさしあげた。
我呈上資料給社長。

→ 例句

1　私たちは先生にお土産をさしあげました。	我送老師當地的特產。
2　彼女のお父さんに何をさしあげたのですか。	你送了她父親什麼？
3　私は毎年先生に年賀状をさしあげます。	我每年都寫賀年卡給老師。
4　どちらをさしあげましょうか。	送哪個好呢？

124

● てさしあげる

MP3- 1- 210

「（為他人）做…」。

➡ 【動詞連用形】＋てさしあげる。表示自己或站在自己一方的人，為他人做前項有益的行為。基本句型是「 給予 人 は（が） 接受 人 に（を・の… 事物 を動詞てさしあげる」。給予人是主語。這時候接受人的地位、年齡、身份比給予人高。是「てあげる」更謙虛的説法。由於有將善意行為強加於人的感覺，所以直接對上面的人説話時，最好改用「お…します」。但不是直接當面説就没關係。

私は部長を空港まで送ってさしあげました。
我送部長到機場。

➡ 例句

1	私は先生の車を車庫に入れてさしあげました。	我幫老師把車停進了車庫。
2	中山君は社長を車で家まで送ってさしあげました。	中山君開車送社長回家。
3	私は先生の奥さんの荷物を持ってさしあげました。	我幫老師的夫人提行李。
4	京都を案内してさしあげました。	我帶他們去參觀京都。

● くれる

MP3- 1- 211

「給…」。

➡ 表示他人給説話人（或説話一方）物品。這時候接受人跟給予人大多是地位、年齡相當的同輩。句型是「 給予 人 は（が） 接受 人 に 事物 をくれる」。給予人是主語，而接受人是説話人，或説話人一方的人（家人或親友）。給予人也可以是晚輩。

友達が私にお祝いの電報をくれた。
朋友給了我一份祝賀的電報。

➡ 例句

1 リーさんは私にチョコをくれました。　｜　李小姐給了我巧克力。

2 リーさんが部下にCDをくれた。　｜　李小姐送CD給下屬。

3 田中さんが花子に花をくれたそうだよ。　｜　田中先生好像送了花給花子。

4 友達が私におもしろい本をくれました。　｜　朋友給了我一本有趣的書。

● てくれる

MP3-1-212

「（為我）做…」。

➡ 【動詞連用形】+てくれる。表示他人為我，或為我方的人做前項有益的事。用在帶著感謝的心情，接受別人的行為時。這時候接受人跟給予人大多是地位、年齡同等的同輩。句型是「給予人 は（が）接受人 に（を・の…)事物 を動詞てくれる」。給予人是主語，而接受人是説話人，或説話人一方的人。給予人也可以是晩輩。

同僚がアドバイスをしてくれた。
同事給了我意見。

➡ 例句

1 田中さんが仕事を手伝ってくれました。　｜　田中先生幫我做事。

2 花子は私にかさを貸してくれました。　｜　花子借傘給我。

3 山中さんがうちの子と遊んでくれました。　｜　山中先生陪我家小孩一起玩耍。

4 佐藤さんは私のために町を案内してくれました。　｜　佐藤先生帶我參觀了這個市鎮。

● くださる

MP3-1-213

「給…」、「贈…」。

→ 對上級或長輩給自己（或自己一方）東西的恭敬説法。這時候給予人的身份、地位、年齡要比接受人高。句型是「給予人 は（が）接受人 に 事物 をくださる」。給予人是主語，而接受人是説話人，或説話人一方的人（家人或親友）。

<ruby>先生<rt>せんせい</rt></ruby>が<ruby>私<rt>わたし</rt></ruby>に<ruby>時計<rt>とけい</rt></ruby>をくださいました。
老師送給我手錶。

→ 例句

1 <ruby>先輩<rt>せんぱい</rt></ruby>は<ruby>私<rt>わたし</rt></ruby>たちに<ruby>本<rt>ほん</rt></ruby>をくださいました。 　學長送書給我。

2 <ruby>先生<rt>せんせい</rt></ruby>はご<ruby>著書<rt>ちょしょ</rt></ruby>をくださいました。 　老師送我他的大作。

3 <ruby>部長<rt>ぶちょう</rt></ruby>がお<ruby>見舞<rt>みま</rt></ruby>いに<ruby>花<rt>はな</rt></ruby>をくださった。 　部長來探望我時，還送花給我。

4 <ruby>先生<rt>せんせい</rt></ruby>がくださったネクタイは、<ruby>日本製<rt>にほんせい</rt></ruby>だった。 　老師送給我的領帶是日本製的。

● てくださる

MP3-1-214

「（為我）做…」。

→ 【動詞連用形】+てくださる。表示他人為我，或為我方的人做前項有益的事。用在帶著感謝的心情，接受別人的行為時。這時候給予人的身份、地位、年齡要比接受人高。句型是「給予人 は（が）接受人 に（を・の…）事物 を動詞てくださる」。給予人是主語，而接受人是説話人，或説話人一方的人。是「…てくれる」的尊敬説法。

先生は、間違えたところを直してくださいました。
老師幫我修正了錯的地方。

→ 例句

1 先生は３０分も私を待ってくださいました。　老師竟等了我30分鐘。

2 先生が私に日本語を教えてくださいました。　老師教我日語。

3 部長、その資料を貸してくださいませんか。　部長，您方便借我那份資料嗎？

4 忘れ物を届けてくださって、ありがとう。　謝謝您幫我把遺忘的物品送過來。

● もらう   MP3- 1- 215

「接受…」、「取得…」、「從…那兒得到…」。

→ 表示接受別人給的東西。這是以說話人是接受人，且接受人是主語的形式，或說話人站是在接受人的角度來表現。句型是「接受人は（が）給予人に 事物 をもらう」。這時候接受人跟給予人大多是地位、年齡相當的同輩。或給予人也可以是晚輩。

私は友達に木綿の靴下をもらいました。
朋友給了我棉襪。

→ 例句

1 私はリーさんにギターをもらいました。　李小姐給我吉他。

2 花子は田中さんにチョコをもらった。　田中先生給花子巧克力。

3 あなたは彼女に何をもらったのですか。　你女友給了你什麼？

4 私が次郎さんに花をもらいました。　次郎給了我花。

● てもらう
MP3-1-216

「（我）請（某人為我做）…」。

→ 【動詞連用形】+てもらう。表示請求別人做某行為，且對那一行為帶著感謝的心情。也就是接受人由於給予人的行為，而得到恩惠、利益。一般是接受人請求給予人採取某種行為的。這時候接受人跟給予人大多是地位、年齡同等的同輩。句型是「接受人は（が）給予人に（から）…を動詞てくださる」。或給予人也可以是晚輩。

田中さんに日本人の友達を紹介してもらった。
我請田中小姐為我介紹日本人朋友。

→ 例句

1	リーさんは花子に日本語を教えてもらいました。	李小姐請花子教她日語。
2	私は友だちに助けてもらいました。	朋友幫了我的忙。
3	私は事務室の人に書類を書いてもらいました。	我請事務所的人替我寫文件。
4	高橋さんに安いアパートを教えてもらいました。	高橋先生介紹我便宜的公寓。

● いただく
MP3-1-217

「承蒙…」、「拜領…」。

→ 表示從地位、年齡高的人那裡得到東西。這是以說話人是接受人，且接受人是主語的形式，或說話人站是在接受人的角度來表現。句型是「接受人は（が）給予人に 事物 をいただく」。用在給予人身份、地位、年齡都比接受人高的時候。比「もらう」說法更謙虛，是「もらう」的謙讓語。

鈴木先生にいただいた皿が、割れてしまいました。
把鈴木老送的咖啡杯弄破了。

➡ 例句

1 リンさんは部長にネクタイをいただきました。	部長給林先生領帶。
2 私は先生の奥さんに絵をいただきました。	師母給我一幅畫。
3 私は森下先生からお手紙をいただきました。	森下老師寫了封信給我。
4 よろしければ、お茶をいただきたいのですが。	如果可以的話，麻煩您給我杯茶。

● ていただく

MP3- 1- 218

「承蒙…」。

➡ 【動詞連用形】+ていただく。表示接受人請求給予人做某行為，且對那一行為帶著感謝的心情。用在給予人身份、地位、年齡都比接受人高的時候。句型是「接受人は（が）給予人に（から）…を動詞ていただく」。這是「…てもらう」的自謙形式。

花子は先生に推薦状を書いていただきました。
花子請老師寫了推薦函。

➡ 例句

1 私は部長に資料を貸していただきました。	我請部長借了資料給我。
2 私は先生にスピーチの作文を直していただきました。	我請老師替我修改演講稿。
3 大学の先生に、法律について講義をしていただきました。	請大學老師幫我上法律。
4 都合がいいときに、来ていただきたいです。	方便時希望您能來一下。

● ば

「假如…」;「如果…的話」。

➡ 【活用形假定型】+ば。表示條件。（1）後接意志或期望等詞，表示前項受到某種條件的限制。「假如…」的意思；（2）敘述一般客觀事物的條件關係。如果前項成立，後項就一定會成立。「如果…就」的意思；（3）對特定的人或物，表示對未實現的事物，只要前項成立，後項也當然會成立。前項是焦點，敘述需要的是什麼，後項大多是被期待的事。

雨が降れば、行くのをやめます。
下雨的話，我就不去。

➡ 例句

1 メガネをかければ、見えます。
2 年をとれば、足が弱くなる。
3 安ければ、買います。
4 時間が合えば、会いたいです。

戴上眼鏡的話就看得見。

上了年紀腳力就會變差。

便宜的話我就買。

如果時間允許，希望能見一面。

● たら

「要是…」、「…了的話」。

➡ 【用言連用形】+たら。表示條件或契機。（1）表示假定條件。當實現前面的情況時，後面的情況就會實現。但前項會不會成立實際上還不知道。「要是…」的意思；（2）表示確定條件。也就是知道前項一定會成立，以其為契機，做後項。相當於「當作了某個動作時，那之後…」。

あめ ふ い
雨が降ったら、行きません。
要是下雨的話就不去。

➡ **例句**

1 せき あ すわ
席が空いたら、坐ってください。

2 ねだん やす か
値段が安かったら、買います。

3 てん き ふ じ さん み
いい天気だったら、富士山が見えます。

4 えき つ でんわ
駅に着いたら、電話をください。

如果有座位請坐下。
要是便宜的話就買。
要是天氣好，就可以看到富士山。
要是到了車站，請給通電話。

● **なら**

MP3- 2- 001

「要是…的話」。

➡ 【動詞、形容詞終止形・形容動詞詞幹・體言】+なら。表示假定條件。
（1）表示接受了對方所説的事情、狀態、情況後，説話人提出了意見、勸告、意志、請求等（在後項）。（2）舉出一個事物，為前提，然後進行説明，多接體言。為了要強調「なら」的意思，也可以在前面加入「の」。「なら」不用在過去。

きら
そんなに嫌いなら、やめたらいい。
要是那麼討厭的話就不要做了。

➡ **例句**

1 いがく べんきょう とうきょうだいがく
医学を勉強するなら、東京大学がいいです。

2 わる おも あやま
悪かったと思うなら、謝りなさい。

3 や きゅう いちばんつよ
野球なら、あのチームが一番強い。

4 かがみ
鏡なら、そこにあります。

如果要學醫，東京大學較好。
如果覺得不對就請你道歉。
棒球的話，那一隊最強了。
若要鏡子，就在那裡。

● と（条件）

MP3- 2- 002

「一…就」。

➡ 【用言終止形・體言だ】＋と。陳述人和事物的一般條件關係。常用在機械的使用方法、説明路線、自然的現象及一直有的習慣等情況。在表示自然現象跟反覆的習慣時，不能使用表示説話人的意志、請求、命令、許可等語句。「と」前面要接現在普通形。

メールを出すと、すぐ返事が来る。
才剛寄出電子信，就馬上有了回覆。

➡ 例句

1 このボタンを押すと、切符が出てきます。

一按這個按鈕，票就出來了。

2 あの角を曲がると、すぐ彼女の家が見えた。

一轉過那個轉角，馬上就可以看到她家了。

3 春が来ると花が咲きます。

春天一到，花兒就開了。

4 毎朝起きると、コーヒーを一杯飲みます。

我每天早上一起床，都會喝杯咖啡。

● まま

MP3- 2- 003

「…著」。

➡ 【用言連體形・體言の】＋まま。表示附帶狀況。表示一個動作或作用的結果，在這個狀態還持續時，進行了後項的動作，或發生了後項的事態。後項大多是不尋常的動作。動詞多接過去式。

弟はいつもテレビをつけたまま寝てしまった。
弟弟總是開著電視就睡著了。

→ 例句

1 トマトは生のまま食べたほうがおいしいよ。｜蕃茄生吃比較好吃。

2 日本酒は冷たいままで飲むのが好きだ。｜我喜歡喝冰的日本清酒。

3 あの家は、夜も電気がついたままだ。｜那個家夜裡也照樣亮著燈。

4 靴を履いたまま、入らないでください。｜請勿穿鞋進入。

● おわる

MP3- 2- 004

「結束」、「完了」。

→ 【動詞連用形】＋おわる。接在動詞連用形後面，表示前接動詞的結束、完了。

日記は、もう書き終わった。
日記已經寫好了。

→ 例句

1 昨日、その小説を読み終わった。｜昨天看完了那本小說。

2 今日やっとレポートを書き終わりました。｜今天總算寫完了報告。

3 運動し終わったら、道具を片付けてください。｜運動完畢後請將道具收拾好。

4 飲み終わったら、コップを下げます。｜喝完了杯子就會收走。

● ても／でも

MP3- 2- 005

「即使…也」。

→ 【動詞、形容詞連用形】＋ても；【體言・形容動詞詞幹】＋でも。典型的假定逆接表現。表示後項的成立，不受前項的約束。且後項常用各種意志表現的說法。在表示假定的事情時，常跟副詞「たとえ、もし、万が一」一起使用是其特徵。

しゃかい きび わたし
社会が厳しくても、私はがんばります。
即使社會嚴峻我也會努力。

→ 例句

3 Level

1 しゃかい きび わたし
社会が厳しくても、私はがんばります。
即使社會嚴峻我也會努力。

2 しっぱい こうかい
たとえ失敗しても後悔はしません。
即使失敗也不後悔。

3 すず
クーラーをつけても、涼しくなりません。
就算開冷氣也沒變涼。

4 せいかつ ふべん わたし いなか す
生活が不便でも、私は田舎に住みたい。
即使生活不便，我還是想住鄉下。

● 疑問詞＋ても／でも

MP3- 2- 006

「不管（誰／什麼／哪兒）…」；「無論…」。

→ 【疑問詞】 ても／でも。（1）前面接疑問詞，表示不論什麼場合，都要進行後項，也就是不管什麼樣的條件，不論疑問詞後面的詞程度有多高，都會產生後項的結果。「不管（誰／什麼／哪兒）…」的意思；（2）表示全面肯定或否定，也就是沒有例外，全部都是。「無論…」。

こわ な
どんなに怖くても、ぜったい泣かない。
再怎麼害怕也絕不哭。

→ 例句

1 なにがあっても、明日は出発します。
無論如何明天都會出發。

2 いつの時代でも、戦争はなくならない。
不管哪個時代戰爭都不會消失。

3 誰でも、ほめられれば嬉しい。
無論是誰，只要被誇都很高興。

4 いくら忙しくても、必ず運動します。
我不管再怎麼忙，一定要做運動。

● だろう

MP3- 2- 007

「…吧」。

→ 【用言終止形】+だろう。使用降調，表示說話人對未來或不確定事物的推測。且說話人對自己的推測有相當大的把握。常跟副詞「たぶん、きっと」等一起使用。女性多用「でしょう」。「でしょう」也常用在推測未來的天氣上。「…吧」的意思；另外，使用升調，則表示詢問對方的意見，含有請對方一起來判斷之意。

客がたくさん入るだろう。
應該會有很多客人來吧。

→ 例句

1 あしたは、たぶん雪だろう。
明天，大概會下雪吧！

2 彼以外は、みんな来るだろう。
除了他以外大家都會來吧！

3 たぶん気がつくだろう。
應該會發現吧！

4 試合はきっとおもしろいだろう。
比賽一定很有趣吧！

136

● （だろう）と<ruby>思<rt>おも</rt></ruby>う

MP3- 2- 008

「（我）想…」、「（我）認為…」。

➡️ 【普通形】+（だろう）と思う。意思幾乎跟「だろう」相同，不同的是「と思う」比「だろう」更清楚的講出，推測的內容，只不過是說話人主觀的判斷，或個人的見解。而「だろうと思う」由於說法比較婉轉，所以讓人感到比較鄭重。

<ruby>彼<rt>かれ</rt></ruby>は<ruby>独身<rt>どくしん</rt></ruby>だろうと<ruby>思<rt>おも</rt></ruby>います。
我猜想他是單身。

➡️ 例句

1 この<ruby>本<rt>ほん</rt></ruby>はたぶん<ruby>花子<rt>はなこ</rt></ruby>の<ruby>本<rt>ほん</rt></ruby>だろうと<ruby>思<rt>おも</rt></ruby>います。

我想這本書大概是花子的。

2 <ruby>今晩台風<rt>こんばんたいふう</rt></ruby>が<ruby>来<rt>く</rt></ruby>るだろうと<ruby>思<rt>おも</rt></ruby>います。

今晚會有颱風吧！

3 <ruby>東京<rt>とうきょう</rt></ruby>の<ruby>冬<rt>ふゆ</rt></ruby>は、<ruby>割合寒<rt>わりあいさむ</rt></ruby>いだろうと<ruby>思<rt>おも</rt></ruby>う。

我想東京的冬天應該比想像中冷吧。

4 <ruby>山<rt>やま</rt></ruby>の<ruby>上<rt>うえ</rt></ruby>では、<ruby>星<rt>ほし</rt></ruby>がたくさん<ruby>見<rt>み</rt></ruby>えるだろうと思います。

我想山上應該可以看到很多星星吧。

● といい

MP3- 2- 009

「…就好了」；「最好…」、「…為好」。

➡️ 【動詞終止形】+といい。表示說話人希望成為那樣之意。句尾出現「けど、のに、が」時，含有這願望或許難以實現等不安的心情。跟「〜たらいい、〜ばいい」的意思基本相同。

<ruby>女房<rt>にょうぼう</rt></ruby>はもっとやさしいといいんだけど。
我老婆要是能再溫柔一點就好了。

→ 例句

1 夫（おっと）はもっと稼（かせ）げるといいのになあ。 | 我老公要是能再多賺點錢就好了。

2 日曜日（にちようび）、いい天気（てんき）だといいですね。 | 星期天天氣要能晴朗就好啦！

3 顔色（かおいろ）が悪（わる）いですね。少（すこ）し休（やす）むといいですよ。 | 臉色不太好呢，你最好休息一下。

4 横浜（よこはま）へ行（い）ったら、港（みなと）を見（み）に行（い）くといいですよ。 | 去橫濱的話，最好去參觀港口。

● かもしれない

MP3- 2- 010

「也許…」、「可能…」。

→ 【用言終止形・體言】＋かもしれない。表示說話人說話當時的一種不確切的推測。推測某事物的正確性雖低，但是有可能的。肯定跟否定都可以用。跟「かもしれない」相比，「と思います」、「だろう」的說話者，對自己推測都有較大的把握。其順序是：と思います＞だろう＞かもしれない。

風（かぜ）が強（つよ）いですね、台風（たいふう）かもしれませんね。
風真大，也許是颱風吧！

→ 例句

1 あの映画（えいが）はおもしろいかもしれません。 | 那部電影可能很有趣！

2 彼（かれ）はもう出（で）かけたかもしれません。 | 他可能已經出門了。

3 彼（かれ）の病気（びょうき）はガンかもしれません。 | 他罹患的可能是癌症。

4 もしかしたら、1億円（おくえん）当（あ）たるかもしれない。 | 或許會中一億日圓。

● はずだ

MP3- 2- 011

「（按理説）應該…」；「怪不得…」。

【用言連體形・體言の】+はずだ。表示說話人根據自己擁有的知識、知道的事實或理論來推測出結果。主觀色彩強，是較有把握的推斷。「（按理說）應該…」的意思；也用在說話人對原本感到不可理解的事物，在得知其充分的理由後，而感到信服時。「怪不得…」。

高橋さんは必ず来ると言っていたから、来るはずだ。
高橋先生說他會來，就應該會來。

● 例句

1	彼はイスラム教だから、豚肉は食べないはずです。	他是伊斯蘭教的，應該不吃豬肉。
2	彼は弁護士だから、法律に詳しいはずだ。	他是律師，按理來說應該很懂法律。
3	今日は日曜日だから、銀行は休みのはずだ。	今天是星期日，銀行應該都休息。
4	この新幹線は12時30分に東京に着くはずです。	這台新幹線應該在12點30分抵達東京。

● はずがない

MP3- 2- 012

「不可能…」、「不會…」、「沒有…的道理」。

【用言連體形】+はずが（は）ない。表示說話人根據自己擁有的知識、知道的事實或理論，來推論某一事物，完全不可能實現、不會有、很奇怪。主觀色彩強，是較有把握的推斷。

人形の髪が伸びるはずがない。
娃娃的頭髮不可能變長。

例句

1	彼女は病気だから、会社に来るはずはない。	她生病了，所以沒道理會來公司。
2	私が花子に知らせたので、知らないはずがない。	是我通知花子的，她沒有道理不知道的。
3	そんなことは子供に分かるはずがない。	那種事小孩子不可能會懂。
4	ここから東京タワーが見えるはずがない。	從這裡不可能看得見東京鐵塔。

● ようだ

MP3- 2- 013

「好像…」。

【用言連體形・體言の】+ようだ。表示推測。用在說話人從各種情況，來推測人或事物是後項的情況。這一推測是說話人的想像，是主觀的、根據不足的。口語大多用「みたいだ」。

部長はお酒がお好きなようだ。
部長好像很喜歡喝酒。

例句

1	電気がついています。花子はまだ勉強しているようです。	電燈是開著的。看來花子好像還在用功的樣子。
2	彼はこの会社の社員ではないようだ。	他好像不是這家公司的員工。
3	星がたくさん見えます。明日はいい天気のようです。	看到夜空繁星眾多。明天天氣好像不錯。
4	公務員になるのは、難しいようです。	要成為公務員好像很難。

● そうだ

MP3- 2- 014

「聽說…」、「據說…」。

→ 【用言終止形】+そうだ。表示不是自己直接獲得的，而是從別人那裡、報章雜誌或信上等，得到該信息的。表示信息來源的時候，常用「…によると」（根據）或「…の話では」（說是）等形式。

天気予報によると、一日おきに雨が降るそうだ。
根據氣象報告，每隔一天會下雨。

→ 例句

1 新聞によると、今度の台風はとても大きいそうだ。

報上說這次的颱風會很強大。

2 先輩の話では、リーさんはテニスが上手だそうだ。

從學長姊那裡聽說，李小姐的網球打得很好。

3 彼の話では、桜子さんは離婚したそうよ。

聽他說櫻子小姐離婚了。

4 もう一つ飛行 場ができるそうだ。

聽說要蓋另一座機場。

● やすい

MP3- 2- 015

「容易…」、「好…」。

→ 【動詞連用形】+やすい。表示該行為、動作很容易做，該事情很容易發生，或容易發生某種變化，還有性質上很容易有那樣的傾向。如「恋しやすい」（很容易愛上別人）。「やすい」的活用跟「い形容詞」一樣。與「 にくい」相對。

木綿の下着は洗いやすい。
棉質內衣容易清洗。

→ **例句**

1 この靴ははきやすいです。 | 這個鞋子很好穿。
2 この辞書はとても引きやすいです。 | 這本辭典查起來很方便。
3 助詞は間違えやすいです。 | 助詞很容易搞混。
4 今の季節は、とても過ごしやすい。 | 現在這季節很舒服。

にくい   MP3- 2- 016

「不容易…」、「難…」。

→ 【動詞連用形】+にくい。表示該行為、動作不容易做，該事情不容易發生，或不容易發生某種變化。還有性質上很不容易有那樣的傾向。「にくい」的活用跟「い形容詞」一樣。與「…やすい」相對。

このコンピュータは、使いにくいです。
這台電腦很不好用。

→ **例句**

1 この本は専門用語が多すぎて読みにくい。 | 這本書有太多專門用語很難懂。

2 この道はハイヒールでは歩きにくい。 | 這條路穿高跟鞋不好走。
3 倒れにくい建物を作りました。 | 建造了一棟不易倒塌的建築物。

4 一度ついた習慣は、変えにくいですね。 | 一旦養成習慣就很難改了。

● …は…より

MP3- 2- 017

「…比…」。

➡ 【體言】＋は＋【體言】＋より。表示對兩件性質相同的事物進行比較後，選擇前者。「より」後接的是性質或狀態。如果兩件事物的差距很大，可以在「より」後面接「ずっと」來表示程度很大。

飛行機は、船より速いです。
飛機比船還快。

➡ 例句

1 このビルは、あのビルより高いです。　　這棟大廈比那棟大廈高。

2 兄は母より背が高いです。　　哥哥個子比媽媽高。

3 今年の夏は昨年より暑い。　　今年夏天比去年熱。

4 中国は日本よりずっと広いです。　　中國大陸遠比日本遼闊。

3
Level

● …より…ほう

MP3- 2- 018

「…比…」、「比起…，更」。

➡ 【體言；動詞連體形】＋より＋【體言の；動詞連體形】＋ほう。表示對兩件事物進行比較後，選擇後者。「ほう」是方面之意，在對兩件事物進行比較後，選擇了「こっちのほう」（這一方）的意思。被選上的用「が」表示。

勉強より、遊びのほうが楽しいです。
玩耍比讀書愉快。

→ **例句**

1 大阪より東京のほうが大きいです。 | 比起大阪，東京比較大。

2 テニスより、水泳の方が好きです。 | 喜歡游泳勝過網球。

3 乗り物に乗るより、歩くほうがいいです。 | 走路比搭車好。

4 クーラーをつけるより、窓を開けるほうがいいでしょう。 | 與其開冷氣，不如開窗戶較好吧。

● **…と…と、どちら**

MP3-2-019

「在…與…中，哪個？」。

→ 【名詞】+と+【名詞】+と、どちら+【形容詞；形容動詞】。表示從兩個裡面選一個。也就是詢問兩個人或兩件事，哪一個適合後項。在疑問句中，比較兩個人或兩件事，用「どちら」。東西、人物及場所等都可以用「どちら」。

着物とドレスと、どちらのほうが素敵ですか？
和服與洋裝，哪一種比較漂亮？

→ **例句**

1 今朝は花子と太郎と、どちらが早く来ましたか。 | 今早花子和太郎，誰比較早來？

2 紅茶とコーヒーと、どちらがよろしいですか。 | 紅茶和咖啡，您要哪個？

3 工業と商業と、どちらのほうが盛んですか？ | 工業與商業，哪一種比較興盛？

4 日本語と英語と、どちらのほうが複雑だと思いますか？ | 日語與英語，你覺得哪一種比較難？

● …ほど…ない

MP3- 2- 020

「不像…那麼…」、「沒那麼…」。

➡ 【體言・動詞連體形】+ほど…ない。表示兩者比較之下，前者沒有達到後者那種程度。這個句型是以後者為基準，進行比較的。

大きい船は、小さい船ほど揺れない。
大船不像小船那麼會搖。

➡ 例句

1 日本の夏はタイの夏ほど暑くないです。

日本的夏天不像泰國那麼熱。

2 田中は中山ほど真面目ではない。

田中不像中山那麼認真。

3 私は、妹ほど母に似ていない。

我不像妹妹那麼像媽媽。

4 その服は、あなたが思うほど変じゃないですよ。

那衣服沒有你想像的那麼怪啦！

● よう

MP3- 2- 021

「像…一樣的」、「如…似的」。

➡ 【體言の・用言連體形】+ようだ。表示比喻。把事物的狀態、形狀、性質及動作狀態，比喻成一個不同的其他事物。「ようだ」的活用跟形容動詞一樣。

白い煙がたくさん出て、雲のようだ。
出現很多白色的煙，像雲一般。

➡ 例句

1 彼女の腕は、枝のように細い。

她的胳臂像樹枝般細。

2 あなたに会えるなんて、まるで夢を見ているようだ。

竟然能跟你相遇，簡直像作夢一樣。

3 空が真っ赤になって、まるで火事が起こったようだ。

天空火紅，宛如起火一般。

4 彼女はホテルのようなマンションに住んでいます。

她住在如飯店一般的大廈裡。

● なくてもいい

MP3- 2- 022

「不…也行」、「用不著…也可以」。

➡ 【動詞未然形】+なくてもいい。表示允許不必做某一行為，也就是沒有必要，或沒有義務做前面的動作。

暖かいから、暖房をつけなくてもいいです。
很溫暖，所以不開暖氣也無所謂。

➡ 例句

1 忙しい人は出席しなくてもいいです。

忙的人也可以不用參加。

2 レポートは今日出さなくてもいいですか。

報告今天可以不用交嗎？

3 そんなに謝らなくてもいいですよ。

不必一直道歉。

4 だいぶ元気になりましたから、もう薬を飲まなくてもいいです。

已經好很多了，所以不吃藥也沒關係。

● なくてもかまわない

MP3- 2- 023

「不會…也行」、「用不著…也沒關係」。

➡ 【動詞未然形】+なくてもかまわない。表示沒有必要做前面的動作也沒關係。語氣比「なくてもいい」消極。

明るいから、電灯をつけなくてもかまわない。
還很亮，不開電燈也沒關係。

➡️ **例句**

1	あなたは行かなくてもかまいません。	你不去也行。
2	都合が悪かったら、来なくてもかまいません。	不方便的話，用不著來也沒關係。
3	日曜日だから、早く起きなくてもかまいません。	因為是禮拜日，所以不早起也沒關係。
4	このパソコンは自由に使ってもかまいませんよ。	這台電腦可以隨意使用喔。

● **かた**

「…法」、「…様子」。　　　　　　　　　　MP3- 2- 024

➡️ 【動詞連用形】+かた。前面接動詞連用形，表示方法、手段、程度跟情況。

てんぷらの作り方は難しいです。
天婦羅不好作。

➡️ **例句**

1	この漢字の読み方がわかりますか。	你知道這個漢字的讀法嗎？
2	安全な使い方をしなければなりません。	使用時必須注意安全。
3	小説は、終わりの書きかたが難しい。	小說結尾的寫法最難。
4	この村への行きかたを教えてください。	請告訴我怎麼去這個村落。

● **なさい**　　　　　　　　　　　　　　　　　MP3- 2- 025

「要⋯」、「請⋯」。

➡ 【動詞連用形】+なさい。表示命令或指示。一般用在上級對下級，父母
對小孩，老師對學生的情況。稍微含有禮貌性，語氣也較緩和。由於這
是用在擁有權力或支配能力的人，對下面的人說話的情況，使用的場合
是有限的。

規則(きそく)を守(まも)りなさい。
要遵守規定。

➡ **例句**

1 生徒(せいと)たちを、教(きょう)室(しつ)に集(あつ)めなさい。　　叫學生到教室集合。

2 紙(かみ)の表(おもて)に、名前(なまえ)と住(じゅう)所(しょ)を書(か)きなさい。　　在紙的正面，寫下姓名與
地址。

3 早(はや)く明日(あした)の準備(じゅんび)をしなさい。　　趕快準備明天的東西。

4 しっかり勉強(べんきょう)しなさいよ。　　要好好用功讀書喔。

● **ため（に）**　　　　　　　　　　　　　　MP3- 2- 026

「以⋯為目的，做⋯」、「為了⋯」。

➡ 【動詞連體形・體言の】+ため（に）。表示為了某一目的，而有後面積
極努力的動作、行為。前項是後項的目標。「以⋯為目的，做⋯」的意
思；又「ため（に）」如果接人物或團體，就表示為其做有益的事。

世界(せかい)を知(し)るために、たくさん旅行(りょこう)をした。
為了了解世界，進行了多次的旅行。

🡒 例句

1 パソコンを買うためにアルバイトをしています。	為了買電腦而打工。
2 東大に入るため、一生懸命頑張ります。	為了進東大而努力用功。
3 子供のために広い家を建てたいと思います。	為了孩子想蓋個寬大的房子。
4 健康のために、早寝早起きが一番だ。	為了健康，早睡早起最重要。

● ため（に）　　　　　　　　MP3-2-027

「因為…所以」。

3 Level

🡒 【用言連體形・體言の】+ため（に）。表示原因。由於前項的原因，引起後項的結果，且往往是消極的、不可左右的。

台風のために、波が高くなっている。
因為颱風，所以浪頭很大。

🡒 例句

1 途中で事故があったために、遅くなりました。	因半路發生事故，所以遲到了。
2 パソコンが壊れたため、メールの返信ができなくなる。	因為電腦壞了，所以沒辦法回電子信。
3 父が頑固なために、みな困っている。	因為爸爸很頑固，所以大家都很覺得困擾。
4 指が痛いために、ピアノが弾けない。	因為手指疼痛而無法彈琴。

日語文法・句型詳解

● そうだ

「好像…」、「似乎…」。

➔ 【動詞連用形、形容詞、形容動詞詞幹】+そうだ。表示判斷。這一判斷是說話人依親身的見聞，而下的一種判斷。

このラーメンはおいしそうだ。
這拉麵似乎很好吃。

➔ 例句

1 王さんは、非常に元気そうです。
王先生看起來很有精神。

2 雨が降りそうだから、傘を持っていきなさい。
似乎快下雨了，帶把傘去吧！

3 あ、かばんが落ちそうですよ。
啊！你的皮包快掉下來了。

4 午後の講義だから、みんな眠そうね。
因為是下午的課，所以大家都很睏的樣子。

● ので

「因為…」。

➔ 【名詞な；形容動詞語幹な；用言連體形】+ので。客觀地敘述前後兩項事的因果關係，前句是原因，後句是因此而發生的事。強調的重點在後面。

来月国に帰るので、準備をしています。
因為下個月要回國，現在正在做準備。

➡ 例句

1 傘を忘れたので、太郎に貸してもらった。 | 因為忘記帶傘了，所以向太郎借了一把。

2 試験があるので、勉強します。 | 因為有考試，所以唸書。

3 簡単な問題なので、自分でできます。 | 因為是簡單的問題，所以自己能解決。

4 寂しいので、遊びに来てください。 | 因為我很寂寞，所以請來找我玩。

● …は…が

MP3- 2- 030

3 Level

➡ 【體言】+は+【體言】+が。「が」前面接名詞，可以表示該名詞是,後續謂語所表示的狀態的對象。

京都は、寺がたくさんあります。
京都有很多的寺廟。

➡ 例句

1 東京は、交通が便利です。 | 東京交通便利。

2 今日は、月がきれいです。 | 今天的月亮很漂亮。

3 その町は、空気がきれいですか？ | 那城鎮空氣好嗎？

4 田中さんは、字が上手です。 | 田中的字寫得很漂亮。

● **がする**

MP3- 2- 031

「感到…」、「覺得…」、「有…味道」。

→ 【體言】+がする。前面接「かおり、におい、味、音、感じ、気、吐き気」表示氣味、味道、聲音、感覺等名詞，表示說話人通過感官感受到的感覺或知覺。

このうちは、畳の匂いがします。
這屋子散發著榻榻米的味道。

→ **例句**

1 この石鹸はいい匂いがします。 | 這塊香皂有很香的味道。
2 外で大きい音がしました。 | 外頭傳來了巨大的聲響。
3 今朝から頭痛がします。 | 今天早上頭就開始痛。
4 彼女の話し方は冷たい感じがします。 | 我覺得她講話很冷淡。

● **ことがある**

MP3- 2- 032

「有時…」、「偶爾…」。

→ 【動詞連體形（基本形）】++ことがある。表示有時或偶爾發生某事。有時跟「時々」（有時）、「たまに」（偶爾）等，表示頻度的副詞一起使用。由於發生頻率不高，所以不能跟頻度高的副詞如「いつも」（常常）、「たいてい」（一般）等使用。

友人とお酒を飲みに行くことがあります。
偶爾會跟朋友一起去喝酒。

➡ 例句

1 日本風の旅館に泊まることがありますか？ | 有時會住日式旅館嗎？
2 私は、あなたの家の前を通ることがあります。 | 我有時會經過你家前面。
3 私は時々、帰りにおじの家に行くことがある。 | 回家途中我有時會去伯父家。
4 たまに自転車で通勤することがあります。 | 有時會騎腳踏車上班。

● ことになる

MP3- 2- 033

「（被）決定…」。

➡ 【動詞連體形】＋ことになる。表示決定。由於「なる」是自動詞，所以知道決定的不是說話人自己，而是說話人以外的人、團體或組織等，客觀地做出了某些安排或決定。

駅にエスカレーターをつけることになりました。
車站決定設置手扶梯。

➡ 例句

1 来月東京に出張することになった。 | 公司決定要我下個月到東京出差。
2 プレゼンはこの会議室で行うことになりました。 | 上面決定要在會議室做簡報。
3 4月から、おじの会社で働くことになりました。 | 叔叔決定要我在4月到他的公司上班。
4 自分で勉強の計画を立てることになっています。 | 要我自己訂立讀書計畫。

153

● のだ

MP3- 2- 034

➡ 【用言連體形】+のだ。表示客觀地對話題的對象、狀況進行說明。有強調自己的主張的含意；或請求對方針對某些理由說明情況。一般用在發生了不尋常的情況，而說話人對此進行說明，或提出問題。口語用「…んだ」。

きっと、事故があったのだ。
一定是發生事故了！

➡ 例句

1	雨が降っているんだ。	現在在下雨！
2	きっと、泥棒に入られたんだ。	一定是遭小偷了啊！
3	昨日は会社を休みました。風邪を引いたんだ。	昨天向公司請了假。因為我感冒了。
4	早く終わった。友人が手伝ってくれたんだ。	提早結束了。因為朋友的幫忙。

● かどうか

MP3- 2- 035

「是否…」、「…與否」。

➡ 【用言終止形・體言】+かどうか。表示從相反的兩種情況或事物之中選擇其一。「かどうか」前面的部分是不知是否屬實。

私の意見が正しいかどうか、教えてください。
請告訴我我的意見是否正確。

● 例句

1	あの二人は兄弟（ふたり きょうだい）かどうかわかりません。	我不知道那兩個人是不是兄弟。
2	あちらの部屋（へや）は静（しず）かかどうか見（み）てきます。	我去瞧瞧那裡的房間是否安靜。
3	水道（すいどう）の水（みず）が飲（の）めるかどうか知（し）りません。	不知道自來水管的水是否可以喝？
4	先生（せんせい）が来（く）るかどうか、まだ決（き）まっていません。	還不確定老師是否要來。

● ように

MP3- 2- 036

「請…」、「希望…」；「以便…」、「為了…」。

【動詞連體形】+ように。表示祈求、願望、希望、勸告或輕微的命令等。有希望成為某狀態，或希望發生某事態，也用在老師提醒學生時。

どうか試験（しけん）に合格（ごうかく）するように。
請神明保佑讓我考上！

● 例句

1	集合時間（しゅうごうじかん）には遅（おく）れないように。	集合時間不要遲到了。
2	寒（さむ）いから、風邪（かぜ）を引（ひ）かないようにご注意（ちゅうい）ください。	天氣寒冷，要多注意身體不要感冒了。
3	忘（わす）れないように手帳（てちょう）にメモしておこう。	為了怕忘記，先記在筆記本上。
4	熱（ねつ）が下（さ）がるように、注射（ちゅうしゃ）を打（う）ってもらった。	為了退燒，我請醫生替我打針。

Level 3　日語文法・句型詳解

● ようにする

「爭取做到…」、「設法使…」;「使其…」。

➡ 【動詞連體形】+ようにする。表示說話人自己將前項的行為，或狀況當作目標，而努力。如果要把某行為變成習慣，一般都在前面加上動詞。「爭取做到…」、「設法使…」的意思;又表示對某人或事物，施予某動作，使其起作用。「使其…」的意思。

まいにち や さい　 と
毎日野菜を取るようにしています。
每天都有盡量吃青菜。

➡ 例句

あさはや
1　朝早くおきるようにしています。　　　　我盡量早上早起。

ひと　わるぐち　い
2　人の悪口を言わないようにしましょう。　努力做到不去說別人的壞
　　　　　　　　　　　　　　　　　　　　話吧！

くさ　と　　　　　ある
3　草を取って、歩きやすいようにした。　　拔掉草好方便走路。

たな つく　　　　ほん お
4　棚を作って、本を置けるようにした。　　作了棚架以便放書。

● ようになる

「（變得）…了」。

➡ 【動詞連體形;動詞〔ら〕れる】+ようになる。表示是能力、狀態、行為的變化。大都含有花費時間，使成為習慣或能力。動詞「なる」表示狀態的改變。

れんしゅう　　　　　きょく　　　　　ひ
練習して、この曲はだいたい弾けるようになった。
練習後這首曲子大致會彈了。

➡ 例句

1	娘は泳げるようになった。	女兒會游泳了。
2	最近は多くの女性が外で働くようになった。	最近在外工作的女性變多了。
3	私は毎朝牛乳を飲むようになった。	我每天早上都會喝牛奶了。
4	注意したら、文句を言わないようになった。	警告他後，他現在也不抱怨了。

● ところだ

MP3-2-039

「剛要…」、「正要…」。

➡ 【動詞連體形】+ところだ。表示將要進行某動作，也就是動作、變化處於開始之前的階段。

校長が、これから話をするところです。
校長正要說話。

➡ 例句

1	今から寝るところだ。	現在正要就寢。
2	妻は今買い物に出かけるところだ。	妻子現在正要出去買東西。
3	いま、田中さんに電話をかけるところです。	現在剛要打電話給田中小姐。
4	バス停に着いたとき、ちょうどバスが出るところだった。	到公車站牌時，公車剛好要開走。

● **ているところだ**

MP3- 2- 040

「正在…」的意思。

→ 【動詞進行式】+ているところだ。表示正在進行某動作，也就是動作、變化處於正在進行的階段。

日本語の発音を直してもらっているところです。
正在請人幫我矯正日語發音。

→ 例句

1 今部屋の掃除をしているところです。	現在正在打掃房間。
2 お風呂に入っているところに電話がかかってきた。	我在洗澡時電話響起。
3 ただ今あの問題を考えているところです。	現在正在思考那個問題。
4 いま試験の準備をしているところです。	現在正在準備考試。

● **たところだ**

MP3- 2- 041

「剛做完…」。

→ 【動詞過去式】+ところだ。表示動作、變化處於剛結束，也就是在「…之後不久」的階段。

イチローがホームランを打ったところだ。
一郎剛打出了一支全壘打。

→ 例句

1 飛行機は今、飛び立ったところだ。	飛機剛飛走了。
2 病気が治ったところなので、まだでかけることができません。	病情才剛痊癒，所以還不能外出。
3 事件のことを今、聞いたところなので、詳しいことはわかりません。	因為現在才得知案件的消息，所以還不是很清楚。
4 今、ちょうど機械が止まったところだ。	現在機器剛好停止。

● …あげく、あげくに

MP3- 2- 042

「…到最後」、「…，結果…」。

➡ 【動詞過去式：動詞性名詞の】＋あげく、あげくに。表示事物最終的結果。也就是經過前面一番波折和努力達到的最後結果。後句的結果大都是因為前句，而造成精神上的負擔或是帶來一些麻煩。多用在消極的場合。相當於「…たすえ」、「…結果」。接前後兩個句子，有接續助詞作用。

年月をかけた準備のあげく、失敗してしまいました。
花費多年準備，結果卻失敗了。

➡ 例句

1 あちこちの店を探したあげく、ようやくほしいものを見つけた。

四處找了很多店家，最後終於找到要的東西。

2 年月をかけた準備のあげく、失敗してしまいました。

花費多年準備，結果卻失敗了。

3 さんざん迷ったあげく、家を売ることに決めました。

苦惱了許久，最後決定把房子給賣了。

4 弟はさんざん遊んだあげくに、お金がなくなって家に戻ってきた。

弟弟四處遊蕩，結果把錢花光後，人就回來了。

● …あまり

MP3- 2- 043

「由於過度…」、「因過於…」、「過度…」。

➡ 【用言連體形；體言の】＋あまり。表示由於前句某種感情、感覺的程度過甚，而導致後句的結果。前句表示原因，後句的結果一般是消極的。相當於「あまりに…ので」。

<ruby>焦<rt>あせ</rt></ruby>るあまり、<ruby>大事<rt>だい じ</rt></ruby>なところを<ruby>見落<rt>み お</rt></ruby>としてしまった。
由於過度著急，而忽略了重要的地方。

➡ 例句

1 <ruby>焦<rt>あせ</rt></ruby>るあまり、<ruby>大事<rt>だい じ</rt></ruby>なところを<ruby>見落<rt>み お</rt></ruby>としてしまった。	由於過度著急，而忽略了重要的地方。
2 <ruby>葬式<rt>そう しき</rt></ruby>で、<ruby>悲<rt>かな</rt></ruby>しみのあまり、わあわあ<ruby>泣<rt>な</rt></ruby>いてしまった。	葬禮時，由於過度悲傷，而哇哇大哭了起來。
3 <ruby>忙<rt>いそが</rt></ruby>しさのあまり、<ruby>報告<rt>ほう こく</rt></ruby>を<ruby>忘<rt>わす</rt></ruby>れました。	因過於忙碌，而忘記報告了。
4 <ruby>感激<rt>かん げき</rt></ruby>のあまり、<ruby>涙<rt>なみだ</rt></ruby>が<ruby>出<rt>で</rt></ruby>てきた。	因為過於感動，眼淚就流了出來。

● …<ruby>以上<rt>い じょう</rt></ruby>、<ruby>以上<rt>い じょう</rt></ruby>は

MP3- 2- 044

「既然…」、「既然…，就…」。

➡ 【動詞連體形】＋以上、以上は。前句表示某種決心或責任，後句是根據前面而相對應的決心、義務或奉勸的表達方式。有接續助詞作用。相當於「…からは」、「…からには」。

<ruby>引<rt>ひ</rt></ruby>き<ruby>受<rt>う</rt></ruby>けた<ruby>以上<rt>い じょう</rt></ruby>は、<ruby>最後<rt>さい ご</rt></ruby>までやらなくてはいけない。
既然說要負責，就得徹底做好。

→ 例句

1 両親から独立した以上は、仕事を探さなければならない。

既然離開父母自立更生，就得找工作才行。

2 狙った以上、彼女を絶対ガールフレンドにします。

既然相中她，就絕對要讓她成為自己的女友。

3 絶対にできると言ってしまった以上、徹夜をしても完成させます。

既然說絕對沒問題，那即使熬夜也要完成。

4 引き受けた以上は、最後までやらなくてはいけない。

既然說要負責，就得徹底做好。

● …一方、一方で、一方では

MP3- 2- 045

「在…的同時，還…」、「一方面…，一方面…」、「另一方面…」。

→ 【動詞連體形】＋一方、一方で、一方では。前句說明在做某件事的同時，後句多敘述可以互相補充做另一件事。相當於「…とともに」、「…と同時に」。

景気がよくなる一方で、人々のやる気も出てきている。
在景氣好轉的同時，人們也更有幹勁了。

→ 例句

1 短期的なプランを作る一方で、長期的な計画も考えるべきだ。

在做短期規劃的同時，也應該考慮到長期的計畫。

2 景気がよくなる一方で、人々のやる気も出てきている。

在景氣好轉的同時，人們也更有幹勁了。

3 わが社は、家具の生産をする一方、販売も行なっています。

敝社一方面生產家具，一方面也進行販賣。

4 地球上には豊かな人がいる一方で、明日の食べ物もない人がたくさんいる。

地球上有人豐衣足食，但另一方面卻有許多人，連明天的食物都沒有。

● …一方だ

MP3- 2- 046

「一直…」、「不斷地…」、「越來越…」。

➡ 【動詞連體形】＋一方だ。表示某狀況一直朝著一個方向不斷發展，沒有停止。多用於消極的、不利的傾向。意思近於「…ばかりだ」。

都市の環境は悪くなる一方だ。

都市的環境越來越差。

➡ 例句

1　最近、オイル価格は、上がる一方だ。	最近油價不斷地上揚。
2　子どもの学力が低下する一方なのは、問題です。	小孩的學習力不斷地下降，真是個問題。
3　借金は、ふくらむ一方ですよ。	錢越借越多了。
4　都市の環境は悪くなる一方だ。	都市的環境越來越差。

● …上、上に

MP3- 2- 047

「…而且…」、「不僅…，而且…」、「在…之上，又…」。

➡ 【用言連體形；體言の】＋うえ、うえに。表示追加、補充同類的內容。也就是在本來就有的某種情況之外，另外還有比前面更甚的情況。相當於「…だけでなく」。

主婦は、家事の上に育児もしなければなりません。

家庭主婦不僅要做家事，而且還要帶孩子。

➡ 例句

1　この部屋は、眺めがいい上に清潔です。	這房子不僅景觀好，而且很乾淨。

2 スピード違反をした上に、駐車違反までしました。

不僅違規超速，而且還違規停車。

3 主婦は、家事の上に育児もしなければなりません。

家庭主婦不僅要做家事，而且還要帶孩子。

4 彼女は美人である上に優しいので、みんなの人気者です。

她不僅漂亮，而且待人和善，大家都很喜歡她。

● …上で、上での

MP3- 2- 048

「在…之後」、「…以後…」、「之後（再）…」。

➡ 【體言の；動詞連體形】＋上で、上での。表示兩動作間時間上的先後關係。表示先進行前一動作，後面再根據前面的結果，採取下一個動作。相當於「…てから」。

土地を買った上で、建てる家を設計しましょう。

買了土地以後，再設計房子。

➡ 例句

1 相談の上で、条件を決めましょう。

協商之後，再來決定條件吧！

2 話し合って結論を出した上で、みんなに説明します。

討論出結論後，再跟大家說明。

3 土地を買った上で、建てる家を設計しましょう。

買了土地以後，再設計房子。

4 内容をご確認した上で、サインをお願いいたします。

請確認內容以後再簽名。

● …上<small>うえ</small>は

「既然…」、「既然…就…」。

➡ 【動詞連體形】＋上は。前接表示某種決心、責任等行為的詞，後續表示必須採取跟前面相對應的動作。後句是説話人的判斷、決定或勸告。有接續助詞作用。相當於「…以上」、「…からは」。

会社<small>かいしゃ</small>をクビになった上<small>うえ</small>は、屋台<small>やだい</small>でもやるしかない。

既然被公司炒魷魚，就只有開路邊攤了。

➡ 例句

1 最後<small>さいご</small>までがんばると覚悟<small>かくご</small>した上<small>うえ</small>は、今日<small>きょう</small>からしっかりやります。	既然決心要努力到底，今天開始就要好好地做。
2 新<small>あたら</small>しい商品<small>しょうひん</small>を販売<small>はんばい</small>する上<small>うえ</small>は、商品 知識<small>しょうひん ちしき</small>を勉強<small>べんきょう</small>するのは当<small>あ</small>たり前<small>まえ</small>です。	既然要銷售新產品，那麼當然就得學習產品知識。
3 試合<small>しあい</small>に出<small>で</small>ると言<small>い</small>ってしまった上<small>うえ</small>は、がんばってトレーニングをしなければなりません。	既然説要參加比賽，那就得加油練習了。
4 会社<small>かいしゃ</small>をクビになった上<small>うえ</small>は、屋台<small>やだい</small>でもやるしかない。	既然被公司炒魷魚，就只有開路邊攤了。

● …うちに

「趁…」、「在…之內…」。

➡ 【體言の；形容詞、形容動詞連體形】＋うちに。表示在前面的環境、狀態持續的期間，做後面的動作。相當於「…（している）間に」。

赤<small>あか</small>ちゃんが寝<small>ね</small>ているうちに、洗濯<small>せんたく</small>しましょう。

趁嬰兒睡覺的時候洗衣服。

→ **例句**

1 昼間は暑いから、朝のうちに散歩に行った。 | 白天很熱，所以趁早去散步。

2 「鉄は熱いうちに打て」とよく言います。 | 常言道：「打鐵要趁熱」。

3 若くてきれいなうちに、写真をたくさん撮りたいです。 | 趁著年輕貌美，我想要多拍點照片。

4 赤ちゃんが寝ているうちに、洗濯しましょう。 | 趁嬰兒睡覺的時候洗衣服。

● **…ないうちに**　　　　　　　　MP3- 2- 051

「在未…之前，…」、「趁沒…」。

→ 【動詞未然形】＋ないうちに。這也是表示在前面的環境、狀態還沒有產生變化的情況下，做後面的動作。相當於「…前に」。

雨が降らないうちに、帰りましょう。

趁還沒有下雨，回家吧！

→ **例句**

1 嵐が来ないうちに、家に帰りましょう。 | 趁暴風雨還沒來之前，回家吧！

2 値が上がらないうちに、マンションを買った。 | 在房價還沒有上漲之前，買了公寓。

3 知らないうちに、隣の客は帰っていた。 | 不知不覺中，隔壁的客人就回去了。

4 雨が降らないうちに、帰りましょう。 | 趁還沒有下雨，回家吧！

● …うではないか

「讓…吧」、「我們（一起）…吧」。

➡ 【動詞推量形】＋うではないか。表示提議或邀請對方跟自己共同做某事，或是一種委婉的命令，常用在演講上，是稍微拘泥於形式的説法。口語常説成「…う（よう）じゃないか」。一般男性使用。相當於「（一緒に）…しようよ」。

皆で協力して困難を乗り越えようではありませんか。

讓我們同心協力共度難關吧！

➡ 例句

1	たいへんだけれど、がんばろうではないか。	雖然很辛苦，我們就加油吧！
2	かかった費用を、会社に請 求しようではないか。	花費的費用，就跟公司申請吧！
3	彼らの意見も、尊重 しようじゃないか。	我們也尊重一下他們的意見吧！
4	皆で協力して困難を乗り越えようではありませんか。	讓我們同心協力共度難關吧！

● …得_える

「可能」、「能」、「會」。

➡ 【動詞連用形】＋得る。表示可以採取這一動作，有發生這種事情的可能性。如果是否定形，就表示不能採取這一動作，沒有發生這種事情的可能性。有接尾詞的作用。連體形、終止形多用「得る（える）」。相當於「…できる、…の可能性がある」。

日語文法・句型詳解

コンピューターを使えば、大量のデータを計算し得る。

利用電腦，就能統計大量的資料。

→ 例句

1 そんなひどい状況は、想像し得ない。	那種慘狀，真叫人難以想像。
2 コンピューターを使えば、大量のデータを計算し得る。	利用電腦，就能計算大量的資料。
3 その環境では、生物は生存し得ない。	那種環境讓生物難以生存。
4 A銀行とB銀行が合併という話もあり得るね。	A銀行跟B銀行合併一案，也是有可能的。

● …おかげで、おかげだ

MP3- 2- 054

「多虧…」、「因為…」；「由於…的緣故」。

→ 【體言の；用言連體形】＋おかげで、おかげだ。表示原因。由於受到某種恩惠，導致後面好的結果。常帶有感謝的語氣。與「から」、「ので」作用相似，但感情色彩更濃。中文意思是：「多虧…」、「托您的福」、「因為…」。後句如果是消極的結果時，一般帶有諷刺、抱怨的意味。相當於「…のせいで」。「由於**…的緣故**」。

薬のおかげで、傷はすぐ治りました。

多虧藥效，傷口馬上好了。

→ 例句

1 薬のおかげで、傷はすぐ治りました。	多虧藥效，傷口馬上好了。

2 今年は冬が暖かったおかげで、すごしやすかった。

多虧今年冬天很暖和，才過得很舒服。

3 車を買ったおかげで、ボーナスが全部なくなった。

因為買了車，年中（終）獎金全都沒了。

4 新鮮な魚が食べられるのは、海に近いおかげだ。

能吃到新鮮的魚，全是託靠海之福。

● …おそれがある

MP3- 2- 055

「有…危險」、「恐怕會…」、「搞不好會…」。

➡ 【動詞連體形】＋おそれがある。表示有發生某種消極事件的可能性。只限於用在不利的事件。常用在新聞或報導中。相當於「…心配がある」。

台風のため、午後から津波のおそれがあります。

因為颱風，下午恐怕會有海嘯。

➡ 例句

1 それを燃やすと、悪いガスが出るおそれがある。

那個一燃燒，恐怕會產生不好的氣體。

2 データを分析したら、失業が増えるおそれがあることがわかった。

資料一分析，得知失業恐怕會增加。

3 このままでは、赤字が膨らむおそれがあります。

再這樣下去，搞不好虧損會更多。

4 台風のため、午後から高波のおそれがあります。

因為颱風，下午恐怕會有大浪。

169

日語文法・句型詳解

Level 2

● …かぎり、かぎりは、かぎりでは

「在…的範圍內」、「就…來說」、「據…調查」。

➡ 【動詞連體形；名詞の】＋かぎり、かぎりは、かぎりでは。接表示認知行為如「知る（知道）、見る（看見）、調査（調査）、聞く（聽說）」等動詞後面，表示憑著自己的知識、經驗等有限的範圍做出判斷，或提出看法。相當於「…その範囲内で」。

私の知るかぎりでは、彼は最も信頼できる人間です。
據我所知，他是最值得信賴的人。

➡ 例句

1 私の知るかぎりでは、彼は最も信頼できる人間です。	據我所知，他是最值得信賴的人。
2 テレビ欄を見たかぎりでは、今日はおもしろい番組はありません。	就我所看到的電視節目表，今天沒有有趣的節目。
3 今回調査したかぎりでは、この植物はまだ日本では発見されていないようだ。	就這次的調查，這個植物在日本好像還沒有被發現。
4 私が本で読んだかぎりでは、あの国はとても住みやすそうです。	就我書上所看的，那個國家好像很適合居住。

● …ないかぎり

「除非…，否則就…」、「只要不…，就…」。

➡ 【動詞未然形】＋ないかぎり。表示只要某狀態不發生變化，結果就不會有變化。含有如果狀態發生變化了，結果也會有變化的可能性。相當於「…ないなら、…なければ」。

犯人が逮捕されないかぎり、私たちは安心できない。
只要沒有逮捕到犯人，我們就無法安心。

⮕ 例句

1 犯人が逮捕されないかぎり、私たちは安心できない。 | 只要沒有逮捕到犯人，我們就無法安心。

2 しっかり練習しないかぎり、優勝はできません。 | 要是沒紮實做練習，就沒辦法獲勝。

3 工場が生産をやめないかぎり、川の汚染は続くでしょう。 | 要是工廠不停止生產，河川的污染就會持續下去。

4 社長の気が変わらないかぎりは、大丈夫です。 | 只要社長沒改變心意就沒問題。

● …かけた、かけの、かける

MP3- 2- 058

2 Level

「剛…」、「開始…」。

⮕ 【動詞連用形】＋かけた、かけの、かける。表示動作，行為已經開始，正在進行途中，但還沒有結束。相當於「…している途中」。

今ちょうどデータの処理をやりかけたところです。
現在正在處理資料。

⮕ 例句

1 当時は、テレビが普及しかけた頃でした。 | 當時正是電視開始普及的時候。

2 メールを書きかけたとき、電話が鳴った。 | 才剛寫電子郵件，電話鈴聲就響了。

3 今ちょうどデータの処理をやりかけたところです。 | 現在正好在處理資料。

4 今、整理しかけたところなので、まだ片付いていません。 | 現在才剛開始整理，所以還沒有收拾。

171

● …がたい

MP3- 2- 059

「難以…」、「很難…」、「不能…」。

→ 【動詞連用形】＋がたい。表示做該動作難度非常高，或幾乎是不可能。即使想這樣做也難以實現。一般多用在抽象的事物，為書面用語。相當於「…するのが難しい」。

彼女との思い出は忘れがたい。
很難忘記跟她在一起時的回憶。

→ 例句

1 あなたの考えは、理解しがたい。

我很難理解你的想法。

2 これは私にとって忘れがたい作品です。

這對我而言，是件難以忘懷的作品。

3 それがほんとの話だとは、信じがたいです。

我很難相信那是真的。

4 彼女との思い出は忘れがたい。

很難忘記跟她在一起時的回憶。

● …がちだ、がちの

MP3- 2- 060

「容易…」、「往往會…」、「比較多」。

→ 【體言；動詞連用形】＋がちだ、がちの。表示即使是無意的，也容易出現某種傾向，或是常會這樣做。一般多用在負面評價的動作。相當於「…の傾向がある」。

おまえは、いつも病気がちだなあ。
你還真容易生病呀。

⇒ 例句

1 おまえは、いつも病気がちだなあ。	你還真容易生病呀。
2 天気予報によると、明日は曇りがちだそうです。	根據氣象報告，明天多雲。
3 子どもは、ゲームに熱中しがちです。	小孩子容易對電玩一頭熱。
4 春は曇りがちの日が多い。	春天多雲的日子比較多。

● …かと思うと、かと思ったら
「剛一…就…」、「剛…馬上就…」。

MP3- 2- 061

2 Level

⇒ 【動詞過去式】＋かと思うと、かと思ったら。表示前後兩個對比的事情，在短時間內幾乎同時相繼發生，後面接的大多是説話人意外和驚訝的表達。相當於「…した後すぐに」。

さっきまで泣いていたかと思ったら、もう笑っている。
剛剛才在哭，這會兒又笑了。

⇒ 例句

1 政府の方針は、決まったかと思うと、すぐに変更になる。	政府的方針才剛決定，馬上就又變更了。
2 アメリカから帰ってきたかと思ったら、もう中国に出張に行った。	才剛從美國回來，馬上就到中國出差去了。
3 さっきまで泣いていたかと思ったら、もう笑っている。	剛剛才在哭，這會兒又笑了。
4 空が暗くなってきたかと思ったら、大粒の雨が降ってきた。	天空才剛暗下來，就下起了大雨。

● **…と思うと、と思ったら**　　　　　　　　　MP3- 2- 062

「原以為…，誰知是…」；「覺得是…，結果果然…」。

➡ 【用言終止形】＋と思うと、と思ったら。表示本來預料會有某種情況，下文的結果有兩種：一種是出乎意外地出現了相反的結果；一種是結果與本來預料的一致。

太郎が勉強していると思ったら、漫画を読んでいる。

原以為太郎在看書，誰知道是在看漫畫。

➡ **例句**

1 彼のオフィスは３階だと思ったら、４階でした。	原以為他的辦公室在三樓，誰知是四樓。
2 この像は銅でできていると思ったら、なんと木でできていた。	原以為這座像是銅做的，誰知竟然是木頭做的。
3 雷が鳴っているなと思ったら、やはり雨が降ってきました。	覺得好像打雷了，結果果然就下起雨來了。
4 太郎が勉強していると思ったら、漫画を読んでいる。	原以為太郎在看書，誰知道是在看漫畫。

● **…か…ないかのうちに**　　　　　　　　　MP3- 2- 063

「剛剛…就…」、「一…（馬上）就…」。

➡ 【動詞終止形】＋か＋【同一動詞未然形】＋ないかのうちに。表示前一個動作才剛開始，在似完非完之間，第二個動作緊接著又開始了。相當於「…すると、同時に」。

試合が開始するかしないかのうちに、一点取られてしまった。

比賽才剛開始，就被得了一分。

➜ 例句

1 試合が開始するかしないかのうちに、１点　｜　比賽才剛開始，就被得了
取られてしまった。　｜　一分。

2 インタビューを始めるか始めないかのうち　｜　採訪才要開始，首相就生
に、首相は怒り始めた。　｜　起氣來了。

3 彼は、サッカー選手を引退するかしないか　｜　他才剛從足球職業選手引
のうちに、タレントになった。　｜　退，就當起演員來了。

4 チャイムが鳴るか鳴らないかのうちに、　｜　鈴聲才要響起，老師就進
先生が教室に入ってきた。　｜　教室了。

● …かねる

MP3-2-064

「難以…」、「不能…」、「不便…」。

➜ 【動詞連用形】＋かねる。表示本來能做到的事，由於主觀上的原因，
如某種心理上的排斥感，或客觀上原因，如道義上的責任等，而難以做
到某事。相當於「ちょっと…できない、…しにくい」。

その案には、賛成しかねます。

那個案子我無法贊成。

➜ 例句

1 その案には、賛成しかねます。　｜　那個案子我無法贊成。

2 この材料では、製品の品質は保証しかね　｜　這種材質，恐難以保證產
ます。　｜　品的品質。

3 突然頼まれても、引き受けかねます。　｜　你突然這樣拜託，我真的
　｜　很難答應。

4 申し訳ありませんが、私ではお答えしかね　｜　真是抱歉，我不便回答。
ます。

● …かねない

「很可能…」、「也許會…」、「說不定將會…」。

→ 【動詞連用形】＋かねない。「かねない」是接尾詞「かねる」的否定形。表示有這種可能性或危險性。有時用在主體道德意識薄弱，或自我克制能力差等原因，而有可能做出異於常人的某種事情。一般用在負面的評價。相當於「…する可能性がある、…するかもしれない」。

あいつなら、そのようなでたらめも言いかねない。
那傢伙的話就很可能會信口胡說。

→ 例句

1 あいつなら、そのようなでたらめも言いかねない。	那傢伙的話就很可能會信口胡說。
2 女性を誘うと、誤解されかねないですよ。	邀約女性，可能會被誤解喔！
3 彼にこの話をすると、感情的になりかねない。	你跟他說這話，他有可能會變得很情緒化。
4 勉強しないと、落第しかねないよ。	如果不讀書就很可能會考不上唷。

● …かのようだ

「像…一樣的」、「似乎…」。

→ 【用言終止形】＋かのようだ。由終助詞「か」後接「…のようだ」而成。將事物的狀態、性質、形狀及動作狀態，比喻成比較誇張的、具體的，或比較容易瞭解的其他事物。經常以「…かのような」、「…かのように」的形式出現。是一種文學性描寫。相當於「まるで…ようだ」。

この<ruby>村<rt>むら</rt></ruby>では、<ruby>中世<rt>ちゅうせい</rt></ruby>に<ruby>戻<rt>もど</rt></ruby>ったかのような<ruby>生活<rt>せいかつ</rt></ruby>をしています。

這個村子，過著如同回到日本中世紀般的生活。

➡ 例句

1 <ruby>先生<rt>せんせい</rt></ruby>は、<ruby>実物<rt>じつぶつ</rt></ruby>を<ruby>見<rt>み</rt></ruby>たことがあるかのように<ruby>話<rt>はな</rt></ruby>します。

老師像是看過實物般地敘述著。

2 <ruby>暖<rt>あたた</rt></ruby>かくて、まるで<ruby>春<rt>はる</rt></ruby>が<ruby>来<rt>き</rt></ruby>たかのようだ。

暖烘烘地，好像春天來到似地。

3 <ruby>彼女<rt>かのじょ</rt></ruby>は、<ruby>何<rt>なに</rt></ruby>もなかったかのように<ruby>微笑<rt>ほほえ</rt></ruby>んでいた。

她微笑著，似乎沒有發生任何事般。

4 この<ruby>村<rt>むら</rt></ruby>では、<ruby>中世<rt>ちゅうせい</rt></ruby>に<ruby>戻<rt>もど</rt></ruby>ったかのような<ruby>生活<rt>せいかつ</rt></ruby>をしています。

這個村子，過著如同回到日本中世紀般的生活。

● …から…にかけて

MP3-2-067

「從…到…」。

➡ 【體言】＋から＋【體言】＋にかけて。表示兩個地點、時間之間一直連續發生某事或某狀態的意思。跟「…から…まで」相比，「…から…まで」著重在動作的起點與終點，「…から…にかけて」只是籠統地表示跨越兩個領域的時間或空間。

この<ruby>辺<rt>あた</rt></ruby>りからあの<ruby>辺<rt>あた</rt></ruby>りにかけて、<ruby>畑<rt>はたけ</rt></ruby>が<ruby>多<rt>おお</rt></ruby>いです。

這頭到那頭，有很多田地。

➡ 例句

1 この<ruby>辺<rt>あた</rt></ruby>りからあの<ruby>辺<rt>あた</rt></ruby>りにかけて、<ruby>畑<rt>はたけ</rt></ruby>が<ruby>多<rt>おお</rt></ruby>いです。

從這頭到那頭，有很多田地。

2 <ruby>恵比寿<rt>えびす</rt></ruby>から<ruby>代官山<rt>だいかんやま</rt></ruby>にかけては、おしゃれなショップが<ruby>多<rt>おお</rt></ruby>いです。

從惠比壽到代官山一帶，有很多摩登的店。

3 月曜<ruby>げつよう</ruby>から水曜<ruby>すいよう</ruby>にかけて、健康診断<ruby>けんこうしんだん</ruby>が行<ruby>おこな</ruby>われます。　｜　星期一到星期三，實施健康檢查。

4 今日<ruby>きょう</ruby>から明日<ruby>あした</ruby>にかけて大雨<ruby>おおあめ</ruby>が降<ruby>ふ</ruby>るらしい。　｜　今天起到明天好像會下大雨。

●…からいうと、からいえば、からいって　　MP3- 2- 068

「從…來説」、「從…來看」、「就…而言」。

➡ 【體言】＋からいうと、からいえば、からいって。表示判斷的依據及角度。表示站在某一立場上來進行判斷。相當於「…から考えると」。

専門家<ruby>せんもんか</ruby>の立場<ruby>たちば</ruby>からいうと、この家<ruby>いえ</ruby>の構造<ruby>こうぞう</ruby>はよくない。

從專家的角度來看，這個房子的結構不好。

➡ 例句

1 専門家<ruby>せんもんか</ruby>の立場<ruby>たちば</ruby>からいうと、この家<ruby>いえ</ruby>の構造<ruby>こうぞう</ruby>はよくない。　｜　從專家的角度來看，這個房子的結構不好。

2 別<ruby>べつ</ruby>の角度<ruby>かくど</ruby>からいうと、その考<ruby>かんが</ruby>えも悪<ruby>わる</ruby>くない。　｜　從另一個角度來看，那個想法其實也不錯。

3 技術<ruby>ぎじゅつ</ruby>という面<ruby>めん</ruby>からいうと、彼<ruby>かれ</ruby>は世界<ruby>せかい</ruby>の頂点<ruby>ちょうてん</ruby>に立<ruby>た</ruby>っています。　｜　就技術面而言，他站在世界的頂端。

4 学力<ruby>がくりょく</ruby>からいえば、山田君<ruby>やまだくん</ruby>がクラスで一番<ruby>いちばん</ruby>だ。　｜　從學習力來看，山田君是班上的第一名。

●…からして　　MP3- 2- 069

「從…來看…」。

➡ 【體言】＋からして。表示判斷的依據。後面多是消極、不利的評價。相當於「…だけを考えても」。

あの態度からして、女房はもうその話を知っているようだな。

從那個態度來看，我老婆已經知到那件事了。

➡ 例句

1 経験からして、もうすぐあの火山は噴火しそうだ。

從經驗來看，那座火山似乎就要噴火了。

2 今までの確率からして、くじが当たるのは難しそうです。

從至今的機率來看，要中彩券似乎是很難的。

3 いつもの行動からして、父は今頃飲み屋にいるでしょう。

從以往的行動模式來看，爸爸現在應該在小酒店吧！

4 先生の年齢からして、たぶんこの歌手を知らないでしょう。

從老師的年齡來看，大概不知道這位歌手吧！

● …からすれば、からすると

MP3- 2- 070

「從…來看」、「從…來說」。

➡ 【體言】＋からすれば、からすると。也是表示判斷的依據。相當於「…から考えると」。

親からすれば、子どもはみんな宝です。

對父母而言，小孩個個都是寶。

➡ 例句

1 プロからすれば、私たちの野球はとても下手に見えるでしょう。

從職業的角度來看，我們的棒球應該很差吧！

2 親からすれば、子どもはみんな宝です。

對父母而言，小孩個個都是寶。

3 日本の伝統からすれば、この行事には深い意味があるのです。

從日本的傳統來看，這個慶典有很深遠的意義。

4 あの汚れからすると、全然洗濯していない｜照那種髒法來看，好像完
らしい。　　　　　　　　　　　　　　　　全沒有洗過的樣子。

● …からといって

MP3- 2- 071

「（不能）僅因…就…」、「即使…，也不能…」；
「說是（因為）…」。

➡ 【用言終止形】＋からといって。（1）表示不能僅僅因為前面這一點
理由，就做後面的動作。後面接否定的說法。相當於「…という理由が
あっても」；（2）表示引用別人陳述的理由。如「仕事があるからと
いって、彼は途中で帰った。」（說是有工作，他中途就回去了。）

読書が好きだからといって、1日中読んでいたら体に悪いよ。

即使愛看書，但整天抱著書看對身體也不好呀！

➡ 例句

1 勉強ができるからといって仕事ができるわ｜會讀書不見得會工作。
けではない。

2 読書が好きだからといって、一日中読んで｜即使愛看書，但整天抱著
いたら体に悪いよ。　　　　　　　　　　　書看對身體也不好呀！

3 誰も見ていないからといって、勝手に持っ｜即使沒人看到，也不能高
ていってはだめですよ。　　　　　　　　　興拿就拿走啊！

4 勉強ができるからといって偉いわけではあ｜即使會讀書，不代表就很
りません。　　　　　　　　　　　　　　　了不起。

● …からには、からは

MP3- 2- 072

「既然…」、「既然…，就…」。

➡ 【用言終止形】＋からには、からは。表示既然到了這種情況，後面「就要一直幹到底」的説法。因此，後句中表示説話人的判斷、決心、命令、勸誘及意志等。一般用於書面上。相當於「…のなら、…以上は」。

教師になったからには、生徒一人一人をしっかり育てたい。

既然當了老師，當然就想要把學生一個個都確實教好。

➡ 例句

1 教師になったからには、生徒一人一人をしっかり育てたい。	既然當了老師，當然就想要把學生一個個都確實教好。
2 コンクールに出るからには、毎日 練 習しなければだめですよ。	既然要參加甄選會，不每天練習是不行的。
3 信じようと決めたからには、もう最後まで味方になろう。	既然決定要相信你，到最後就都是站在你這一邊。
4 自分で選んだ道であるからは、最後までがんばるつもりです。	既然是自己選的路，我就要努力到底。

● …から見ると、から見れば、から見て（も）

MP3- 2- 073

「從…來看」、「從…來説」、「根據…來看…」。

➡ 【體言】＋から見ると、から見れば、から見て（も）。表示判斷的依據、角度。也就是「從某一立場來判斷的話」之意。相當於「…からすると」。

雲のようすから見ると、日中は雨が降りそうです。

從雲朵的樣子來看，白天好像會下雨。

2 Level

181

→ 例句

1 雲のようすから見ると、日中は雨が降りそうです。

從雲朵的樣子來看，白天好像會下雨。

2 教師の立場から見ると、あの子はとてもいい生徒です。

從老師的立場來看，那孩子是個好學生。

3 結果から見ると、今回の会議はなかなか成功でした。

從結果來看，這次的會議相當成功。

4 あの様子から見れば、彼は相当疲れているらしい。

從那個樣子來看，他似乎很疲倦。

● …かわりに

MP3- 2- 074

「代替…」；「雖然…但是…」。

→ （1）【體言の】＋かわりに。表示由另外的人或物來代替。意含「本來是前項，但因某種原因由後項代替」。相當於「…の代理で」、相當於「…とひきかえに」。 （2）【用言連體形】＋かわりに。表示一件事同時具有兩個相互對立的側面，一般重點在後項。相當於「…一方で」。

正月は海外旅行に行くかわりに、近くの温泉に行った。

過年不去國外旅行，改到附近洗溫泉。

O   X

→ 例句

1 社長のかわりに、奥様がいらっしゃいました。

社長夫人代替社長蒞臨了。

2 過去のことを言うかわりに、未来のことを考えましょう。

大家想想未來的事，來代替説過去的事吧！

3 正月は海外旅行に行くかわりに、近くの温泉に行った。

過年不去國外旅行，改到附近洗溫泉。

4 人気を失ったかわりに、静かな生活が戻ってきた。

雖然不再受歡迎，但卻換回了平靜的生活。

● …ぎみ

MP3- 2- 075

「有點…」、「稍微…」、「…趨勢」。

→ 【體言；動詞連用形】＋ぎみ。漢字是「気味」。表示身心、情況等有這種樣子，有這種傾向，用在主觀的判斷。多用在消極或不好的場合。相當於「…の傾向がある」。

ちょっと風邪ぎみで、熱が出る。

有點感冒，發了燒。

→ 例句

1 ちょっと風邪ぎみで、熱が出た。 | 有點感冒，發了燒。

2 疲れぎみなので、休息します。 | 有點累，我休息一下。

3 どうも学生の学力が下がりぎみです。 | 總覺得學生的學習力有點下降。

4 最近、少し疲れ気味です。 | 最近感到有點疲倦。

● …きり

MP3- 2- 076

「只有…」；「一直…」、「全心全意地…」。

→ （1）【體言】＋きり。接在名詞後面，表示限定。也就是只有這些的範圍，除此之外沒有其它。與「…だけ」、「…しか…ない」意思相同。
　　（2）【動詞連用形】＋きり。表示不做別的事，一直做這一件事。相當於「…て、そのままずっと」。

今度は二人きりで、会いましょう。

下次就我們兩人出來見面吧！

例句

1 今度は二人きりで、会いましょう。

下次就我們兩人出來見面吧！

2 割引をするのは、三日きりです。

打折只打三天。

3 今もっている現金は、これきりです。

現在手邊的現金就只有那些了。

4 難病に罹った娘をつききりで看病した。

全心全意地照顧罹患難治之症的女兒。

● …きり…ない

MP3- 2- 077

「…之後，再也沒有…」、「…之後就…」。

→ 【動詞過去式】＋きり…ない。後面接否定的形式，表示前項的動作完成之後，應該進展的事，就再也沒有下文了。

彼女とは一度会ったきり、その後、会ってない。

跟她見過一次面以後，就再也沒碰過面了。

例句

1 彼女とは一度会ったきり、その後、会ってない。

跟她見過一次面以後，就再也沒碰過面了。

2 彼は金を借りたきり、返してくれない。

他錢借了後，就沒還過。

3 兄は出かけたきり、もう５年も帰ってこない。

哥哥離家之後，已經五年沒回來了。

4 今朝、コーヒーを飲んだきりで、何も食べていない。

今天早上，只喝了咖啡，什麼都沒吃。

● …きる、きれる、きれない

「充分」、「完全」、「到極限」。

→ 【動詞連用形】＋きる、きれる、きれない。有接尾詞作用。接意志動詞的後面，表示行為、動作做到完結、竭盡、堅持到最後。相當於「終わりまで…する」。中文意思是：「…完」；接在無意志動詞的後面，表示程度達到極限。相當於「十分に…する」。

何時の間にか、お金を使いきってしまった。

不知不覺，錢就花光了。

→ 例句

1 いつの間にか、お金を使いきってしまった。	不知不覺錢就花光了。
2 マラソンのコースを全部走りきりました。	馬拉松全程都跑完了。
3 三日間も寝ないで、仕事をして、疲れきってしまった。	工作三天沒睡覺，累得精疲力竭。
4 そんなにたくさん食べきれないよ。	我沒辦法吃那麼多啦！

● …くせに

「雖然…，可是…」、「…，卻…」。

→ 【用言連體形；體言の】＋くせに。表示逆態接續。用來表示根據前項的條件，出現後項讓人覺得可笑的、不相稱的情況。全句帶有譴責、抱怨、反駁、不滿、輕蔑的語氣。批評的語氣比「のに」更重，較為口語。

芸術もわからないくせに、偉そうなことを言うな。

明明不懂藝術，別在那裡說得像真的一樣。

⇒ 例句

1 芸術（げいじゅつ）もわからないくせに、偉（えら）そうなことを言（い）うな。 | 不懂藝術，別在那裡説得像真的一樣。

2 彼女（かのじょ）が好（す）きなくせに、嫌（きら）いだと言（い）いはっている。 | 明明喜歡她，卻硬説討厭她。

3 彼（かれ）は助教授（じょきょうじゅ）のくせに、教授（きょうじゅ）になったと嘘（うそ）をついた。 | 他只是副教授，卻謊稱是教授。

4 お金（かね）もそんなにないくせに、買（か）い物（もの）ばかりしている。 | 明明沒什麼錢，卻一天到晚買東西。

● …くらい、ぐらいだ

MP3- 2- 080

「幾乎…」、「簡直…」、「甚至…」。

⇒ 【活用連體形】＋くらい、くらいだ。表示極端的程度。用在為了進一步説明前句的動作或狀態的程度，舉出具體事例來。相當於「…ほど」。

田中（たなか）さんは美人（びじん）になって、本当（ほんとう）にびっくりするくらいでした。
田中小姐變得那麼漂亮，簡直叫人大吃一驚。

⇒ 例句

1 女房（にょうぼう）と一緒（いっしょ）になったときは、嬉（うれ）しくて涙（なみだ）が出（で）るくらいでした。 | 跟老婆結成褳褵時，高興得眼淚幾乎要掉下來。

2 マラソンのコースを走（はし）り終（お）わったら、疲（つか）れて一歩（いっぽ）も歩（ある）けないくらいだった。 | 跑完馬拉松全程，精疲力竭到幾乎一步也踏不出去。

3 街（まち）の変化（へんか）はとても激（はげ）しく、別（べつ）の場所（ばしょ）に来（き）たのかと思（おも）うくらいです。 | 街道的變化太大，幾乎以為來到了別的地方。

4 田中（たなか）さんは美人（びじん）になって、本当（ほんとう）にびっくりするくらいでした。 | 田中小姐變得那麼漂亮，簡直叫人大吃一驚。

● …げ

「…的感覺」、「好像…的樣子」。

➡ 【形容詞、形容動詞詞幹；動詞連用形；名詞】＋げ。表示帶有某種樣子、傾向、心情及感覺。書寫語氣息較濃。相當於「…そう」。

可愛^{かわい}げのない女^{おんな}の人^{ひと}は嫌^{きら}いです。

我討厭不可愛的女人。

➡ 例句

1 可愛^{かわい}げのない女^{おんな}の人^{ひと}は嫌^{きら}いです。 | 我討厭不可愛的女人。

2 要するに、あの人^{ひと}は大人^{おとな}げがないんです。 | 總而言之，那個人就是沒個大人樣。

3 老人^{ろうじん}は寂^{さび}しげに笑^{わら}った。 | 老人寂寞地笑著。

4 その女性^{じょせい}は恨^{うら}めしげな様子^{ようす}だったよ。 | 那女子一副憎恨的樣子。

● …こそ

「正是…」、「才（是）」；「正（因為）…才」。

➡ 【用言連用形；體言】＋こそ。（1）表示特別強調某事物；（2）表示強調充分的理由。前面常接「から」或「ば」。相當於「…ばこそ」。

こちらこそよろしくお願^{ねが}いします。

彼此彼此，請多多關照。

➡ 例句

1 こちらこそよろしくお願^{ねが}いします。 | 彼此彼此，請多多關照。

2 誤^{あやま}りを認^{みと}めてこそ、立派^{りっぱ}な指導者^{しどうしゃ}と言^いえる。 | 唯有承認自己的錯，才叫了不起的領導者。

3 商 売は、相手があればこそ成り立つもので | 買賣要有對象才能夠成
す。 | 立。

4 今度こそ試合に勝ちたい。 | 這次比賽一定要贏。

● …ことか

「得多麼…啊」、「…啊」、「…呀」。

→ 【疑問詞】＋【用言連體形】＋ことか。表示該事物的程度如此之大，大到沒辦法特定。含有非常感慨的心情。相當於「非常に…だ」。

あなたが子どもの頃は、どんなに可愛かったことか。

你小時候多可愛啊！

→ 例句

1 あなたが子どもの頃は、どんなに可愛かっ | 你小時候多可愛啊！
たことか。

2 それを聞いたら、お母さんがどんなに悲し | 聽了那個以後，母親會多
むことか。 | 傷心啊！

3 やることがなくて、どんなに退屈したこと | 無所事事，多無聊呀！
か。

4 彼はなんと立派な青年になったことか。 | 他變得多年輕有為啊！

● …ことから

「從…來看」、「因為…」、「…因此…」。

→ 【用言連體形】＋ことから。表示判斷的理由。根據前項的情況，來判斷出後面的結果或結論。相當於「ので」。

顔がそっくりなことから、双子であることを知った。

因為長得很像，所以知道是雙胞胎。

⇒ **例句**

1	ガラスが割^われていることから、泥棒^{どろぼう}が入^{はい}ったとわかった。	從玻璃被打破來看，就知道遭小偷了。
2	顔^{かお}がそっくりなことから、双子^{ふたご}であることを知^しった。	因為長得很像，所以知道是雙胞胎。
3	苦^{くる}しみに耐^たえられたことから、彼女^{かのじょ}の精神的強^{せいしんてきつよ}さを知^しりました。	從能吃苦耐勞來看，就知道她的意志力很強。
4	英語^{えいご}が話^{はな}せることから、プロジェクトのメンバーに抜擢^{ばってき}された。	因為他會説英語，所以被選為企劃案的一員。

○ **…ことだ**

MP3- 2- 085

「就得…」、「要…」、「應當…」、「最好…」。

⇒ 【動詞連體形】＋ことだ。表示一種間接的忠告或命令。説話人忠告對方，某行為是正確的或應當的，或某情況下將更加理想。口語中多用在上司、長輩對部屬、晚輩。相當於「…したほうがよい」。

大会^{たいかい}に出^でたければ、がんばって練習^{れんしゅう}することだ。

如果想出賽，就要努力練習。

⇒ **例句**

1	不平^{ふへい}があるなら、はっきり言^いうことだ。	如果有什麼不滿，最好要説清楚。
2	大会^{たいかい}に出^でたければ、がんばって練習^{れんしゅう}することだ。	如果想出賽，就要努力練習。
3	成功^{せいこう}するためには、懸命^{けんめい}に努力^{どりょく}することだ。	要成功，就應當竭盡全力。
4	合格^{ごうかく}したければ、毎日勉強^{まいにちべんきょう}することだ。	要考上，就得每天看書。

● **…ことだから**

MP3- 2- 086

「因為是…，所以…」。

➡ 【體言の】＋ことだから。表示自己判斷的依據。主要接表示人物的詞後面，前項是根據說話雙方都熟知的人物的性格、行為習慣等，做出後項相應的判斷。近似「…ことから」。相當於「…だから、たぶん」。

主人のことだから、また釣りに行っているの
だと思います。

我想我老公一定又去釣魚吧！

➡ **例句**

1	あなたのことだから、きっと夢を実現させるでしょう。	因為是你，所以一定可以讓夢想實現吧！
2	責任感の強い彼のことだから、役目をしっかり果たすだろう。	因為是責任感強的他，所以一定能完成使命吧！
3	主人のことだから、また釣りに行っているのだと思います。	我想我老公一定又去釣魚吧！
4	母のことだから、きっとたくさんのお土産を持ってきてくれるでしょう。	母親一定又會給我帶很多土產來吧！

● **…ことなく**

MP3- 2- 087

「不…」、「不…（就）…」、「不…地…」。

➡ 【動詞連體形】＋ことなく。表示從來沒有發生過某事。書面語感強烈。作用近似「…ず」、「…ないで」。

立ち止まることなく、未来に向かって歩いていこう。

不要停下腳步，朝向未來邁進吧！

例句

1 この工場_{こうじょう}は、24時間休_{じかんやす}むことなく製品_{せいひん}を供給_{きょうきゅう}できます。	這個工廠，可以24小時無休地提供產品。
2 立_たち止_どまることなく、未来_{みらい}に向_むかって歩_{ある}いていこう。	不要停下腳步，朝向未來邁進吧！
3 あなたなら、誰_{だれ}にも頼_{たよ}ることなく仕事_{しごと}をやっていくでしょう。	要是你的話，工作可以不依賴任何人吧！
4 ロボットは24時間休_{じかんやす}むことなく働_{はたら}いている。	機器人24小時無休地工作。

● …ことに、ことには

「令人感到…的是…」。

MP3- 2- 088

→ 【用言連體形】＋ことに。接在表示感情的形容詞或動詞後面，表示說話人在敘述某事之前的心情。書面語的色彩濃厚。相當於「なんとも…だが」。

嬉_{うれ}しいことに、仕事_{しごと}は順調_{じゅんちょう}に進_{すす}んでいます。
高興的是，工作進行得很順利。

例句

1 嬉_{うれ}しいことに、仕事_{しごと}は順調_{じゅんちょう}に進_{すす}んでいます。	高興的是，工作進行得很順利。
2 残念_{ざんねん}なことに、この区域_{くいき}では携帯電話_{けいたいでんわ}が使_{つか}えない。	可惜的是，這個區域不能使用手機。
3 驚_{おどろ}いたことに、町_{まち}はたいへん発展_{はってん}していました。	令人驚訝的是，城鎮蓬勃地發展了起來。
4 ありがたいことには、奨学金_{しょうがくきん}がもらえることになった。	令人高興的是，可以領到獎學金。

2 Level 日語文法・句型詳解

MP3- 2- 089

● …ことになっている、こととなっている

「按規定…」、「預定…」、「將…」。

➡ 【動詞連體形】＋ことになっている、こととなっている。表示客觀做出某種安排。表示約定或約束人們生活行為的各種規定、法律以及一些慣例。「ている」表示結果或定論等的存續。相當於「予定では…する」。

夏休みのあいだ、家事は子供たちがすることになっている。

暑假期間，説好家事是小孩們要做的。

➡ 例句

1 書類には、生年月日を書くことになっていた。	資料按規定要填上出生年月日。
2 隊長が来るまで、ここに留まることになっています。	按規定要留在這裡，一直到隊長來。
3 夏休みのあいだ、家事は子供たちがすることになっている。	暑假期間，説好家事是小孩們要做的。
4 10時以降は外出禁止ということとなっています。	按規定10點以後，禁止外出。

● …ことはない

MP3- 2- 090

「不要…」、「用不著…」。

➡ 【動詞連體形】＋ことはない。表示鼓勵或勸告別人，沒有做某一行為的必要。相當於「…する必要はない」。

部長の評価なんて、気にすることはありません。
用不著去在意部長的評價。

➡ 例句

1 あんなひどい女のことで、悩むことはない | 用不著為那種壞女人煩
ですよ。 | 惱。

2 部長の評価なんて、気にすることはありま | 用不著去在意部長的評
せん。 | 價。

3 日本でも勉強できますから、アメリカまで | 在日本也可以學，不必去
行くことはないでしょう。 | 美國吧！

4 時間は十分あるから急ぐことはない。 | 時間還很充裕，不用著
急。

● …際、際は、際に

MP3- 2- 091

「時候」、「在…時」、「當…之際」。

➡ 【體言の；動詞連體形】＋際（は、に）。表示動作、行為進行的時
候。相當於「…ときに」。

仕事の際には、コミュニケーションを大切にしよう。

在工作時，要著重視溝通。

➡ 例句

1 仕事の際には、コミュニケーションを大切 | 工作時，要著重溝通。
にしよう。

2 故郷に帰った際には、とても歓迎された。 | 回故鄉時，受到熱烈的歡
迎。

3 以前、東京でお会いした際に、名刺をお渡 | 我想之前在東京與您見面
ししたと思います。 | 時，有遞過名片給您。

4 パスポートを申請する際には写真が必要で | 申請護照時需要照片。
す。

日語文法・句型詳解

●…最中（さいちゅう）に、最中（さいちゅう）だ

MP3- 2- 092

「正在…」。

➡ 【體言の；用言連體形】＋最中に、最中だ。表示某一行為、動作正在進行中。常用在這一時刻，突然發生了什麼事的場合。相當於「…している途中に」。

例（れい）の件（けん）について、今（いま）検討（けんとう）している最中（さいちょう）だ。
那個案子，現在正在檢討中。

➡ **例句**

1 大事（だいじ）な試験（しけん）の最中（さいちゅう）に、急（きゅう）におなかが痛（いた）くなってきた。	在重要的考試時，肚子突然痛起來。
2 放送（ほうそう）している最中（さいちゅう）に、非常（ひじょう）ベルが鳴（な）り出（だ）した。	廣播時警鈴突然響起來了。
3 犯罪防止（はんざいぼうし）の方法（ほうほう）を考（かんが）えている最中（さいちゅう）ですが、何（なに）かいい知恵（ちえ）はありませんか。	我正在思考預防犯罪的方法，你有沒有什麼好主意？
4 例（れい）の件（けん）について、今（いまけんとう）検討している最中（さいちゅう）だ。	那個案子，現在正在討論中。

●…さえ、でさえ

MP3- 2- 093

「連…」、「甚至…」。

➡ 【體言】＋さえ、でさえ。用在理所當然的事都不能了，其他的事就更不用說了。相當於「…すら、…でも、…も」。

私（わたし）でさえ、あの人（ひと）の言葉（ことば）には騙（だま）されました。
就連我也被他的話給騙了。

194

→ 例句

1 私^{わたし}でさえ、あの人^{ひと}の言葉^{ことば}には騙^{だま}されました。　｜　就連我也被他的話給騙了。

2 学費^{がくひ}がなくて、高校進学^{こうこうしんがく}でさえ難^{むずか}しかった。　｜　沒錢繳學費，就連上高中都有問題了。

3 この病気^{びょうき}は名医^{めいい}でさえもお手上^{てあ}げです。　｜　這種病連名醫也都束手無策。

4 彼^{かれ}は「あいうえお」さえ読^よめません。　｜　他連「50音」都不會唸。

● さえ…ば、たら

「只要…（就）…」。

MP3- 2- 094

→ 【體言】＋さえ＋【用言假定形】＋ば、たら。表示只要某事能**夠**實現就足**夠**了。其他的都是小問題。強調只需要某個最低，或唯一的條件，後項就可以成立了。相當於「…その条件だけあれば」。

手続^{てつづ}きさえすれば、誰^{だれ}でも入学^{にゅうがく}できます。
只要辦手續，任何人都能入學。

→ 例句

1 この試合^{しあい}にさえ勝^かてば、優勝^{ゆうしょう}できそうだ。　｜　只要能贏這場比賽，大概就能獲得冠軍。

2 手続^{てつづ}きさえすれば、誰^{だれ}でも入学^{にゅうがく}できます。　｜　只要辦手續，任何人都能入學。

3 「自分^{じぶん}さえよかったらいい」という考^{かんが}え方^{かた}はよくない。　｜　「只要自己好就好」這種想法很不好。

4 道^{みち}が込^こみさえしなければ、空港^{くうこう}まで３０分^{ぷん}で着^つきます。　｜　只要不塞車，30分就能到機場了。

日語文法・句型詳解

● **…ざるをえない**　　　　　　　　　　MP3- 2- 095

「不得不…」、「只好…」、「被迫…」。

➡ 【動詞未然形】＋ざるをえない。表示除此之外，沒有其他的選擇。有時也表示迫於某壓力或情況，而違背良心地做某事。「ざる」是「ず」的連體形。「えない」是「える」的否定形。相當於「…しなければならない」。

じょう し　めいれい
上司の命令だから、やらざるを得ない。
由於是上司的命令，也只好做了。

➡ **例句**

1 じょうし めいれい 上司の命令だから、やらざるを得ない。	由於是上司的命令，也只好做了。
2 これだけ証拠があっては、罪を認めざるを 　え 得ません。	都有這麼多證據了，就只能認罪了。
3 これだけ説明されたら、信じざるを得な い。	都解釋這麼多了，叫人不信也不行了。
4 みな き 皆で決めたルールだから、守らざるを得な い。	因為規則是大家訂的，所以只得遵守。

● **…しかない**　　　　　　　　　　　　MP3- 2- 096

「只能…」、「只好…」、「只有…」。

➡ 【動詞連體形】＋しかない。表示只有這唯一可行的，沒有別的選擇，或沒有其它的可能性。相當於「…だけだ」。

びょう き　　　　　　　　　　きゅうぎょう
病気になったので、しばらく休業するしかない。
因為生病，只好暫時歇業了。

➔ 例句

1 今朝
けさ
はパンしか食
た
べなかった。

今天早上只吃了麵包。

2 国会議員
こっかいぎいん
になるには、選挙
せんきょ
で勝
か
つしかない。

要當國會議員，就只有打贏選戰了。

3 病気
びょうき
になったので、しばらく休業
きゅうぎょう
するしかない。

因為生病，只好暫時歇業了。

4 こうなったら、彼
かれ
に頼
たよ
るしかない。

既然這樣，只有拜託他了。

● …次第
しだい

「馬上…」、「一…立即」、「…後立即…」。

➔ 【動詞連用形】＋次第。表示某動作剛一做完，就立即採取下一步的行動。或前項必須先完成，後項才能夠成立。跟「…するとすぐ」意思相同。

バリ島
とう
に着
つ
きしだい、電話
でんわ
をします。
一到巴里島，馬上打電話給你。

➔ 例句

1 全員
ぜんいん
が集
あつ
まりしだい、話
はな
し合
あ
いを始
はじ
めます。

等大家到齊之後，就開始討論。

2 バリ島
とう
に着
つ
きしだい、電話
でんわ
をします。

一到巴里島，馬上打電話給你。

3 旅行
りょこう
の日程
にってい
がわかりしだい、連絡
れんらく
します。

一知道旅行的行程，就立即通知你。

4 雨
あめ
が止
や
み次第
しだい
、出発
しゅっぱつ
しましょう。

雨一停就馬上出發吧！

Level 2 日語文法・句型詳解

●…次第だ、次第で、次第では

「全憑…」、「要看…而定」、「決定於…」。

➡ 【體言】＋次第だ、次第で、次第では。表示行為動作要實現，全憑「次第だ」前面的名詞的情況而定。也就是「…によって決まる」、「…で左右される」。

一流の音楽家になれるかどうかは、才能しだいだ。

能否成為一流的音樂家，全憑才能了。

➡ 例句

1	計画がうまくいくかどうかは、君たちの働きしだいだ。	計畫能否順利進行，全看你們怎麼做了。
2	一流の音楽家になれるかどうかは、才能しだいだ。	能否成為一流的音樂家，全憑才能了。
3	気温しだいで、作物の成長はぜんぜん違う。	氣溫的變化左右著農作物的生長。
4	行くか行かないかは、あなたしだいだ。	去不去全看你了。

●…上、上は、上も

「從…來看」、「出於…」、「鑑於…上」。

➡ 【體言】＋上、上は、上も。表示「從這一觀點來看」的意思。相當於「…の方面では」。

経験上、練習を三日休むと体がついていかなくなる。

就經驗來看，練習一停三天，身體就會生硬。

⇒ 例句

1 煙草は、健康 上の害が大きいです。　香菸對健康會造成很大的傷害。

2 戸籍 上は、北海道の生まれになっています。　戶籍上是登記北海道出生的。

3 経験 上、練 習を三日休むと体がついていかなくなる。　就經驗來看，練習一停三天，身體就會生硬。

4 外交 上は、両 国の関係は非常に良 好である。　從外交上來看，兩國關係非常良好。

● **…ずにはいられない**　MP3- 2- 100

「不得不…」、「不由得…」、「禁不住…」。

⇒ 【動詞未然形】＋ずにはいられない。表示自己的意志無法克制，情不自禁地做某事。有主動的，積極的語感。相當於「…しないでは我慢できない」。

すばらしい風景を見ると、写真に撮らずにはいられません。

一看到美麗的風景，就禁不住想拍照。

⇒ 例句

1 きれいな宝石なので、買わずにはいられなかった。　由於寶石太美了，禁不住就買了。

2 すばらしい風景を見ると、写真に撮らずにはいられません。　一看到美麗的風景，就禁不住想拍照。

3 あまりゲームが面白いので、夢 中にならずにはいられませんでした。　由於電玩太有趣了，禁不住地就迷上了。

4 あの映画のラストシーンは感動的で、泣かずにはいられなかった。　那電影的最後一幕很動人，讓人不禁流下眼淚。

199

●…せいで、せいだ

MP3- 2- 101

「由於…」、「因為…的緣故」、「都怪…」。

➡ 【用言連體形、體言の】＋せいで、せいだ。表示原因。表示發生壞事或會導致某種不利的情況的原因，還有責任的所在。「せいで」是「せいだ」的中頓形式。相當於「…が原因だ、…ため」。

カロリーをとりすぎたせいで、太った。
因為攝取過多的卡路里，所以變胖了。

➡ 例句

1 カロリーをとりすぎたせいで、太った。

因為攝取過多的卡路里，所以變胖了。

2 あなたのせいで、ひどい目に遭いました。

都怪你，我才會這麼倒霉。

3 チームが負けたのは、この私のせいだ。

球隊輸了，都是我的錯。

4 電車が遅れたせいで、会議に遅刻した。

會議會遲到，都是因為電車誤點了。

●…せいか

MP3- 2- 102

「可能是（因為）…」、「或許是（由於）…的緣故吧」。

➡ 【用言連體形；體言の】＋せいか。表示原因或理由。表示發生壞事或不利的原因，但這一原因也說不清，不很明確；也可以表示積極的原因。相當於「…ためか」。

年のせいか、からだの調子が悪い。
也許是年紀大了，身體的情況不太好。

例句

1 年_{とし}のせいか、からだの調子_{ちょうし}が悪_{わる}い。
也許是年紀大了，身體的情況不太好。

2 物価_{ぶっか}が上_あがったせいか、生活_{せいかつ}が苦_{くる}しいです。
也許是因為物價上漲，生活才會這麼困苦。

3 値段_{ねだん}が手頃_{てごろ}なせいか、この商品_{しょうひん}はよく売_うれます。
也許是因為價格合理，這個商品才賣這麼好吧！

4 要点_{ようてん}をまとめておいたせいか、上手_{じょうず}に発表_{はっぴょう}できた。
或許是因為有事先整理重點，所以發表得很好。

● …だけあって

MP3- 2- 103

「不愧是…」、「到底是…」、「無怪乎…」。

【用言連體形；體言】＋だけあって。表示名實相符，後項結果跟自己所期待或預料的一樣，因而心生欽佩。一般用在積極讚美的時候。副詞「だけ」在這裡表示與之名實相符。相當於「…にふさわしく」。

このへんは、商業地域_{しょうぎょうちいき}だけあって、とてもにぎやかだ。
這附近不愧是商業區，相當熱鬧。

例句

1 さすが作家_{さっか}だけあって、文章_{ぶんしょう}がうまい。
不愧是作家，文筆真好。

2 国際交流_{こくさいこうりゅう}が盛_{さか}んなだけあって、この大学_{だいがく}には外国人_{がいこくじん}が多_{おお}い。
不愧是積極於國際交流，這所大學外國人特別多。

3 百科辞典_{ひゃっかじてん}というだけあって、何_{なん}でも載_のっている。
不愧是百科辭典，內容什麼都有。

4 このへんは、商業地域_{しょうぎょうちいき}だけあって、とてもにぎやかだ。
這附近不愧是商業區，相當熱鬧。

201

● …だけに

MP3- 2- 104

「到底是…」、「正因為…，所以更加…」、「由於…，所以特別…」。

➡ 【用言連體形；體言】＋だけに。表示原因。表示正因為前項，理所當然地才有比一般程度更深的後項的狀況。相當於「…だから」。另外，
【用言連體形；體言】＋だけで。表示沒有實際體驗，就可以感受到。例如「彼女と温泉なんて、想像するだけでうれしくなる。」（跟她去洗溫泉，光想就叫人高興了。）

やくしゃ
役者としての経験が長いだけに、演技がとてもうまい。

正因為有長期的演員經驗，所以演技真棒！

➡ 例句

1 役者としての経験が長いだけに、演技がとてもうまい。

正因為有長期的演員經驗，所以演技真棒！

2 彼は政治家としては優秀なだけに、今回の汚職は大変残念です。

正因為他是一名優秀的政治家，所以這次的貪污事件更加令人遺憾。

3 私も以前体調を崩したことがあるだけに、あなたの辛さはよくわかります。

正因為我以前生過大病，所以你的痛苦我特別能理解。

4 有名な大学だけに、入るのも難しい。

正因為是著名的大學，所以特別難進。

● …だけのことある

MP3- 2- 105

「到底沒白白…」、「值得…」、「不愧是…」、「也難怪…」。

➡ 【用言連體形；體言】＋だけのことある。表示與其做的努力、所處的地位、所經歷的事情等名實相符，對其後項的結果、能力等給予高度的讚美。另外，【動詞連體形】＋だけ＋【同一動詞】。表示在某一範圍內的最大限度。「盡可能地…」。例「彼女は言いたいことだけ言って、さっさと出て行った。」（她口無遮攔地說了一堆之後，就匆匆出去了。）

あの子は、習字を習っているだけのことはあって、字がうまい。
那孩子到底沒白學書法，字真漂亮。

➡ 例句

1 化学を専攻しただけのことはあって、薬品には詳しい。	不愧是專攻化學的，對藥物相當熟悉。
2 このお菓子はおいしくて、さすがテレビで紹介されるだけのことはあるね。	這糕點這麼好吃，不愧是電視有採訪過的。
3 韓国ブームだけのことはあって、韓国語を勉強する人が急増した。	不愧是哈韓潮流，學韓語的人口急速上升。
4 あの子は、習字を習っているだけのことはあって、字がうまい。	那孩子到底沒白學書法，字真漂亮。

● たとえ…ても

MP3- 2- 106

「即使…也…」、「無論…也…」。

➡ たとえ＋【用言連用形】＋ても。表示讓步關係，即使是在前項極端的條件下，後項結果仍然成立。口語「たとえ」有時説成「たとい」。相當於「もし…だとしても」。

たとえ明日雨が降っても、試合は行なわれます。
明天即使下雨，比賽還是照常舉行。

➡ 例句

1 たとえ費用が高くてもかまいません。	即使費用高也沒關係。
2 たとえ明日雨が降っても、試合は行なわれます。	明天即使下雨，比賽還是照常舉行。
3 たとえ何を言われても、私は平気だ。	不管人家怎麼説我，我都不在乎。
4 たとえ辛くても、途中で仕事を投げ出してはいけない。	工作即使再怎麼辛苦，也不可以中途放棄。

2 Level　日語文法・句型詳解

● …たところ

MP3- 2- 107

「…，結果」，或是不翻譯。

➡ 【動詞過去式】＋たところ。這是一種順接的用法。表示因某種目的去作某一動作，但在偶然的契機下得到後項的結果。前後出現的事情，沒有直接的因果關係，後項經常是出乎意料之外的客觀事實。相當於「…した結果」。

事件に関する記事を載せたところ、たいへんな反響がありました。
去刊登事件相關的報導，結果得到熱烈的回響。

➡ 例句

1	A社にお願いしたところ、早速引き受けてくれた。	去拜託A公司，結果對方馬上就答應了。
2	事件に関する記事を載せたところ、たいへんな反響がありました。	去刊登事件相關的報導，結果得到熱烈的回響。
3	新しい雑誌を発行したところ、とてもよく売れました。	發行新的雜誌，結果銷路很好。
4	車をバックさせたところ、塀にぶつかってしまった。	倒車時撞上了圍牆。

…たところが

MP3- 2- 108

「可是…」、「然而…」。

➡ 【動詞過去式】＋たところが。這是一種逆接的用法。表示因某種目的作了某一動作，但結果與期待相反之意。後項經常是出乎意料之外的客觀事實。相當於「…のに」。

彼のために言ったところが、かえって恨まれてしまった。
為了他好才這麼說的，誰知卻被他記恨。

204

⮕ 例句

1 彼のために言ったところが、かえって恨まれてしまった。 | 為了他好才這麼説的，誰知卻被他記恨。

2 急いで行って見たところが、まだ誰も来ていなかった。 | 火速趕到一看，誰知一個人都還沒來。

3 高いお金を出して買ったところが、すぐ破れてしまった。 | 花了大把鈔票買，誰知馬上就破了。

4 期待していない雑誌を発行したところが、とてもよく売れました。 | 不怎麼被看好的雑誌，發行後卻賣得很好。

● …たとたん、たとたんに

MP3- 2- 109

「剛…就…」、「剛一…，立刻…」、「剎那」。

⮕ 【動詞過去式】＋たとたん、たとたんに。表示前項動作和變化完成的一瞬間，發生了後項的動作和變化。由於説話人當場看到後項的動作和變化，因此伴有意外的語感。相當於「…したら、その瞬間に」。

二人は、出会ったとたんに恋に落ちた。
両人一見鍾情。

⮕ 例句

1 窓を開けたとたん、ハエが飛び込んできた。 | 剛一打開窗戶，蒼蠅就飛進來了。

2 二人は、出会ったとたんに恋に落ちた。 | 両人一見鍾情。

3 歌手がステージに出てきたとたんに、みんな拍手を始めた。 | 歌手一上舞台，大家就拍起手來了。

4 疲れていたので、ベッドに入ったとたんに眠ってしまった。 | 因為很累，所以才上床就睡著了。

● …たび、たびに

MP3- 2- 110

「每次…」、「每當…就…」、「每逢…就…」。

➡ 【動詞連體形；體言の】＋たび、たびに。表示前項的動作、行為都伴隨後項。相當於「…するときはいつも」。

あいつは、会うたびに皮肉を言う。
每次跟那傢伙碰面，他就冷嘲熱諷的。

➡ 例句

1 あいつは、会うたびに皮肉を言う。

每次跟那傢伙碰面，他就冷嘲熱諷的。

2 社長は、新しい機械を発明するたびにお金をもうけています。

每次社長發明新機器，就賺很多錢。

3 試合のたびに、彼女がお弁当を作ってくれる。

每次比賽時，女朋友都會幫我做便當。

4 おばの家に行くたびにご馳走してもらう。

每次去伯母家，伯母都請我吃飯。

● …だらけ

MP3- 2- 111

「全是…」、「滿是…」、「到處是…」。

➡ 【體言】＋だらけ。表示數量過多，到處都是的樣子。常伴有「骯髒」、「不好」等貶意，是說話人給予負面的評價。相當於「…がいっぱい」。

子どもは泥だらけまで遊んでいた。
孩子們玩到全身都是泥巴。

➡ 例句

1 子どもは泥だらけで遊んでいた。	孩子們玩得滿身都是泥巴。
2 桜が散って、このへんは花びらだらけです。	櫻花的花瓣掉落，這附近都是花瓣。
3 あの人は借金だらけだ。	那個人欠了一屁股債。
4 このレポートの字は間違いだらけだ。	這份報告錯字連篇。

● …ついでに

「順便…」、「順手…」、「就便…」。

MP3- 2- 112

2 Level

➡ 【動詞連體形、體言の】＋ついでに。表示做某一主要的事情的同時，再追加順便做其他件事情。相當於「…の機会を利用して、…をする」。

知人を訪ねて京都に行ったついでに、観光をしました。
到京都拜訪朋友，順便觀光了一下。

➡ 例句

1 知人を訪ねて京都に行ったついでに、観光をしました。	到京都拜訪朋友，順便觀光了一下。
2 先生の見舞いのついでに、デパートで買い物をした。	到醫院去探望老師，順便到百貨公司買東西。
3 売店に行くなら、ついでにプログラムを買ってきてよ。	要到小賣店的話，順便幫我買節目表。
4 お茶のついでにお菓子もごちそうになった。	喝了茶還讓他招待了糕點。

●…っけ

MP3- 2- 113

「是不是…來著」、「是不是…呢」。

➡ 【句子】＋っけ。用在想確認自己記不清，或已經忘掉的事物時。「っけ」是終助詞，接在句尾。也可以用在一個人自言自語，自我確認的時候。

ところで、あなたは誰だっけ。
話說回來，請問您是哪位來著？

➡ 例句

1 ところで、あなたは誰だっけ。
話說回來，請問您是哪位來著？

2 どこに勤めているんだっけ。
您是在哪裡高就來著？

3 このニュースは、彼女に知らせたっけ。
這個消息，有跟她講嗎？

4 約束は10時だったっけ。
是不是約好10點來著？

●…っこない

MP3- 2- 114

「不可能…」、「決不…」。

➡ 【動詞連用形】＋っこない。表示強烈否定，某事發生的可能性。相當於「…わけはない」、「…はずがない」。一般用於口語。用在關係比較親近的人之間。相當於「絶対に…ない」。

こんな長い文章は、すぐには暗記できっこないです。
這麼長的文章，根本沒辦法馬上起來呀！

➡ 例句

1 こんな長い文章（ながい ぶんしょう）は、すぐには暗記（あんき）できっこありません。

這麼長的文章，根本沒辦法馬上起來呀！

2 子どもが、そんな難（むずか）しい方程式（ほうていしき）はわかりっこありません。

小孩子根本看不懂那麼難的程式呀！

3 彼（かれ）はデートがあるから、残業（ざんぎょう）しっこない。

他要去約會，所以根本不可能加班的！

4 どんなに急（いそ）いだって、間（ま）に合（あ）いっこないよ。

不管怎麼趕，都不可能趕上的。

● …つつ、つつも

「一邊…一邊…」；「儘管…」、「雖然…」。

MP3- 2- 115

2 Level

➡ 【動詞連用形】＋つつ、つつも。「つつ」是表示同一主體，在進行某一動作的同時，也進行另一個動作；跟「も」連在一起，表示連接兩個相反的事物。相當於表示逆接的「のに」、「にもかかわらず」、「ながらも」。

彼（かれ）は酒（さけ）を飲（の）みつつ、月（つき）を眺（なが）めていた。
他一邊喝酒，一邊賞月。

➡ 例句

1 彼（かれ）は酒（さけ）を飲（の）みつつ、月（つき）を眺（なが）めていた。

他一邊喝酒，一邊賞月。

2 やらなければならないと思（おも）いつつ、今日（きょう）もできなかった。

儘管知道得要做，但今天還是沒做。

3 身分（みぶん）が違（ちが）うと知（し）りつつも、好（す）きになってしまいました。

儘管知道門不當戶不對，但還是喜歡上了。

4 財布（さいふ）の中身（なかみ）を考（かんが）えつつ、買（か）い物（もの）をした。

邊買東西，邊想著皮包裡還有多少錢。

209

2 Level 日語文法・句型詳解

● **…つつある**

MP3- 2- 116

「正在…」。

➡ 【動詞連用形】＋つつある。接繼續動詞後面，表示某一動作或作用正向著某一方向持續發展。有時候相當於「…ている」，是書面語。

経済は、回復しつつあります。
經濟正在復甦中。

➡ **例句**

1 経済は、回復しつつあります。	經濟正在復甦中。
2 プロジェクトは、新しい段階に入りつつあります。	企劃正往新的階段進行中。
3 ダムの建設が、始まりつつある。	水壩正要著手建設。
4 教育環境は悪化しつつあります。	教育環境正惡化中。

● **…っぽい**

MP3- 2- 117

「看起來好像…」、「感覺像…」。

➡ 【體言；動詞連用形】＋っぽい。接在名詞、動詞連用形後面作形容詞，表示有這種感覺或有這種傾向。語氣帶有否定評價的意味。與「っぽい」相比，「らしい」語氣具肯定的評價。

君は、浴衣を着ていると女っぽいね。
你一穿上浴衣，就很有女人味唷！

210

⊃ 例句

1 その本の内容（ほんないよう）は、子（こ）どもっぽすぎる。　｜　這本書的內容太幼稚了。

2 君（きみ）は、浴衣（ゆかた）を着（き）ていると女（おんな）っぽいね。　｜　你一穿上浴衣，就很有女人味唷！

3 あの人（ひと）は忘（わす）れっぽくて困（こま）る。　｜　那個人老忘東忘西的，真是傷腦筋。

4 彼女（かのじょ）はいたずらっぽい目（め）で私（わたし）を見（み）ていた。　｜　她以惡作劇的眼神看著我。

● …て以来（いらい）

MP3- 2- 118

「自從…以來，就一直…」、「…之後」。

⊃ 【動詞連用形】＋て以来。表示自從過去發生某事以後，直到現在為止的整個階段。後項是一直持續的某動作或狀態。跟「…てから」相似，是書面語。

手術（しゅじゅつ）をして以来（いらい）、ずっと調子（ちょうし）がいい。
手術完後，身體狀況一直很好。

⊃ 例句

1 彼女（かのじょ）は嫁（よめ）に来（き）て以来（いらい）、一度（いちど）も実家（じっか）に帰（かえ）っていない。　｜　自從她嫁過來以後，就沒回過娘家。

2 わが社（しゃ）は、創立（そうりつ）して以来（いらい）、３年連続黒字（ねんれんぞくくろじ）である。　｜　自從本公司設立以來，連續三年賺錢。

3 オートメーション設備（せつび）を導入（どうにゅう）して以来（いらい）、製造速度（せいぞうそくど）が速（はや）くなった。　｜　自從引進自動控制設備之後，生產的速度變快了。

4 手術（しゅじゅつ）をして以来（いらい）、ずっと調子（ちょうし）がいい。　｜　手術完後，身體狀況一直很好。

● **…てからでないと、てからでなければ**　　MP3- 2- 119

「不…就不能…」、「不等…之後，不能…」、「…之前，不…」。

➡ 【動詞連用形】＋てからでないと、てからでなければ。表示如果不先做前項，就不能做後項。相當於「…した後でなければ」。

準備体操をしてからでないと、プールには入れません。
不先做暖身運動，就不能進游泳池。

➡ 例句

1 全員集まってからでないと、話ができません。	不等全部到齊，是沒辦法說事情的。
2 ファイルを保存してからでないと、パソコンのスイッチを切ってはだめです。	不先儲存資料，是不能關電腦的。
3 病気が完全に治ってからでなければ、退院してはいけません。	疾病沒有痊癒之前，就不能出院。
4 準備体操をしてからでないと、プールには入ってはいけません。	不先做暖身運動，就不能進游泳池。

● **…て（で）しょうがない**　　MP3- 2- 120

「…得不得了」、「非常…」、「…得沒辦法」。

➡ 【形容詞、動詞連用形】＋てしょうがない、【形容動詞詞幹】＋でしょうがない。表示心情或身體，處於難以抑制，不能忍受的狀態。與「…てしかたがない」、「…てならない」、「…てたまらない」相同。相當於「…て仕方がない、非常に」。

彼女のことが好きで好きでしょうがない。
我喜歡她，喜歡到不行。

→ 例句

1 何だか最近いらいらしてしょうがない。 | 不知道怎麼搞的，最近心煩氣躁的。

2 ふるさとが恋しくてしょうがない。 | 十分想念家鄉。

3 彼の批評に、腹が立ってしょうがない。 | 對於他的批評，氣得不得了。

4 彼女のことが好きで好きでしょうがない。 | 我喜歡她，喜歡到不行。

● …て（で）たまらない

MP3- 2- 121

「非常…」、「…得受不了」、「…得不行」、「十分…」。

→ 【形容詞、動詞連用形】＋てたまらない、【形容動詞詞幹】＋でたまらない。前接表示感覺、感情的詞，表示説話人強烈的感情、感覺、慾望等。也就是説話人心情或身體，處於難以抑制，不能忍受的狀態。相當於「…て仕方がない、…非常に」。

勉強が辛くてたまらない。

書唸得痛苦不堪。

→ 例句

1 勉強が辛くてたまらない。 | 書唸得痛苦不堪。

2 婚約したので、嬉しくてたまらない。 | 訂了婚，所以高興得不得了。

3 名作だと言うから読んでみたら、退屈でたまらなかった。 | 説是名作，看了之後，覺得無聊透頂了。

4 最新のコンピューターが欲しくてたまらない。 | 想要新型的電腦，想要得不得了。

213

● …て（で）ならない

MP3- 2- 122

「…得厲害」、「…得受不了」、「非常…」。

➡ 【形容詞、動詞連用形】＋てならない、【體言、形容動詞】＋でならない。表示因某種感情、感受十分強烈，達到沒辦法控制的程度。跟「…てしょうがない」、「…てたまらない」意思相同。

彼女（かのじょ）のことが気（き）になってならない。
十分在意她。

➡ **例句**

1	彼女（かのじょ）のことが気（き）になってならない。	十分在意她。
2	うちの妻（つま）は、毛皮（けがわ）がほしくてならないそうだ。	我家老婆，好像很想要件皮草大衣。
3	甥（おい）の将来（しょうらい）が心配（しんぱい）でならない。	非常擔心外甥的將來。
4	故郷（こきょう）の家族（かぞく）のことが思（おも）い出（だ）されてならない。	想念故鄉的家人，想得受不了。

● …ということだ

MP3- 2- 123

「聽説…」、「據説…」。

➡ 【簡體句】＋ということだ。表示傳聞。從某特定的人或外界獲取的傳聞。比起「…そうだ」來，有很強的直接引用某特定人物的話之語感。又有明確地表示自己的意見、想法之意。

課長（かちょう）は、日帰（ひがえ）りで出張（しゅっちょう）に行（い）ってきたということだ。
聽説課長出差，當天就回來。

➡ 例句

1 彼はもともと、<ruby>学校<rt>がっこう</rt></ruby>の<ruby>先生<rt>せんせい</rt></ruby>だったというこ とだ。	據説他本來是學校的老師。
2 <ruby>課長<rt>かちょう</rt></ruby>は、<ruby>日帰<rt>ひがえ</rt></ruby>りで<ruby>出張<rt>しゅっちょう</rt></ruby>に<ruby>行<rt>い</rt></ruby>ってきたという ことだ。	聽説課長出差，當天就回來。
3 <ruby>子<rt>こ</rt></ruby>どもたちは、<ruby>図鑑<rt>ずかん</rt></ruby>を<ruby>見<rt>み</rt></ruby>て<ruby>動物<rt>どうぶつ</rt></ruby>について<ruby>調<rt>しら</rt></ruby> べたということです。	聽説孩子們看著圖鑑，查閱了動物相關的資料。
4 ご<ruby>意見<rt>いけん</rt></ruby>がないということは、<ruby>皆<rt>みな</rt></ruby>さん、<ruby>賛成<rt>さんせい</rt></ruby> ということですね。	沒有意見的話，就表示大家都贊成了吧。

● …といえば、といったら

MP3- 2- 124

「談到…」、「提到…就…」、「説起…」等，或不翻譯。

➡ 【體言】＋といえば、といったら。用在承接某個話題，從這個話題引起自己的聯想，或對這個話題進行説明。也可以説「というと」（提到）。

<ruby>京都<rt>きょうと</rt></ruby>の<ruby>名所<rt>めいしょ</rt></ruby>といえば、<ruby>金閣寺<rt>きんかくじ</rt></ruby>と<ruby>銀閣寺<rt>ぎんかくじ</rt></ruby>でしょう。

提到京都名勝，那就非金閣寺跟銀閣寺莫屬了！

➡ 例句

1 <ruby>日本<rt>にほん</rt></ruby>の<ruby>映画<rt>えいが</rt></ruby><ruby>監督<rt>かんとく</rt></ruby>といえば、やっぱり<ruby>黒澤<rt>くろさわ</rt></ruby><ruby>明<rt>あきら</rt></ruby> が<ruby>有名<rt>ゆうめい</rt></ruby>ですね。	説到日本電影的導演，還是黑澤明有名吧。
2 <ruby>京都<rt>きょうと</rt></ruby>の<ruby>名所<rt>めいしょ</rt></ruby>といえば、<ruby>金閣寺<rt>きんかくじ</rt></ruby>と<ruby>銀閣寺<rt>ぎんかくじ</rt></ruby>で しょう。	提到京都名勝，那就非金閣寺跟銀閣寺莫屬了！
3 <ruby>意地悪<rt>いじわる</rt></ruby>な<ruby>人<rt>ひと</rt></ruby>といえば、<ruby>高校<rt>こうこう</rt></ruby>の<ruby>数学<rt>すうがく</rt></ruby>の<ruby>先生<rt>せんせい</rt></ruby>を <ruby>思<rt>おも</rt></ruby>い<ruby>出<rt>だ</rt></ruby>す。	提到最壞心眼的，就想起高中的數學老師。
4 <ruby>日本料理<rt>にほんりょうり</rt></ruby>といったら、お<ruby>寿司<rt>すし</rt></ruby>でしょう。	談到日本料理，那就非壽司莫屬了。

● …というと

「提到…」、「要説…」、「説到…」。

→ 【體言；句子】＋というと。用在承接某個話題，從這個話題引起自己的聯想，或對這個話題進行説明。也可以説「といえば」（提到）。

パリというと、香水の匂いを思い出す。
説到巴黎，就想起香水的味道。

→ **例句**

1	パリというと、香水の匂いを思い出す。	説到巴黎，就想起香水的味道。
2	駅の周辺というと、にぎやかなイメージがあります。	説到車站附近，就聯想當熱鬧的景像。
3	私立大学というと、授業料が高そうな気がします。	提到私立大學，就覺得學費很貴的樣子。
4	古典芸能というと、やはり歌舞伎でしょう。	提到古典戲劇，就非歌舞伎莫屬了。

● …というものだ

「也就是…」、「就是…」。

→ 【動詞辭書形】＋というものだ。表示對事物做一種結論性的判斷。前項是行為、動作，後項是針對前項的行為、動作，作結論性的判斷。相當於「…なのだ」。

この事故で助かるとは、幸運というものだ。
能在這事故裡得救，算是幸運的了。

➡ 例句

1 自分でやらなければ、練習する意義がなくなるというものだ。	練習不親自做的話，就毫無意義可言了。
2 真冬の運河に飛び込むとは、無茶というものだ。	寒冬跳入運河，是件荒唐的事。
3 この事故で助かるとは、幸運というものだ。	能在這事故裡得救，算是幸運的了。
4 人の手紙を見るのはプライバシーの侵害というものだ。	看別人的信，就是侵犯個人的隱私。

MP3- 2- 127

● …というものではない、というものでもない

「…可不是…」、「並不是…」、「並非…」。

➡ 【體言；用言終止形】＋というものではない、というものでもない。
表示對某想法或主張，不能說是非常恰當，不完全贊成。相當於「…というわけではない」。

結婚すれば、幸せというものではないでしょう。
結婚並不代表獲得幸福吧！

➡ 例句

1 結婚すれば、幸せというものではないでしょう。	結婚並不代表會幸福吧！
2 上司の言うことを全部肯定すればいいというものではない。	可不是認同上司說的每一句話就好。
3 才能があれば成功するというものではない。	有才能並非就能成功。
4 先進国はみんな豊かだというものでもない。	先進國家並不是都很富足的。

● …というより

「與其説…，還不如説…」。

➜ 【體言；用言終止形】＋というより。表示在相比較的情況下，後項的説法比前項更恰當。後項是對前項的修正、補充或否定。相當於「…ではなく」。

彼女(かのじょ)は女優(じょゆう)というより、モデルという感(かん)じですね。
與其說她是女演員，倒不如說她是模特兒。

➜ 例句

1	彼女(かのじょ)は女優(じょゆう)というより、モデルという感(かん)じですね。	與其説她是女演員，倒不如説她是模特兒。
2	彼は、経済観念(けいざいかんねん)があるというより、けちなんだと思(おも)います。	與其説他有經濟觀念，倒不如説是小氣。
3	面倒(めんどう)を見(み)られるというより、管理(かんり)されているような気(き)がします。	與其説是被照顧，倒不如説是被監督。
4	大(おお)きくなりましたね。もう女(おんな)の子(こ)というより立派(りっぱ)な娘(むすめ)さんですね。	長大了喔！與其説是女孩，還不如説是亭亭玉立的姑娘了。

● …といっても

「雖説…，但…」、「雖説…，也並不是很…」。

➜ 【用言終止形；體言】＋といっても。表示承認前項的説法，但同時在後項做部分的修正，或限制的內容，説明實際上程度沒有那麼嚴重。後項多是説話者的判斷。

貯金(ちょきん)があるといっても10万円(まんえん)ほどですよ。
雖説有存款，但也只有10萬日圓而已。

➡ 例句

1 距離は遠いといっても、車で行けばすぐです。	雖説距離遠，但開車馬上就到了。
2 我慢するといっても、限度があります。	雖説要忍耐，但忍耐還是有限度的。
3 ベストセラーといっても、果たして面白いかどうかわかりませんよ。	雖説是本暢銷書，但不知道是否真的好看。
4 貯金があるといっても、10万円ほどですよ。	雖説有存款，但也只有10萬日圓左右而已。

● …どおり、どおりに

「按照」、「正如…那樣」、「像…那樣」。

MP3- 2- 130

➡ 【體言】+どおり、どおりに。「どおり」是接尾詞。表示按照前項的方式或要求，進行後項的行為、動作。

荷物を、指示どおりに運搬した。
行李依照指示搬運。

➡ 例句

1 話は、予測どおりに展開した。	話題正如預期般發展下去。
2 荷物を、指示どおりに運搬した。	行李依照指示搬運。
3 仕事が、期日どおりに終わらなくても、やむを得ない。	工作無法如期完成，這也是沒辦法的事。
4 兄は希望どおりに、東大に合格した。	哥哥如願地考上了東京大學。

219

2 Level 日語文法・句型詳解

● **…とおり、とおりに**

MP3- 2- 131

「按照…」、「按照…那樣」。

→ 【動詞辭書形、動詞過去式】+とおり、とおりに。表示按照前項的方式或要求，進行後項的行為、動作。

医師の言うとおりに、薬を飲んでください。
請按照醫生的指示吃藥。

→ **例句**

1 医師の言うとおりに、薬を飲んでください。	請按照醫生的指示吃藥。
2 言われたとおりに、規律を守ってください。	請按照所說的那樣，遵守紀律。
3 先生に習ったとおりに、送り仮名をつけた。	按照老師所教，寫送假名。
4 私の言ったとおりにすれば、大丈夫です。	照我的話做，就沒問題了。

● **…とか**

MP3- 2- 132

「好像…」、「聽説…」。

→ 【句子】+とか。是「…とかいっていた」的省略形式，用在句尾，表示不確切的傳聞。比表示傳聞的「…そうだ」、「…ということだ」更加不確定，或是迴避明確説出。接在名詞或引用句後。相當於「…と聞いているが」。

当時はまだ新幹線がなかったとか。
聽説當時還沒有新幹線。

220

➡ 例句

1 当時はまだ新幹線がなかったとか。

聽説當時還沒有新幹線。

2 申し込みは5時で締め切られるとか。

聽説申請到五點截止。

3 彼らは、みんな仲良しだとか。

聽説他們感情很好。

4 昨日はこの冬一番の寒さだったとか。

聽説昨天是今年冬天最冷的一天。

● …どころか

MP3- 2- 133

「哪裡還…」、「非但…」、「簡直…」。

➡ 【體言；用言連體形】＋どころか。表示從根本上推翻前項，並且在後項提出跟前項程度相差很遠，或內容相反的事實。相當於「…はもちろん…さえ」。

お金が足りないどころか、財布は空っぽだよ。

錢哪裡才不夠錢，就連錢包裡一毛錢也沒有。

➡ 例句

1 食事どころか、休憩する暇もない。

別説是吃飯，就連休息的時間都沒有。

2 お金が足りないどころか、財布は空っぽだよ。

錢哪裡才不夠，就連錢包裡一毛錢也沒有。

3 失敗をくやむどころか、ますますやる気が出てきた。

非但沒因為失敗而懊惱，反而更有幹勁。

4 彼女は優しいどころか、意地悪な性格ですよ。

她的個性哪裡溫柔，簡直是壞透了。

221

2 Level 日語文法・句型詳解

● **…どころではない、どころではなく**

MP3- 2- 134

「哪有…」、「不是…的時候」、「哪裡還…」。

→ 【體言；用言連體形】＋どころではない、どころではなく。表示遠遠達不到某種程度，或大大超出某種程度。前面要接想像或期待的行為、動作。

先々週は風邪を引いて、勉強どころではなかった。

上上星期感冒了，哪裡還能唸書啊。

→ **例句**

1 先々週は風邪を引いて、勉強どころではなかった。	上上星期感冒了，哪裡還能唸書啊。
2 いろいろ仕事が重なって、休むどころではありません。	很多工作都擠在一起，哪有時間休息呀。
3 資金が足りなくて、計画を実行するどころじゃない。	資金不夠，計畫哪有辦法進行啊。
4 風邪を引いて旅行を楽しむどころではなく、1日中大変だった。	感冒整天都難過死了，哪裡還能享受旅行的樂趣。

● **…ところへ**

MP3- 2- 135

「…的時候」、「正當…時，突然…」、「正要…時，（…出現了）」。

→ 【動詞連用形ている】＋ところへ。表示行為主體正在做某事的時候，偶然發生了另一件事，並對行為主體產生某種影響。下文多是移動動詞。相當於「ちょうど…しているときに」。

植木の世話をしているところへ、友だちが遊びに来ました。

正要修剪盆栽時，朋友就來了。

➡ 例句

1 洗濯物を干しているところへ、犬が飛び込んできた。 | 正在曬衣服時，小狗突然闖了進來。

2 植木の世話をしているところへ、友だちが遊びに来ました。 | 正要修剪盆栽時，朋友就來了。

3 売り上げの計算をしているところへ、社長がのぞきに来た。 | 正在計算營業額時，社長就跑來看了一下。

4 これから寝ようとしたところへ、電話がかかってきた。 | 正要上床睡覺，突然有人打電話來。

● …ところに

MP3- 2- 136

「…的時候」、「正在…時」。

➡ 【動詞連用形ている】＋ところに。表示行為主體正在做某事的時候，發生了其他的事情。大多用在妨礙行為主體的進展的情況，有時也用在情況往好的方向變化的時候。相當於「ちょうど…しているときに」。

出かけようとしたところに、電話が鳴った。
正要出門時，電話鈴就響了。

➡ 例句

1 出かけようとしたところに、電話が鳴った。 | 正要出門時，電話鈴就響了。

2 口紅を塗っているところに子どもが飛びついてきて、はみ出してしまった。 | 正在畫口紅時，小孩突然跑過來，口紅就畫歪了。

3 困っているところに、先生がいらして、無事解決できました。 | 正在煩惱的時候，老師一來事情就解決了。

4 仕事をしようとしたところに、田中さんが訪ねてきたので、困ってしまいました。 | 當我正要工作時，田中先生剛好來拜訪，真是傷腦筋。

2 Level

● …ところを

「正…時」、「之時」、「正當…時…」。

→ 【用言連體形】＋ところを。表示正當A的時候，發生了B的狀況。後項的B所發生的事，是對前項A的狀況有直接的影響或作用的行為。相當於「ちょうど…しているときに」。

タバコを吸っているところを母に見つかった。
抽煙時，被母親撞見了。

→ 例句

1 タバコを吸っているところを母に見つかった。	抽煙時，被母親撞見了。
2 警察官は泥棒が家を出たところを捕まえた。	小偷正要逃出門時，被警察逮個正著。
3 係りの人が忙しいところを、呼び止めて質問した。	職員正在忙的時候，我叫住他問問題。
4 彼とデートしているところを友だちに見られた。	跟男朋友約會的時候，被朋友看見了。

● …とすれば、としたら

「如果…」、「如果…的話」、「假如…的話」。

→ 【用言終止形；體言だ】＋とすれば、としたら。表示順接的假定條件。在認清現況或得來的信息的前提條件下，據此條件進行判斷。後項是説話人判斷的表達方式。相當於「…と仮定したら」。

資格を取るとしたら、看護士の免許をとりたい。
要拿執照的話，我想拿看護執照。

⇨ 例句

1 この制度_{せいど}を実施_{じっし}するとすれば、まずすべての人_{ひと}に知_しらせなければならない。 | 這個制度如果要實施，首先一定要先通知大家。

2 この中_{なか}から一_{ひと}つ選択_{せんたく}するとすれば、私_{わたし}は赤_{あか}いのを選_{えら}びます。 | 假如要從這當中挑選一個的話，我選紅色的。

3 電車_{でんしゃ}だとしたら、1時間_{じかん}はかかる。 | 如果搭電車的話，要花一小時。

4 資格_{しかく}を取_とるとしたら、看護師_{かんごし}の免許_{めんきょ}をとりたい。 | 要拿執照的話，我想拿看護執照。

● **…として、としては**　　　　MP3- 2- 139

「以…身份」、「作為…」等，或不翻譯。

⇨ 【體言】＋として、としては。「として」接在名詞後面，表示身份、地位、資格、立場、種類、名目、作用等。有格助詞作用。又表示「如果是…的話」、「對…來說」之意。

評論家_{ひょうろんか}として、一言_{ひとこと}意見_{いけん}を述_のべたいと思_{おも}います。

我想以評論家的身份，說一下我的意見。

⇨ 例句

1 評論家_{ひょうろんか}として、一言_{ひとこと}意見_{いけん}を述_のべたいと思_{おも}います。 | 我想以評論家的身份，說一下我的意見。

2 責任者_{せきにんしゃ}として、状況_{じょうきょう}を説明_{せつめい}してください。 | 請以負責人的身份，說明一下狀況。

3 本_{ほん}の著者_{ちょしゃ}として、内容_{ないよう}について話_{はな}してください。 | 請以本書作者的身份，談一下本書的內容。

4 私_{わたし}としては、その提案_{ていあん}を早_{はや}めに実現_{じつげん}させたいですね。 | 就我而言，我是希望快實現那個提案。

225

● …としても

MP3- 2- 140

「即使…，也…」、「就算…，也…」。

➡ 【用言終止形】＋としても。表示假設前項是事實或成立，後項也不會起到有效的作用，或者後項的結果，與前項的預期相反。相當於「その場合でも」。

みんなで力を合わせたとしても、彼に勝つことはできない。

就算大家聯手，也沒辦法贏他。

➡ 例句

1 これが本物の宝石だとしても、私は買いません。	即使這是真的寶石，我也不會買的。
2 みんなで力を合わせたとしても、彼に勝つことはできない。	就算大家聯手，也沒辦法贏他。
3 その子がどんなに賢いとしても、この問題は解けないだろう。	即使那孩子再怎麼聰明，也沒有辦法解開這個問題吧！
4 旅行するとしても、来月以降です。	就算要旅行，也要等到下個月以後了。

● …とともに

MP3- 2- 141

「和…一起」、「與…同時，也…」。

➡ 【體言；動詞終止形】＋とともに。表示後項的動作或變化，跟著前項同時進行或發生。相當於「…といっしょに」、「…と同時に」。

仕事をしてお金を得るとともに、沢山のことを学ぶことができる。

工作得到報酬的同時，也學到很多事情。

→ 例句

1 社会科学とともに、自然科学も学ぶことができる。 | 學習社會科學的同時，也能學自然科學。

2 テレビの普及とともに、映画は衰退した。 | 電視普及的同時，電影衰退了。

3 仕事をしてお金を得るとともに、沢山のことを学ぶことができる。 | 工作得到報酬的同時，也學到很多事情。

4 勝利をファンの皆様とともに祝いたいと思います。 | 我想跟所有粉絲，一起慶祝這次勝利。

● …ないことには

「要是不…」、「如果不…的話，就…」。

→ 【動詞未然形】＋ないことには。表示如果不實現前項，也就不能實現後項。後項一般是消極的、否定的結果。相當於「…なければ」、「…ないと」。

保護しないことには、この動物は絶滅してしまいます。

如果不加以保護，這種動物將會瀕臨絕種。

→ 例句

1 保護しないことには、この動物は絶滅してしまいます。 | 如果不加以保護，這動物將會瀕臨絕種。

2 試験にパスしないことには、資格はもらえない。 | 如果不通過考試，就拿不到資格。

3 工夫しないことには、問題を解決できない。 | 如果不下點功夫，就沒辦法解決問題。

4 勉強しないことには、いつまでたっても外国語を話せるようにはなりませんよ。 | 不學習的話，不管到什麼時候，都是沒有辦法説好外語的。

● …ないこともない、ないことはない

MP3- 2- 143

「並不是不…」、「不是不…」。

➡ 【用言未然形】＋ないこともない、ないことはない。使用雙重否定，表示雖然不是全面肯定，但也有那樣的可能性，是一種有所保留的消極肯定説法。相當於「…することはする」。

彼女は病気がちだが、出かけられないこともない。
她雖然多病，但並不是不能出門的。

➡ **例句**

1 理由があるなら、外出を許可しないこともない。 | 如果有理由，並不是不允許外出的。

2 彼女は病気がちだが、出かけられないこともない。 | 她雖然多病，但並不是不能出門的。

3 条件次第では、契約しないこともないですよ。 | 視條件而定，也不是不能簽約的。

4 すしは食べないこともないが、あまり好きじゃない。 | 我並不是不吃壽司，只是不怎麼喜歡。

● …ないではいられない

MP3- 2- 144

「不能不…」、「忍不住要…」、「不禁要…」、「不…不行」、「不由自主地…」。

➡ 【動詞未然形】＋ないではいられない。表示意志力無法控制，自然而然地內心衝動想做某事。相當於「…しないでは我慢できない」。

紅葉がとてもきれいで、歓声を上げないではいられなかった。
楓葉真是太美了，不禁歡呼了起來。

➡ 例句

1	特売が始まると、買い物に行かないではいられない。	特賣活動一開始，就忍不住想去買。
2	税金が高すぎるので、文句を言わないではいられない。	因為税金太高了，忍不住就想抱怨幾句。
3	紅葉がとてもきれいで、歓声を上げないではいられなかった。	楓葉真是太美了，不禁歡呼了起來。
4	あの映画のラストシーンは感動的で、泣かないではいられなかった。	那齣電影的最後一幕真動人，叫人不禁哭了起來。

● …ながら

MP3- 2- 145

「雖然…，但是…」、「儘管…」、「明明…卻…」。

➡ 【動詞連用形；體言；形容動詞詞幹；副詞】＋ながら。連接兩個矛盾的事物。表示後項與前項所預想的不同。相當於「…のに」。

この服は地味ながら、とてもセンスがいい。
雖然這件衣服很樸素，不過卻很有品味。

➡ 例句

1	先生に恩を感じながら、最後には裏切ってしまった。	儘管對老師的恩惠感銘在心，最後還是背叛了他。
2	単純な物語ながら、深い意味が含まれているのです。	雖然故事單純，但卻含有深遠的意味。
3	この服は地味ながら、とてもセンスがいい。	雖然這件衣服很樸素，不過卻很有品味。
4	狭いながらも、楽しい我が家だ。	雖然很小，但也是我快樂的家。

日語文法・句型詳解

● …など

「怎麼會…」、「才（不）…」。

➡️ 【名詞、動詞；名詞+助詞】＋など。表示加強否定的語氣。通過「など」對提示的事物，表示不值得一提、無聊、不屑等輕視的心情。

そんな馬鹿なことなど、信じるもんか。
我才不相信那麼扯的事呢！

➡️ 例句

1 そんな馬鹿なことなど、信じるもんか。

那麼扯的事，我才不相信呢！

2 あんなやつを助けてなど、やるもんか。

我才不去幫那種傢伙呢！

3 私の気持ちなど、君にわかるもんか。

你哪能了解我的感受！

4 この仕事はお前などには任せられない。

這份工作哪能交代給你！

● …なんか、なんて

「…等等」、「…那一類的」、「…什麼的」；「連…都…（不）…」。

➡️ 【體言】＋なんか、なんて。（1）表示從各種事物中例舉其一。是比「など」還隨便的說法。（2）如果後接否定句，表示對所提到的事物，帶有輕視的態度。【體言．體言終止形】＋なんて。表示前面的事是出乎意料的。例：「こんなところで、昔の彼に会うなんて、驚いてしまいました。」（在這個地方碰到前男友，叫我大吃一驚。）

庭に、芝生なんかあるといいですね。
如果庭院有個草坪之類的東西就好了。

➡ 例句

1 庭に、芝生なんかあるといいですね。 | 如果庭院有個草坪之類的東西就好了。

2 食品なんかは近くの店で買うことができます。 | 食品之類的，附近的商店可以買得到。

3 時間がないから、旅行なんかめったにできない。 | 沒什麼時間，連旅遊也很少去。

4 マンガなんてくだらない。 | 什麼漫畫真是無聊。

● …にあたって、にあたり

MP3- 2- 148

「在…的時候」、「當…之時」、「當…之際」。

➡ 【體言；用言連體形】＋にあったて、にあたり。表示某一行動，已經到了事情重要的階段。它有複合格助詞的作用。一般用在致詞或感謝致意的書信中。相當於「…に際して、…をするときに」。

このおめでたい時にあたって、一言お祝いを言いたい。
在這可喜可賀的時候，我想說幾句祝福的話。

➡ 例句

1 このおめでたい時にあたって、一言お祝いを言いたい。 | 在這可喜可賀的時候，我想說幾句祝福的話。

2 社長を説得するにあたって、慎重に言葉を選んだ。 | 說服社長的時候，說話要很慎重。

3 社員として採用するにあたって、今までの実績を調べた。 | 在錄取職員時，會調查當事人至今的業績。

4 この実験をするにあたり、いくつか注意しなければならないことがある。 | 在進行這個實驗的時候，有幾點要注意的。

2 Level

● …において、においては、においても、における

「在…」、「在…時候」、「在…方面」。　MP3- 2- 149

➡ 【體言】＋において、においては、においても、における。表示動作或作用的時間、地點、範圍、狀況等。是書面語。口語一般用「で」表示。

我が社においては、有能な社員はどんどん出世します。

在本公司，有才能的職員都會順利升遷的。

➡ 例句

1 わが社においては、有能な社員はどんどん出世します。	在本公司，有才能的職員都會順利升遷的。
2 私は、資金において彼を支えようと思う。	我想在資金上支援他。
3 彼は、文学思想において業績を上げた。	他在文學思想方面取得很大的成就。
4 聴解試験はこの教室において行われます。	聽力考試在這間教室進行。

● …に応じて

「根據…」、「按照…」、「隨著…」。　MP3- 2- 150

➡ 【體言】＋に応じて。表示按照、根據。前項作為依據，後項根據前項的情況而發生變化。意思類似於「…に基づいて」。

働きに応じて、報酬をプラスしてあげよう。

依工作的情況來加薪！

➡ 例句

1 働きに応じて、報酬をプラスしてあげよう。 | 依工作的情況來加薪！

2 病気の種類に応じて、飲む薬が違うのは当然だ。 | 根據不同的症狀，服用的藥物當然就不一樣了。

3 選手のレベルに応じて、トレーニングをやらせる。 | 根據選手的程度，做適當的訓練。

4 保険金は被害状況に応じて支払われます。 | 保險給付是依災害程度支付的。

● …にもかかわらず

MP3- 2- 151

「雖然…，但是…」、「儘管…，卻…」、「雖然…，卻…」。

➡ 【體言；用言連體形】＋にもかかわらず。表示逆接。後項事情常是跟前項相反或相矛盾的事態。也可以做接續詞使用。作用與「のに」近似。

努力にもかかわらず、ぜんぜん効果が上がらない。
儘管努力了，效果還是完全沒有提升。

➡ 例句

1 努力にもかかわらず、ぜんぜん効果が上がらない。 | 儘管努力了，效果還是完全沒有提升。

2 祭日にもかかわらず、会社で仕事をした。 | 雖然是國定假日，卻要上班。

3 彼は収入がないにもかかわらず、ぜいたくな生活をしている。 | 他雖然沒有收入，生活卻很奢侈。

4 熱があるにもかかわらず、学校に行った。 | 雖然發燒，但還是去了學校。

233

● …にかかわらず

「不管…都…」、「儘管…也…」、「無論…與否…」。

➡ 【體言；用言連體形】＋にかかわらず。接兩個表示對立的事物，表示跟這些無關，都不是問題。前接的詞多為意義相反的二字熟語，或同一用言的肯定與否定形式。有時跟「…にもかかわらず」意思相同，都表示「儘管」之意。

お酒を飲む飲まないにかかわらず、一人当たり
２千円を払っていただきます。

不管有沒有喝酒，每人都要付兩千日圓。

➡ 例句

1	金額の多少にかかわらず、寄付は大歓迎です。	無論金額的多寡，都很歡迎樂捐。
2	当日は晴雨にかかわらず、出かけます。	不管當天是晴是雨，還是要出門。
3	お酒を飲む飲まないにかかわらず、一人当たり２千円を払っていただきます。	不管有沒有喝酒，每人都要付兩千日圓。
4	以前の経験にかかわりなく、給料は実績で決められます。	不管以前的經驗如何，以業績來決定薪水。

● …に限って、に限り

「只有…」、「唯獨…是…的」、「獨獨…」。

➡ 【體言】＋に限って、に限り。表示特殊限定的事物或範圍。說明唯獨某事物特別不一樣。相當於「…だけは、…の場合だけは」。

時間に空きがあるときに限って、誰も誘ってくれない。
獨獨在空閒的時候，沒有一個人來約我。

⇒ 例句

1 時間に空きがあるときに限って、誰も誘ってくれない。	獨獨在空閒的時候，沒有一個人來約我。
2 私が応援しているチームに限って、いつも負けるからいやになる。	我加油的球隊每次都輸，叫人真嘔。
3 彼に会いたくないと思っている日に限って、偶然出会ってしまう。	獨獨在我不想跟他見面的時候，就碰巧會遇見他。
4 勉強していないときに限って、テストがある。	偏偏在我沒看書的時候，就有考試。

● …にかけては、にかけても

MP3- 2- 154

「在…方面」、「關於…」、「在…這一點上」。

⇒ 【體言】＋にかけては、にかけても。表示「其它姑且不論，僅就那一件事情來說」的意思。後項多接對別人的技術或能力好的評價。相當於「…に関して、について」。

パソコンの調整にかけては、自信があります。
在修理電腦這方面，我很有信心。

⇒ 例句

1 自動車の輸送にかけては、うちは一流です。	在搬運汽車這方面，本公司可是一流的。
2 英語を訳すことにかけては、誰にも負けません。	在英文翻譯這方面，我決不輸任何人。
3 パソコンの調整にかけては、自信があります。	在修理電腦這方面，我很有信心。
4 サッカーの知識にかけては、誰にも負けない。	足球方面的知識，我可不輸給任何人的。

Level 2　日語文法・句型詳解

● **…にかわって、にかわり**　MP3- 2- 155

「替…」、「代替…」、「代表…」。

→ 【體言】＋にかわって、にかわり。表示應該由某人做的事，改由其他的人來做。是前後兩項的替代關係。相當於「…の代理で」。

社長にかわって、副社長が挨拶をした。
副社長代表社長致詞。

→ **例句**

1	田中さんにかわって、私が案内しましょう。	讓我來代替田中先生帶領大家參觀吧！
2	担当者にかわって、私がご用件を承ります。	我代替負責人來接下這事情。
3	妹にかわって、私が仕事を受けました。	我代替妹妹接下了這份工作。
4	首相にかわり、外相がアメリカを訪問した。	外交部長代替首相訪問美國。

● **…に関して（は）、に関しても、に関する**　MP3- 2- 156

「關於…」、「關於…的…」。

→ 【體言】＋に関して（は）、に関しても、に関する。表示就前項有關的問題，做出「解決問題」性質的後項行為。有關後項多用「言う」（説）、「考える」（思考）、「研究する」（研究）、「討論する」（討論）等動詞。多用於書面。

フランスの絵画に関して、研究しようと思います。
我想研究法國畫。

● 例句

1 アジアの経済に関して、討論した。	討論關於亞洲的經濟。
2 フランスの絵画に関して、研究しようと思います。	我想研究法國畫。
3 この計画に関して、何か意見はありますか。	有關這計畫案，大家有什麼意見嗎？
4 経済に関する本をたくさん読んでいます。	看了很多關於經濟的書。

● …にきまっている

MP3- 2- 157

「肯定是…」、「一定是…」。

● 【體言；用言連體形】＋にきまっている。表示說話人根據事物的規律，覺得一定是這樣，不會例外，充滿自信的推測。相當於「きっと…だ」。

今ごろ東北は、紅葉が美しいにきまっている。

現在東北的楓葉一定很漂亮的。

● 例句

1 みんないっしょのほうが、安心にきまっています。	大家在一起，肯定是比較安心的。
2 今ごろ東北は、紅葉が美しいにきまっている。	現在東北的楓葉一定很漂亮的。
3 彼女は、わざと意地悪をしているにきまっている。	她一定是故意捉弄人的。
4 ホテルのレストランは高いに決まっている。	飯店的餐廳一定很貴的。

2
Level

237

2 Level 日語文法・句型詳解

●…に比べて、に比べ

「與…相比」、「跟…比較起來」、「比較…」。

→ 【體言】＋に比べて、に比べ。表示比較、對照。相當於「…に比較して」。

今年は去年に比べ、雨の量が多い。
今年比去年雨量豐沛。

→ 例句

1 事件前に比べて、警備が強化された。

跟事件發生前比起來，警備更森嚴了。

2 平野に比べて、盆地は夏暑いです。

跟平原比起來，盆地的夏天熱多了。

3 生活が、以前に比べて楽になりました。

生活比以前跟舒適多了。

4 今年は去年に比べ、雨の量が多い。

今年比去年雨量豐沛。

●…に加えて、に加え

「而且…」、「加上…」、「添加…」。

→ 【體言】＋に加えて、に加え。表示在現有前項的事物上，再加上後項類似的別的事物。相當於「…だけでなく…も」。

書道に加えて、華道も習っている。
學習書法以外，也學習插花。

→ 例句

1 能力に加えて、人柄も重視されます。

重視能力以外，也重視人品。

2 書道に加えて、華道も習っている。

學習書法以外，也學習插花。

3 賞金に加えて、ハワイ旅行もプレゼントされた。

贈送獎金以外，還贈送了我夏威夷旅遊。

4 電気代に加え、ガス代までが値上がりした。

電費之外，就連瓦斯費也上漲了。

● **…にこたえて、にこたえ、にこたえる**　　MP3- 2- 160

「應…」、「響應…」、「回答」、「回應」。

→ 【體言】＋にこたえて、にこたえ、にこたえる。接「期待」、「要求」、「意見」、「好意」等名詞後面，表示為了使前項能夠實現，後項是為此而採取行動或措施。相當於「…に応じて」。

農村の人々の期待にこたえて、選挙に出馬した。
為了回應農村的鄉親們的期待而出來參選。

→ **例句**

1 農村の人々の期待にこたえて、選挙に出馬した。

為了回應農村的鄉親們的期待而出來參選。

2 消費者の要望にこたえて、販売地域の範囲を広げた。

應消費者的要求，擴大銷售的範圍。

3 民間の声にこたえて、政治をもっとよくしていきます。

我要回應民間的心聲，將政治治理得更好。

4 社員の要求にこたえ、職場環境を改善しました。

應員工的要求，改善了工作的環境。

● …に際して、に際し、に際しての

MP3-2-161

「在…之際」、「當…的時候」。

➡ 【體言】＋に際して、に際し、に際しての。表示以某事為契機，也就是動作的時間或場合。意思跟「…にあたって」近似。有複合詞的作用。是書面語。

チームに入るに際して、自己紹介をしてください。
入隊時請先自我介紹。

➡ 例句

1 チームに入るに際して、自己紹介をしてください。	入隊時請先自我介紹。
2 会談の始まりに際して、両国の首相が握手した。	在會談開始時，兩國的首相相互握手。
3 この商品を扱うに際しては、十分気をつけてください。	處理這商品時，請特別小心。
4 試験に際して、携帯電話の電源は切ってください。	考試的時候，請把手機電源關掉。

● …に先立ち、に先立つ、に先立って

MP3-2-162

「在…之前，先…」、「預先…」、「事先…」。

➡ 【體言；動詞連體形】＋に先立ち、に先立つ、に先立って。用在述説做某一動作前應做的事情，後項是做前項之前，所做的準備或預告。相當於「…（の）前に」。

旅行に先立ち、パスポートが有効かどうか確認する。
在出遊之前，要先確認護照期限是否還有效。

⇒ 例句

1 旅行に先立ち、パスポートの期限が有効か | 在出遊之前，要先確認護
どうか確認する。 | 照期限是還否有效。

2 家を建てるのに先立ち、土地を測量した。 | 在蓋房子之前，先測量了
 | 土地。

3 契約を結ぶのに先立ち、十分に話し合っ | 在締結合同之前，已經先
た。 | 充分溝通過了。

4 面接に先立ち、会社説明会が行われた。 | 面試前，先舉辦了公司説
 | 明會。

● …にしたがって、にしたがい

MP3- 2- 163

「伴隨…」、「隨著…」。

⇒ 【動詞連體形】＋にしたがって、にしたがい。表示隨著前項的動作或
作用的變化，後項也跟著發生相應的變化。相當於「…につれて」、
「…にともなって」、「…に応じて」、「…とともに」。

おみこしが近づくにしたがって、賑やかになってきた。
隨著神轎的接近，變得熱鬧起來了。

⇒ 例句

1 おみこしが近づくにしたがって、賑やかに | 隨著神轎的接近，變得熱
なってきた。 | 鬧起來了。

2 課税率が高くなるにしたがって、国民の不 | 隨著課税比重的提升，國民
満が高まった。 | 的不滿的情緒也更加高漲。

3 薬品を加熱するにしたがって、色が変わっ | 隨著溫度的提升，藥品的
てきた。 | 顏色也起了變化。

4 国が豊かになるにしたがい、国民の教育水 | 伴隨著國家的富足，國民
準も上がりました。 | 的教育水準也跟著提升
 | 了。

日語文法・句型詳解

● **…にしたがって、にしたがい**

「依照…」、「按照…」、「隨著…」。

→ 【體言】＋にしたがって、にしたが。前面接表示人、規則、指示等的名詞，表示按照、依照的意思。

季節の変化にしたがい、町の色も変わてゆく。
隨著季節的變化，街景也改變了。

→ **例句**

1 指示にしたがって、行動してください。 | 請按照指示行動。

2 矢印にしたがって、進んでください。 | 請按照箭頭方向前進。

3 収入の増加にしたがって、暮らしが楽になる。 | 隨著收入的增加，生活也寬裕多了。

4 季節の変化にしたがい、町の色も変わってゆく。 | 隨著季節的變化，街景也改變了。

● **…にしても**

「就算…，也…」、「即使…，也…」。

→ 【體言；用言連體形】＋にしても。表示讓步關係。表示退一步承認前項條件，並在後項中敘述跟前項矛盾的內容。前接人物名詞的時候，表示站在別人的立場推測別人的想法。相當於「…も、…としても」。

テストの直前にしても、ぜんぜん休まないのは体に悪いと思います。
就算是考試當前，完全不休息對身體是不好的。

➡ 例句

1 テストの直前にしても、ぜんぜん休まない
のは体に悪いと思います。 | 就算是考試當前，完全不休息對身體是不好的。

2 お互い立場は違うにしても、助け合うこと
はできます。 | 即使立場不同，也能互相幫忙。

3 日常生活に困らないにしても、貯金は
あったほうがいいですよ。 | 就算生活沒有問題，存點錢也是比較好的。

4 いくらお金があるにしても、無駄遣いばか
りしてはいけない。 | 就算再怎麼有錢，也不能老是亂花錢。

● …にしては

MP3- 2- 166

「照…來説…」、「就…而言算是…」、「從…這一點來説，算是…的」、
「作為…，相對來説…」。

➡ 【體言；用言連體形】＋にしては。表示現實的情況，跟前項提的標準相
差很大，後項結果跟前項預想的相反或出入很大。含有疑問、諷刺、責
難、讚賞的語氣。相當於「…割には」。

この字は子どもが書いたにしては、上手です。

這字出自孩子之手，算是不錯的。

➡ 例句

1 社長の代理にしては、頼りない人ですね。 | 做為代理社長來講，他不怎麼可靠呢。

2 架空の話にしては、よくできているね。 | 就虛構的故事來講，寫得真不賴。

3 この字は子どもが書いたにしては、上手で
す。 | 這字出自孩子之手，算是不錯的。

4 彼はプロ野球選手にしては、小柄だ。 | 就棒球選手而言，他算是個子矮小的。

243

● …にしろ

MP3- 2- 167

「無論…都…」、「就算…，也…」、「即使…，也…」。

➡ 【體言；用言連體形】＋にしろ。表示退一步承認前項，並在後項中提出跟前面相反或相矛盾的意見。是「…にしても」的鄭重的書面語言。也可以説「…にせよ」。相當於「かりに…だとしても」。

体調は幾分よくなってきたにしろ、まだ出勤はできません。

即使身體好了些，也還沒辦法去上班。

➡ 例句

1	仕事中にしろ、電話ぐらい取りなさいよ。	就算在工作中，也要接一下電話啊！
2	体調は幾分よくなってきたにしろ、まだ出勤はできません。	即使身體好了些，也還沒辦法去上班。
3	一時のことにしろ、友達とけんかするのはあまりよくないですね。	就算只是一時，跟朋友吵架也是不怎麼好的。
4	いくら忙しいにしろ、食事をしないのはよくないですよ。	無論再怎麼忙，不吃飯是不行的喔！

● …にせよ、にもせよ

MP3- 2- 168

「無論…都…」、「就算…，也…」、「即使…，也…」、「…也好…也好…」。

➡ 【體言；用言連體形】＋にせよ、にもせよ。表示退一步承認前項，並在後項中提出跟前面相反或相矛盾的意見。是「…にしても」的鄭重的書面語言。也可以説「…にしろ」。相當於「かりに…だとしても」。

困難があるにせよ、引き受けた仕事はやりとげるべきだ。

即使有困難，一旦接下來的工作就得完成。

→ 例句

1 困難<ruby>困難<rt>こんなん</rt></ruby>があるにせよ、引<ruby>引<rt>ひ</rt></ruby>き受<ruby>受<rt>う</rt></ruby>けた仕事<ruby>仕事<rt>しごと</rt></ruby>はやりとげるべきだ。

即使有困難，一旦接下來的工作就得完成。

2 やり方<ruby>方<rt>かた</rt></ruby>は異<ruby>異<rt>こと</rt></ruby>なるにせよ、二人<ruby>二人<rt>ふたり</rt></ruby>の方針<ruby>方針<rt>ほうしん</rt></ruby>は大体<ruby>大体<rt>だいたい</rt></ruby>同<ruby>同<rt>おな</rt></ruby>じだ。

即使作法不一樣，兩人的方向其實是大致相同的。

3 いずれにせよ、集会<ruby>集会<rt>しゅうかい</rt></ruby>には出席<ruby>出席<rt>しゅっせき</rt></ruby>しなければなりません。

不管如何，集會是一定得出席的。

4 最後<ruby>最後<rt>さいご</rt></ruby>の場面<ruby>場面<rt>ばめん</rt></ruby>は感動<ruby>感動<rt>かんどう</rt></ruby>したにせよ、映画自体<ruby>映画自体<rt>えいがじたい</rt></ruby>は面白<ruby>面白<rt>おもしろ</rt></ruby>くなかった。

即使最後一幕很動人，但電影本身很無趣。

2 Level

● …にすぎない

MP3- 2- 169

「只是…」、「只不過…」、「不過是…而已」、「僅僅是…」。

→ 【體言；用言連體形】＋にすぎない。表示程度有限，有這並不重要的消極評價語氣。相當於「ただ…であるだけだ」。

これは少年犯罪<ruby>少年犯罪<rt>しょうねんはんざい</rt></ruby>の一例<ruby>一例<rt>いちれい</rt></ruby>にすぎない。

這只不過是青少年犯案中的一個案例而已。

→ 例句

1 貯金<ruby>貯金<rt>ちょきん</rt></ruby>があるといっても、わずか20万円<ruby>万円<rt>まんえん</rt></ruby>にすぎない。

雖說有存款，但也不過是20萬日圓而已。

2 答<ruby>答<rt>こた</rt></ruby>えを知<ruby>知<rt>し</rt></ruby>っていたのではなく、勘<ruby>勘<rt>かん</rt></ruby>で言<ruby>言<rt>い</rt></ruby>ったにすぎません。

我不是知道答案，只不過是憑直覺回答而已。

3 軍隊<ruby>軍隊<rt>ぐんたい</rt></ruby>にいたのは、たった１年<ruby>年<rt>ねん</rt></ruby>にすぎない。

在軍隊也不過一年而已。

4 これは少年犯罪<ruby>少年犯罪<rt>しょうねんはんざい</rt></ruby>の一例<ruby>一例<rt>いちれい</rt></ruby>にすぎない。

這只不過是青少年犯案中的一個案例而已。

…に相違ない

MP3- 2- 170

「一定是…」、「肯定是…」。

→ 【體言；形容動詞詞幹；動詞、形容詞連體形】＋に相違ない。表示說話人根據經驗或直覺，做出非常肯定的判斷。跟「だろう」相比，確定的程度更強。跟「…に違いない」意思相同，只是「…に相違ない」比較書面語。

明日の天気は、快晴に相違ない。

明天的天氣，肯定是晴天。

→ **例句**

1	明日の天気は、快晴に相違ない。	明天肯定是晴空萬里的天氣。
2	犯人は、窓から侵入したに相違ありません。	犯人肯定是從窗戶進來的。
3	彼女たちのコーラスは、すばらしいに相違ない。	她們的合唱，肯定很棒的。
4	この資料は私のものに相違ありません。	這份資料肯定是我的。

…に沿って、に沿い、に沿う、に沿った

MP3- 2- 171

「沿著…」、「順著…」、「按照…」。

→ 【體言】＋に沿って、に沿い、に沿う、に沿った。接在河川或道路等長長延續的東西，或操作流程等名詞後，表示沿著河流、街道，或按照某程序、方針。相當於「…に合わせて、…にしたがって」。

道にそって、クリスマスの飾りが続いている。

沿著道路滿是聖誕節的點綴。

246

➡ 例句

1 道にそって、クリスマスの飾りが続いている。 | 沿著道路滿是聖誕節的點綴。

2 計画にそって、演習が行われた。 | 按照計畫，進行沙盤演練。

3 目的にそって、資金を運用する。 | 按照目的運用資金。

4 契約に沿い、商売をする。 | 依契約做買賣。

…に対して（は）、に対し、に対する

MP3- 2- 172

「向…」、「對（於）…」。

➡ 【體言】＋に対して、に対し、に対する。表示動作、感情施予的對象。可以置換成「に」。

この問題に対して、意見を述べてください。
請針對這問題提出意見。

➡ 例句

1 この問題に対して、意見を述べてください。 | 請針對這問題提出意見。

2 みなさんに対して、詫びなければならない。 | 我得向大家致歉。

3 災害に対して、備えなければならない。 | 要為災害做防範才行。

4 誰に対しても優しくしなさい。 | 對任何人都要親切。

● …に違いない

「一定是…」、「准是…」。

➡ 【體言；形容動詞詞幹；動詞、形容詞連體形】＋に違いない。表示説話人根據經驗或直覺，做出非常肯定的判斷。常用在自言自語的時候。相當於「…きっと…だ」。

この写真は、ハワイで撮影されたに違いない。
這張照片，肯定是在夏威夷拍的。

➡ 例句

1	あの煙は、仲間からの合図に違いない。	那道煙霧，肯定是朋友發出的暗號。
2	この写真は、ハワイで撮影されたに違いない。	這張照片，肯定是在夏威夷拍的。
3	このダイヤモンドは高いに違いない。	這顆鑽石一定很貴。
4	財布は駅で盗まれたに違いない。	錢包一定是在車站被偷了。

● …について(は)、につき、についても、についての

「有關…」、「就…」、「關於…」。

➡ 【體言】＋について（は）、につき、についても、についての。表示前項先提出一個話題，後項就針對這個話題進行説明。相當於「…に関して、に対して」。

江戸時代の商人についての物語を書きました。
撰寫了一個有關江戸時期商人的故事。

➡ 例句

1 論文のテーマについて、説明してくださ
い。
（ろんぶん）（せつめい）

請説明論文的主題。

2 ヨーロッパの建築について、研究していま
す。
（けんちく）（けんきゅう）

我在研究歐洲建築物。

3 江戸時代の商人についての物語を書きま
した。
（えどじだい）（しょうにん）（ものがたり）（か）

撰寫了一個有關江戶時期
商人的故事。

4 中国の文学について勉強しています。
（ちゅうごく）（ぶんがく）（べんきょう）

我在學中國文學。

● …につき

MP3-2-175

2 Level

「因…」、「因為…」。

➡ 【體言】＋につき。「…につき」接在名詞後面，表示其原因、理由。一
般用在書信中比較鄭重的表現方法。相當於「…のため、…という理由
で」。

台風につき、学校は休みになります。
（たいふう）（がっこう）（やす）

因為颱風，學校停課。

➡ 例句

1 5時以降は不在につき、また明日いらして
ください。
（じいこう）（ふざい）（あす）

因為五點以後不在，所以
請明天再來。

2 この商品はセット販売につき、一つではお
売りできません。
（しょうひん）（はんばい）（ひと）（う）

因為這商品是賣一整套
的，所以沒辦法零售。

3 このあたりは温帯につき、非常に過ごし
やすいです。
（おんたい）（ひじょう）（す）

因為這一帶屬溫帶，所以
住起來很舒服。

4 台風につき、学校は休みになります。
（たいふう）（がっこう）（やす）

因為颱風，學校停課。

…につけ、につけて、につけても

「一…就…」、「每當…就…」。

➡ 【動詞連體形；體言】＋につけ、につけて。表示每當看到什麼就聯想到什麼的意思。後項一般是跟感覺、情緒及思考等有關的內容。相當於「…たびに」。

この音楽を聞くにつけて、楽しかった月日を思い出します。
每當聽到這個音樂，就會回想起過去美好的時光。

➡ 例句

1 彼の家を訪問するにつけ、昔のことを思い出す。	每當去拜訪他家時，都會想起以前的事。
2 この音楽を聞くにつけて、楽しかった月日を思い出します。	每當聽到這個音樂，就會回想起過去美好的時光。
3 ヨーロッパの映画を見るにつけて、現地に行ってみたくなります。	每當看到歐洲的電影，就想去當地看看。
4 母から小包をもらうにつけ、ありがたいと思う。	每當收到媽媽寄來的小包裏，就感到無限的感謝。

…につれて、につれ

「伴隨…」、「隨著…」、「越…越…」。

➡ 【動詞連體形；體言】＋につれて。表示隨著前項的進展，同時後項也隨之發生相應的進展。與「…にしたがって」等相同。

一緒に活動するにつれて、みんな仲良くなりました。
隨著共同參與活動，大家感情變得很融洽。

⮕ **例句**

1 一緒に活動するにつれて、みんな仲良くなりました。	隨著共同參與活動，大家感情變得很融洽。
2 勉強するにつれて、化学の原理がわかってきた。	隨著學習，越來越能了解化學原理了。
3 物価の上昇につれて、国民の生活は苦しくなりました。	隨著物價的上揚，國民的生活就越來越困苦了。
4 時代の変化につれ、家族の形も変わってきた。	隨著時代的變遷，家族型態也改變了。

● …にとって（は）、にとっても、にとっての　MP3- 2- 178

「對於…來説」。

⮕ 【體言】＋にとって（は）、にとっても、にとっての。表示站在前面接的那個詞的立場，來進行判斷或評價。相當於「…の立場から見て」。

チームのメンバーにとって、今度の試合は重要です。
這次的比賽對球隊的球員而言，是很重要的。

⮕ **例句**

1 たった1000円でも、子どもにとっては大金です。	雖然只有一千日圓，但對孩子而言可是個大數字呢。
2 チームのメンバーにとって、今度の試合は重要です。	這次的比賽對球隊的球員而言，是很重要的。
3 この事件は、彼女にとってショックだったに違いない。	這個事件，對她肯定打擊很大。
4 親にとっては、子供は命より大切なものです。	就父母而言，小孩的生命比自己的還重要。

251

● …に伴_{ともな}って、に伴_{ともな}い、に伴_{ともな}う   MP3- 2- 179

「伴隨著…」、「隨著…」。

→ 【體言；動詞連體形】＋に伴って、に伴い、に伴う。表示隨著前項事物的變化而進展。相當於「…とともに、…につれて」。

牧畜業_{ぼくちくぎょう}が盛_{さか}んになるに伴_{ともな}って、村_{むら}は豊_{ゆた}かになった。
伴隨著畜牧業的興盛，村子也繁榮起來了。

→ 例句

1	世_よの中_{なか}の動_{うご}きに伴_{ともな}って、考_{かんが}え方_{かた}を変_かえなければならない。	隨著社會的變化，想法也得要改變。
2	この物質_{ぶっしつ}は、温度_{おんど}の変化_{へんか}に伴_{ともな}って色_{いろ}が変_かわります。	這物質的顏色，會隨著溫度的變化而改變。
3	牧畜業_{ぼくちくぎょう}が盛_{さか}んになるに伴_{ともな}って、村_{むら}は豊_{ゆた}かになった。	伴隨著畜牧業的興盛，村子也繁榮起來了。
4	人口_{じんこう}が増_ふえるに伴_{ともな}い、食糧_{しょくりょう}問題_{もんだい}が深刻_{しんこく}になってきた。	隨著人口的增加，糧食問題也越來越嚴重了。

● …に反_{はん}して、に反_{はん}し、に反_{はん}する、に反_{はん}した   MP3- 2- 180

「與…相反…」。

→ 【體言】＋に反して、に反し、に反する、に反した。接「期待」、「予想」等詞後面，表示後項的結果，跟前項所預料的相反，形成對比的關係。相當於「て…とは反対に、…に背いて」。

期待_{きたい}に反_{はん}して、収穫量_{しゅうかくりょう}は少_{すく}なかった。
與預期的相反，收穫量少很多。

➡ 例句

1 予想に反して、各地で大雨が降りました。	跟預測的相反，各地下起大雨來了。
2 期待に反して、収穫量は少なかった。	與預期的相反，收穫量少很多。
3 彼は、外見に反して、礼儀正しい青年でした。	跟他的外表相反，他是一個很懂禮貌的青年。
4 法律に反した行為をしたら逮捕されます。	要是違法的話，是會被抓起來的。

● …にほかならない

MP3- 2- 181

「完全是…」、「不外乎是…」、「其實是…」、「無非是…」。

➡ 【體言】＋にほかならない。表示斷定的説事情發生的理由跟原因，就是「それ以外のなにものでもない」（不是別的，就是這個）的意思。是一種對事物的原因、結果的肯定語氣。

肌がきれいになったのは、化粧品の美容効果にほかならない。
肌膚會這麼漂亮，其實是因為化妝品的美容效果

➡ 例句

1 女性の給料が低いのは、差別にほかならない。	女性的薪資低，其實就是男女差別待遇。
2 病気が治ったのは、あなたの看病のおかげにほかなりません。	能治好病，完全是託你的看護。
3 彼が失敗したのは、欲張ったせいにほかならない。	他會失敗，無非是因為他太貪心了。
4 肌がきれいになったのは、化粧品の美容効果にほかならない。	肌膚會這麼漂亮，其實是因為化妝品的美容效果。

2 Level 日語文法・句型詳解

…に基づいて、に基づき、に基づく、に基づいた

「根據…」、「按照…」、「基於…」。 MP3- 2- 182

→ 【體言】＋に基づいて、に基づき、に基づく、に基づいた。表示以某事物為根據或基礎。相當於「…をもとにして」。

違反者は法律に基づいて処罰されます。

違者依法究辦。

→ 例句

1 写真に基づいて、年齢を推定しました。| 根據照片推測年齡。

2 学者の意見に基づいて、計画を決めていった。| 根據學者的意見訂計畫。

3 所得額に基づいて、税金を払う。| 按照所得額度繳交税金。

4 違反者は法律に基づいて処罰されます。| 違者依法究辦。

…によって（は）、により

「由於…」、「因為…」。 MP3- 2- 183

→ 【體言】＋によって（は）、により。表示句子的因果關係。後項的結果是因為前項的行為、動作。「…により」大多用於書面。相當於「…が原因で」。

その村は、漁業によって生活しています。

那個村莊，以漁業為生。

➡ 例句

1 実例_(じつれい)によって、やりかたを示_(しめ)す。 ｜ 以實際的例子，來出示操作的方法。

2 じゃんけんによって、順番_(じゅんばん)を決_(き)めよう。 ｜ 用猜拳來決定順序吧！

3 その村_(むら)は、漁業_(ぎょぎょう)によって生活_(せいかつ)しています。 ｜ 那個村莊，以漁業為生。

4 この地域_(ちいき)は台風_(たいふう)によって多_(おお)くの被害_(ひがい)を受_(う)けました。 ｜ 這一地區由於颱風多處遭受災害。

● …による

MP3- 2- 184

「因…造成的…」、「由…引起的…」 等。

➡ 【體言】＋による。表示造成某種事態的原因。「…による」前接所引起的原因。「…によって」是連體形的用法。

雨_(あめ)による被害_(ひがい)は、意外_(いがい)に大_(おお)きかった。
因大雨引起的災害，大到叫人料想不到。

➡ 例句

1 雨_(あめ)による被害_(ひがい)は、意外_(いがい)に大_(おお)きかった。 ｜ 大雨所造成的災害，大到叫人料想不到。

2 去年以来_(きょねんいらい)、交通事故_(こうつうじこ)による死者_(ししゃ)が減_(へ)りました。 ｜ 自去年後，因車禍事故而死亡的人減少了。

3 彼女_(かのじょ)は、薬_(くすり)による治療_(ちりょう)で徐々_(じょじょ)によくなってきました。 ｜ 她因藥物的治療，病情漸漸好轉了。

4 不注意_(ふちゅうい)による大事故_(だいじこ)が起_(お)こった。 ｜ 因為不小心，而引起重大事故。

255

2 Level 日語文法・句型詳解

● …によると、によれば

「據…」、「據…説」、「根據…報導…」。

→ 【體言】＋によると、によれば。表示消息、信息的來源，或推測的依據。後面經常跟著表示傳聞的「…そうだ」、「…ということだ」之類詞。

てんきよほう　　　　　　　　　　あす　あめ　ふ
天気予報によると、明日は雨が降るそうです。
根據氣象報告，明天會下雨。

→ 例句

1 アメリカの文献によると、この薬は心臓 病に効くそうだ。	根據美國的文獻，這種藥物對心臟病有效。
2 みんなの話によると、窓からボールが飛び 込んできたのだそうだ。	根據大家所説的，球是從窗戶飛進來的。
3 女性雑誌によると、毎日1リットルの水を 飲むと美容にいいそうだ。	據女性雜誌上説，每天喝一公升的水有助養顏美容的。
4 天気予報によると、明日は雨が降るそうで す。	根據氣象報告，明天會下雨。

MP3- 2- 186

● …にわたって、にわたる、にわたり、にわたった

「經歷…」、「各個…」、「一直…」、「持續…」。或不翻譯。

→ 【體言】＋にわたって、にわたる、にわたり、にわたった。前接時間、次數及場所的範圍等詞。表示動作、行為所涉及到的時間範圍，或空間範圍非常之大。

しょうせつ　さくしゃ　　　　ねんだい　　　　ねんだい　　　　　　　　す
この小説の作者は、60年代から70年代にわたってパリに住んでいた。
這小説的作者，從60年代到70年代都住在巴黎。

➡ 例句

1 この小説の作者は、60年代から70年代にわたってパリに住んでいた。

這小說的作者，從60年代到70年代都住在巴黎。

2 わが社の製品は、50年にわたる長い間、人々に好まれてきました。

本公司的產品，長達50年間深受大家的喜愛。

3 10年にわたる苦心の末、新製品が完成した。

嘔心瀝血長達十年，最後終於完成了新產品。

4 西日本全域にわたり、大雨になっています。

西日本全區域都下大雨。

MP3- 2- 187

● …抜きで、抜きに、抜きの、抜きには、抜きでは

「省去…」、「沒有…」；「如果沒有…」、「沒有…的話」。

➡ 【體言】＋抜きで、抜きに、抜きの、抜きには、抜きでは。「抜きで、抜きに」表示除去或省略一般應該有的部分，相當於「…なしで、なしに」；「抜きには、抜きでは」表示「如果沒有…，就做不到…」。相當於「…なしでは、なしには」

今日は仕事の話は抜きにして飲みましょう。

今天就別提工作，喝吧！

➡ 例句

1 妹は今朝は朝食抜きで学校に行った。

妹妹今天沒吃早餐就去學校了。

2 今日は仕事の話は抜きにして飲みましょう。

今天就別提工作，喝吧！

3 この商談は、社長抜きにはできないよ。

這個洽談沒有社長是不行的。

4 甲子園の優勝は田中選手抜きには考えられない。

甲子園想獲得冠軍的話，沒有田中選手是不行的。

● …抜^ぬく

MP3- 3- 001

「…做到底」。

➡ 【動詞連用形】＋抜く。表示把必須做的事，最後徹底做到最後，含有經過痛苦而完成的意思。相當於「最後まで…する」。

苦^{くる}しかったが、ゴールまで走^{はし}り抜^ぬきました。
雖然很苦，但還是跑完全程。

➡ 例句

1	どんなに辛^{つら}くても、やり抜^ぬくつもりだ。	無論多麼辛苦，我都要做到底。
2	あの子は厳^{きび}しい戦争^{せんそう}の中^{なか}で一人^{ひとり}で生^いき抜^ぬいた。	那孩子在殘酷的戰爭中一個人活了下來。
3	苦^{くる}しかったが、ゴールまで走^{はし}り抜^ぬきました。	雖然很苦，但還是跑完全程。
4	この不況^{ふきょう}の中^{なか}で勝^かち抜^ぬくためには、斬新^{ざんしん}なアイディアを考^{かんが}えることが必要^{ひつよう}となる。	想要在這不景氣裡勝出，就必須要想出嶄新的創意。

● …の末^{すえ}（に）、た末^{すえ}（に、の）

MP3- 3- 002

「經過…最後」、「結果…」、「結局最後…」。

➡ 【體言】＋の末（に）。【過去助動詞連體形】＋た末（に、の）。表示「經過一段時間，最後」之意，是動作、行為等的結果。意味著「某一期間的結束」。書面語。

工事^{こうじ}は、長時間^{ちょうじかん}の作業^{さぎょう}のすえ、完了^{かんりょう}しました。
工程在長時間的進行後，終於結束了。

➡ 例句

1 工事は、長時間の作業のすえ、完了しました。	工程在長時間的進行後，終於結束了。
2 この古代国家は、政治の混乱のすえに、滅亡した。	這個古代國家，政局混亂的結果，最後滅亡了。
3 彼は、長い裁判のすえに無罪になった。	他經過長期的訴訟，最後被判無罪。
4 ゆっくり考えたすえに、結論を出しました。	仔細考慮後，最後得到了結論。

● …のみならず

MP3- 3- 003

「不僅…，也…」、「不僅…，而且…」、「非但…，尚且…」。

➡ 【體言；用言連體形】＋のみならず。表示添加。用在不僅限於前接詞的範圍，還有後項進一層的情況。相當於「 ばかりでなく、…も…」。

この薬は、風邪のみならず、肩こりにも効力がある。
這個藥不僅對感冒有效，對肩膀酸痛也很有效。

➡ 例句

1 資料を分析するのみならず、あらゆる角度から検討すべきだ。	不僅要分析資料，而且也應該從各個角度來進行檢討。
2 この薬は、風邪のみならず、肩こりにも効果がある。	這個藥不僅對感冒有效，對肩膀酸痛也很有效。
3 彼は要領が悪いのみならず、やる気もない。	他做事方法不僅不好，連做的意願也低。
4 先生は、学生の姓のみならず、名前まで全部覚えている。	老師不僅是學生的姓，連名字也都記住了。

日語文法・句型詳解

● **…のもとで、のもとに**

MP3- 3- 004

「在…之下（範圍）」等；「在…之下」。

→ 【體言】＋のもとで、のもとに。「のもとで」表示在受到某影響的範圍內，而有後項的情況；「のもとに」又表示在某人的影響範圍下，或在某條件的制約下做某事。

たいよう ひかり いね ゆた みの
太陽の光のもとで、稲が豊かに実っています。

稲子在太陽光之下，結實纍纍。

→ **例句**

1 太陽の光のもとで、稲が豊かに実っています。	稲子在太陽光之下，結實纍纍。
2 神のもとで、永遠の愛を誓います。	在神前面，相誓永遠相愛。
3 A教授のもとに、たくさんの欧米の学生が集まっている。	A教授的門下，有許多來自歐美的學生。
4 法のもとに、公平な裁判を受ける。	法律之下，人人平等。

● **…ば…ほど**

MP3- 3- 005

「越…越…」。

→ 【用言假定形】＋ば＋【同一用言連體形】＋ほど。同一單詞重複使用，表示隨著前項事物的變化，後項也隨之相應地發生變化。

はな はな たが りかい
話せば話すほど、お互いを理解できる。

雙方越聊彼此越能理解。

→ 例句

1 話せば話すほど、お互いを理解できる。 | 雙方越聊彼此越能理解。

2 宝石は、高価であればあるほど、買いたくなる。 | 寶石越昂貴越想買。

3 靴は、磨けば磨くほど艶が出ます。 | 鞋子越擦越亮。

4 字を書けば書くほど、きれいに書けるようになります。 | 字會越寫越漂亮。

● …ばかりか、ばかりでなく

「豈止…，連…也…」、「不僅…而且…」。

MP3- 3- 006

→ 【體言；用言連體形】＋ばかりか、ばかりでなく。表示除前項的情況之外，還有後項程度更甚的情況。後項的程度超過前項。語意跟「…だけでなく…も…」相同。

彼は、勉強ばかりでなく、スポーツも得意だ。

他不光只會唸書，就連運動也很行。

→ 例句

1 彼は、失恋したばかりか、会社も首になってしまいました。 | 他不僅剛失戀，連工作也丟了。

2 プロジェクトが成功を収めたばかりか、次の計画も順調だ。 | 豈止成功地完成計畫，就連下一個計畫也進行得很順利。

3 自動車の整備ばかりか、洗車までしてくれた。 | 不僅幫我保養了汽車，就連車子也都洗好了。

4 彼は勉強ばかりでなく、スポーツも得意だ。 | 他不光只會唸書，就連運動也很行。

2 Level

● **…ばかりに**

MP3- 3- 007

「就因為…」、「都是因為…，結果…」。

→ 【用言連體形】＋ばかりに。表示就是因為某事的緣故，造成後項不良結果或發生不好的事情。説話人含有後悔或遺憾的心情。相當於「…が原因で、（悪い状態になった）」。

彼は競馬に熱中したばかりに、財産を全部失った。
他因為沈迷於賽馬，結果全部的財產都賠光了。

→ **例句**

1	彼は競馬に熱中したばかりに、財産を全部失った。	他因為沈迷於賽馬，結果全部的財產都賠光了。
2	ちょっと躊躇ったばかりに、シュートを失敗してしまった。	因為猶豫了一下，結果沒投進。
3	道路が開通したばかりに、周辺の大気汚染がひどくなった。	因為道路的開通，結果周遭的空氣嚴重受到污染。
4	過半数がとれなかったばかりに、議案は否決された。	都是因為沒有過半數，所以議案被否決了。

● **…はともかく（として）**

MP3- 3- 008

「姑且不管…」、「…先不管它」。

→ 【體言】＋はともかく（として）。表示提出兩個事項，前項暫且不作為議論的對象，先談後項。暗示後項是更重要的。相當於「…はさておき」。

平日はともかく、週末はのんびりしたい。
不管平常如何，我週末都想悠哉地休息一下。

例句

1 勝敗はともかく、私は最後まで戦います。

不管勝敗如何，我都要挑戰到底。

2 平日はともかく、週末はのんびりしたい。

不管平常如何，我週末都想悠哉地休息一下。

3 筆記試験はともかく、実技と面接の点数はよかった。

先不管筆試，術科跟面試的分數都很好。

4 デザインはともかくとして、生地は上等です。

先不管設計，布料可是上等貨色呢。

● …はもちろん、はもとより

MP3- 3- 009

「不僅…而且…」、「…不用説」、「…自不待説，…也…」。

【體言】＋はもちろん、はもとより。表示一般程度的前項自然不用說，就連程度較高的後項也不例外。相當於「…は言うまでもなく…（も）」。

病気の治療はもちろん、予防も大事です。
生病的治療自不待說，預防也很重要。

例句

1 システムはもちろん、プログラムも異常はありません。

不用説是系統，就連程式也沒問題。

2 居間はもちろん、トイレも台所も全部掃除しました。

不用説是客廳，就連廁所跟廚房也都清掃乾淨了。

3 生地はもとより、デザインもとてもすてきです。

布料好自不待言，就連設計也很棒。

4 病気の治療はもちろん、予防も大事です。

生病的治療自不待說，預防也很重要。

2 Level 日語文法・句型詳解

● … 反面、 半面
はんめん　　はんめん

「另一面…」、「另一方面…」。

➡ 【用言連體形】＋反面、半面。表示同一種事物，同時兼具兩種不同性格的兩個方面。除了前項的一個事項外，還有後項的相反的一個事項。相當於「…である一方」。

産業が発達している反面、公害が深刻です。
さんぎょう　はったつ　　　　　　　　　はんめん　こうがい　しんこく

產業雖然發達，但另一方面也造成嚴重的公害。

➡ 例句

1 産業が発達している反面、公害が深刻です。	產業雖然發達，但另一方面也造成嚴重的公害。
2 商社は、給料がいい反面、仕事がきつい。	貿易公司雖然薪資好，但另一方面工作也吃力。
3 この国は、経済が遅れている半面、自然が豊かだ。	這個國家經濟雖然落後，但另一方面卻擁有豐富的自然資源。
4 あの先生はいいという評判がある半面、授業がつまらないという人もいる。	有人稱讚那老師教得好，但另一方面也有人覺得上課很無趣。

● …べき、べきだ

「必須…」、「應當…」。

➡ 【動詞終止形】＋べきだ。表示那樣做是應該的、正確的。常用在勸告、禁止及命令的場合。是一種比較客觀或原則的判斷。書面跟口語雙方都可以用。相當於「…するのが当然だ」。

人間はみな平等であるべきだ。
にんげん　　　　　びょうどう

人人應該平等。

例句

1 言うべきことははっきり言ったほうがいい。	該說的事，最好說清楚。
2 女性社員も、男性社員と同様に扱うべきだ。	女職員跟男職員應該平等對待。
3 人間はみな平等であるべきだ。	人人應該平等。
4 学生は、勉強していろいろなことを吸収するべきだ。	學生應該好好學習，以吸收各種知識。

● …ほかない、ほかはない

MP3- 3- 012

「只有…」、「只好…」、「只得…」。

➡ 【動詞連體形】＋ほかない、ほかはない。表示雖然心裡不願意，但又沒有其他方法，只有這唯一的選擇，別無它法。相當於「…以外にない」、「…より仕方がない」。

書類は一部しかないので、複写するほかない。
因為資料只有一份，只好去影印了。

例句

1 誰も助けてくれないので、自分で何とかするほかない。	因為沒有人可以伸出援手，只好自己想辦法了。
2 書類は一部しかないので、複写するほかない。	因為資料只有一份，只好去影印了。
3 犯人が見つからないので、捜査の範囲を広げるほかはない。	因為抓不到犯人，只好擴大搜索範圍了。
4 上手になるには、練習し続けるほかはない。	想要更好，只有不斷地練習了。

● …よりほかない、…よりほかはない

MP3- 3- 013

「只有…」、「只好…」、「只能…」。

→ 【動詞連體形】＋よりほかない、よりほかはない。表示問題處於某種狀態，只有一種辦法，沒有其他解決的方法。相當於「…以外に方法はない」。

売り上げを上げるには、笑顔でサービスするよりほかはない。

想要提高銷售額，只有以笑容待客了。

→ 例句

1	いい文章を書くには、下書きするよりほかない。	只有打草稿才能寫好文章。
2	わからないことは、いちいち先輩に聞くよりほかはない。	不懂的事，只好一一請教學長了。
3	どこにあるかわからないので、あちこち探すよりほかはない。	因為不知道在哪裡，只好到處找了。
4	売り上げを上げるには、笑顔でサービスするよりほかはない。	想要提高銷售額，只有以笑容待客了。

● …ほどだ、ほどの

MP3- 3- 014

「甚至能…」、「幾乎…」；「不至於…」、「沒有達到…地步」。

→ 【用言連體形】＋ほどだ。為了說明前項達到什麼程度，在後項舉出具體的事例來。又表示事情不怎麼嚴重，含有沒什麼了不起的語意。

彼の実力は、世界チャンピオンに次ぐほどだ。

他的實力好到幾乎僅次於世界冠軍了。

→ 例句

1 彼の実力は、世界チャンピオンに次ぐほどだ。	他的實力好到幾乎僅次於世界冠軍了。
2 今朝は寒くて、池に氷が張るほどだった。	今天早上冷到池塘的水面上幾乎快結了一層冰。
3 子供の喧嘩です。親が出て行くほどのことではない。	不過是孩子們的吵架而已，用不著父母插手。
4 軽いけがだから、医者に行くほどのことではない。	只是點輕傷，還用不著看醫生。

● …ほど

「越…越…」；「…得」、「…得令人」。

MP3- 3- 015

→ 【用言連體形】＋ほど。（1）表示後項隨著前項的變化，而產生變化；（2）用在比喩或舉出具體的例子，來表示動作或狀態處於某種程度。

お腹が死ぬほど痛い。

肚子痛死了。

→ 例句

1 よく勉強する学生ほど成績がいい。	越是學習的學生，成績越好。
2 年を取るほど、物覚えが悪くなります。	年紀越大，記憶力越差。
3 この本はおもしろいほどよく売れる。	這本書熱賣到令人驚奇的程度。
4 お腹が死ぬほど痛い。	肚子痛死了。

● …まい

「不…」、「不打算…」；「不會…吧」、「也許不…吧」。

➡ 【動詞終止形】＋まい。 （1）表示説話的人不做某事的意志或決心。相當於「…ないつもりだ」。書面語；（2）表示説話人推測、想像，「大概不會…」之意。相當於「…ないだろう」。

絶対タバコは吸うまいと、決心した。
我決定絕不再抽煙。

➡ 例句

1 絶対タバコは吸うまいと、決心した。

我決定絕不抽煙。

2 この事実は、決して公表するまい。

這個真相，絕對不可以對外公佈。

3 失敗は繰り返すまいと、心に誓った。

我心中發誓，絕對不再犯錯。

4 その株を買っても、損はするまい。

買那個股票，大概不會有損失吧！

● …向きの、向きに、向きだ

「朝…」；「合於…」、「適合…」。

➡ 【體言】＋向きの、向きに、向きだ。 （1）接在方向及前後、左右等方位名詞之後，表示正面朝著那一方向。；（2）表示為適合前面所接的名詞，而做的事物。相當於「…に適している」。

南向きの部屋は暖かくて明るいです。
朝南的房子不僅暖和，採光也好。

→ 例句

1 <ruby>南<rt>みなみ</rt></ruby><ruby>向<rt>む</rt></ruby>きの<ruby>部<rt>へ</rt></ruby><ruby>屋<rt>や</rt></ruby>は<ruby>暖<rt>あたた</rt></ruby>かくて<ruby>明<rt>あか</rt></ruby>るいです。 | 朝南的房子不僅暖和，採光也好。

2 <ruby>彼<rt>かれ</rt></ruby>はいつも<ruby>前<rt>まえ</rt></ruby><ruby>向<rt>む</rt></ruby>きに、<ruby>物<rt>もの</rt></ruby><ruby>事<rt>ごと</rt></ruby>を<ruby>考<rt>かんが</rt></ruby>えている。 | 他思考事情都很積極。

3 <ruby>子<rt>こ</rt></ruby>ども<ruby>向<rt>む</rt></ruby>きのおやつを<ruby>作<rt>つく</rt></ruby>ってあげる。 | 我做小孩吃的糕點給你。

4 <ruby>若<rt>わか</rt></ruby>い<ruby>女<rt>じょ</rt></ruby><ruby>性<rt>せい</rt></ruby><ruby>向<rt>む</rt></ruby>きの<ruby>小<rt>しょう</rt></ruby><ruby>説<rt>せつ</rt></ruby>を<ruby>執<rt>しっ</rt></ruby><ruby>筆<rt>ぴつ</rt></ruby>しています。 | 我在寫年輕女性看的小說。

● …<ruby>向<rt>む</rt></ruby>けの、<ruby>向<rt>む</rt></ruby>けに、<ruby>向<rt>む</rt></ruby>けだ　　　　MP3- 3- 018

「適合於…」；「面向…」、「對…」。

→ 【體言】＋向けの、向けに、向けだ。表示以前項為對象，而做後項的事物。也就是適合於某一個方面的意思。相當於「…を対象にして」。也有面朝某一個方向的意思。

<ruby>初<rt>しょ</rt></ruby><ruby>心<rt>しん</rt></ruby><ruby>者<rt>しゃ</rt></ruby><ruby>向<rt>む</rt></ruby>けのパソコンは、たちまち<ruby>売<rt>う</rt></ruby>れてしまった。

針對電腦初學者的電腦，馬上就賣光了。

→ 例句

1 <ruby>若<rt>わか</rt></ruby><ruby>者<rt>もの</rt></ruby><ruby>向<rt>む</rt></ruby>けの<ruby>商<rt>しょう</rt></ruby><ruby>品<rt>ひん</rt></ruby>が、ますます<ruby>増<rt>ふ</rt></ruby>えている。 | 針對年輕人的商品越來越多。

2 <ruby>小<rt>しょう</rt></ruby><ruby>説<rt>せつ</rt></ruby><ruby>家<rt>か</rt></ruby>ですが、<ruby>偶<rt>たま</rt></ruby>に<ruby>子<rt>こ</rt></ruby>ども<ruby>向<rt>む</rt></ruby>けの<ruby>童<rt>どう</rt></ruby><ruby>話<rt>わ</rt></ruby>も<ruby>書<rt>か</rt></ruby>きます。 | 雖然是小說家，偶爾也會撰寫針對小孩的童書。

3 <ruby>初<rt>しょ</rt></ruby><ruby>心<rt>しん</rt></ruby><ruby>者<rt>しゃ</rt></ruby><ruby>向<rt>む</rt></ruby>けのパソコンは、たちまち<ruby>売<rt>う</rt></ruby>れてしまった。 | 針對電腦初學者的電腦，馬上就賣光了。

4 <ruby>外<rt>がい</rt></ruby><ruby>国<rt>こく</rt></ruby><ruby>人<rt>じん</rt></ruby><ruby>向<rt>む</rt></ruby>けにパンフレットが<ruby>用<rt>よう</rt></ruby><ruby>意<rt>い</rt></ruby>してあります。 | 備有外國人看的小冊子。

…も…ば…も、…も…なら…も

MP3- 3- 019

「既…又…」、「也…也…」。

➡ 【體言】＋も＋【用言假定】＋ば、【體言】＋も 【體言】＋も＋【形容動詞詞幹】＋なら、【體言】＋も。把類似的事物並列起來，用意在強調。或並列對照性的事物，表示還有很多情況。

あのレストランは値段も手頃なら、料理もおいしい。
那家餐廳價錢公道，菜也好吃。

➡ 例句

1 彼は、小説も書けば、学術論文も書く。	他既寫小説，也寫學術論文。
2 あのレストランは値段も手頃なら、料理もおいしい。	那家餐廳價錢公道，菜也好吃。
3 我々には、権利もあれば、義務もある。	我們有權力，也有義務。
4 人生には悪い時もあれば、いい時もある。	人生時好時壞。

…も…なら…も

MP3- 3- 020

「…不…，…也不…」、「…有…的不對，…有…的不是」。

➡ 【體言】＋も＋【同一體言】＋なら、【體言】＋も＋【同一體言】。表示雙方都有缺點，帶有譴責的語氣。

最近の子どもの問題に関しては、家庭も家庭なら、学校も学校だ。
最近關於小孩的問題，家庭有家庭的不是，學校也有學校的缺陷。

⟶ 例句

1 旦那様(だんなさま)も旦那様(だんなさま)なら、お嬢(じょう)さんもお嬢(じょう)さんだ。 | 老爺不對，小姐也不對。

2 政治家(せいじか)も政治家(せいじか)なら、官庁(かんちょう)も官庁(かんちょう)で、まったく頼(たよ)りにならない。 | 政治家不對，政府機關也有缺陷，都不可信賴。

3 最近(さいきん)の子(こ)どもの問題(もんだい)に関(かん)しては、家庭(かてい)も家庭(かてい)なら、学校(がっこう)も学校(がっこう)だ。 | 最近關於小孩的問題，家庭有家庭的不是，學校也有學校的缺陷。

4 政府(せいふ)も政府(せいふ)なら、国民(こくみん)も国民(こくみん)だ。 | 政府有政府的問題，百姓也有百姓的不對。

● …もかまわず

MP3- 3- 021

「（連…都）不顧…」、「不理睬…」、「不介意…」。

⟶ 【用言連體形の、體言】＋もかまわず。表示對某事不介意，不放在心上。常用在不理睬旁人的感受、眼光等。相當於「…も気にしないで…」。

警官(けいかん)の注意(ちゅうい)もかまわず、赤信号(あかしんごう)で道(みち)を横断(おうだん)した。

不理會警察的警告，照樣闖紅燈。

⟶ 例句

1 相手(あいて)の迷惑(めいわく)もかまわず、電車(でんしゃ)の中(なか)で隣(となり)の人(ひと)にもたれて寝(ね)ている。 | 也不管會造成人家的困擾，在電車上睡倒在鄰座的人身上。

2 順番(じゅんばん)があるのもかまわず、彼(かれ)は割(わ)り込(こ)んできた。 | 不管排隊的先後順序，他就這樣插進來了。

3 警官(けいかん)の注意(ちゅうい)もかまわず、赤信号(あかしんごう)で道(みち)を横断(おうだん)した。 | 不理會警察的警告，照樣闖紅燈。

4 若者(わかもの)たちは人(ひと)の迷惑(めいわく)もかまわず大声(おおごえ)で話(はな)していた。 | 年輕人大聲的說話，不管會不會打擾到周遭的人。

2 Level 日語文法・句型詳解

● …もの

MP3- 3- 022

「因為…嘛」。

➡ 【用言終止形】＋もの。助詞「もの（もん）」接在句尾，多用在會話中。表示説話人很堅持自己的正當性，而對理由進行辯解。敘述中語氣帶有不滿、反抗的情緒。跟「だって」使用時，就有撒嬌的語感。更隨便的説法是：「もん」。多用於年輕女性或小孩子。

花火を見に行きたいわ。だってとてもきれいだもん。

我想去看煙火，因為很美嘛！

➡ 例句

1	運動はできません。退院した直後だもの。	人家不能運動，因為剛出院嘛！
2	哲学の本は読みません。難しすぎるもの。	人家看不懂哲學書，因為太難了嘛！
3	早寝早起きします。健康第一だもの。	早睡早起，因為健康第一嘛！
4	花火を見に行きたいわ。だってとてもきれいだもん。	我想去看煙火，因為很美嘛！

● …ものがある

MP3- 3- 023

「有價值」、「確實有…的一面」、「非常…」。

➡ 【用言連體形】＋ものがある。表示強烈斷定。由於説話人看到了某些特徵，而發自內心的肯定。

あのお坊さんの話には、聞くべきものがある。

那和尚説的話，確實有一聽的價值。

例句

1 この全集には、読むべきものがある。 | 這套全集確實有一看的價值。

2 選手たちの心には、熱いものがある。 | 選手們的內心，非常的熱誠。

3 あのお坊さんの話には、聞くべきものがある。 | 那和尚說的話，確實有一聽的價值。

4 世論には、無視できないものがある。 | 輿論，確實有不可忽視的一面。

● …ものか

MP3- 3- 024

「哪能…」、「怎麼會…呢」、「決不…」、「才不…呢」。

【用言連體形】＋ものか。句尾聲調下降。表示強烈的否定情緒。或是說話人絕不做某事的決心，或是強烈否定對方的意見。比較隨便的說法是「…もんか」。一般男性用「ものか」，女性用「ものですか」。

彼の味方になんか、なるものか。
我才不跟他一個鼻子出氣呢！

例句

1 何があっても、誇りを失うものか。 | 無論遇到什麼事，我決不失去我的自尊心。

2 勝敗なんか、気にするものか。 | 我才不在乎勝敗呢！

3 彼の味方になんか、なるものか。 | 我才不跟他一個鼻子出氣呢！

4 あんな銀行に、お金を預けるものか。 | 我才不把錢存在那種銀行裡呢！

273

Level 2 日語文法・句型詳解

●…ものだ、ものではない

「…就是…」、「本來就是…」；「就該…」、「要…」、「應該…」。

→ 【用言連體形】＋ものだ、ものではない。（1）表示常識性、普遍的事物的必然的結果。（2）表示理所當然，理應如此。常轉為間接的命令或禁止。

狭(せま)い道(みち)で、車(くるま)の速度(そくど)を上(あ)げるものではない。
在小路開車不應該加快車速。

→ 例句

1	どんなにがんばっても、うまくいかないときがあるものだ。	有時候無論怎樣努力，還是不順利的。
2	適切(てきせつ)な英単語(えいたんご)がわからないときは、和英辞典(わえいじてん)を引(ひ)くものだ。	找不到適當的英語單字時，就要查日英字典。
3	夕飯(ゆうはん)の買(か)い物(もの)の前(まえ)に、献立(こんだて)を決(き)めるものだ。	買晚餐的食材前，應該先決定菜單。
4	狭(せま)い道(みち)で、車(くるま)の速度(そくど)を上(あ)げるものではない。	在小路開車不應該加快車速。

●…ものだから

「就是因為…，所以…」。

→ 【用言連體形】＋ものだから。表示原因、理由。常用在因為事態的程度很厲害，因此做了某事。含有對事出意料之外、不是自己願意等的理由，進行辯白。結果是消極的。相當於「…から、…ので」。

足(あし)が痺(しび)れたものだから、立(た)てませんでした。
因為腳麻，所以站不起來。

274

➡ 例句

1 うっかりしたものだから、約束を忘れてしまった。	因為心不在焉，所以忘了約會。
2 隣のテレビがやかましかったものだから、抗議に行った。	因為隔壁的電視太吵了，所以跑去抗議。
3 足が痺れたものだから、立てませんでした。	因為腳麻，所以站不起來。
4 きつく叱ったものだから、子どもはわあっと泣き出した。	因為嚴厲地罵了孩子，小孩就哇哇地哭了起來。

● …ものなら

MP3- 3- 027

「如果能…的話」、「要是能…就…吧」。

➡ 【動詞可能態連體形】＋ものなら，【同一動詞命令形】。表示對辦不到的事的假定。提示一個實現可能性很小的事物，帶著向對方挑戰，且僥倖期待的心情，放任對方去做。口語中常說成「…もんなら…」

あの素敵な人に、声をかけられるものなら、かけてみろよ。
你敢去跟那位美女講話的話，你就去講講看啊！

➡ 例句

1 スピードを出せるものなら、出してみろよ。	能開快車的話，你就開開看啊！
2 トップの成績になれるものなら、なってみろよ。	成績能考第一的話，你就考考看啊！
3 この話をママに言えるものなら、言ってみろよ。	你敢跟媽媽説的話，你去説説看啊！
4 あの素敵な人に、声をかけられるものなら、かけてみろよ。	你敢去跟那位美女講話的話，你就去講講看啊！

275

● …ものの

「雖然…但是…」。

➡ 【用言連體形】＋ものの。表示姑且承認前項，但後項不能順著前項發展下去。後項一般是對於自己所做、所説或某種狀態沒有信心，很難實現等的説法。相當於「…けれども、…が」。

アメリカに留学（りゅうがく）したとはいうものの、満足（まんぞく）に英語（えいご）を話（はな）すこともできない。

雖然去美國留學過，但英文卻沒辦法說得好。

➡ 例句

1 自分（じぶん）の間違（まちが）いに気付（きづ）いたものの、なかなか謝（あやま）ることができない。 | 雖然發現自己不對，但總是沒辦法道歉。

2 彼女（かのじょ）とは共通（きょうつう）の趣味（しゅみ）はあるものの、話（はなし）があまり合（あ）わない。 | 雖然跟她有共同的嗜好，但還是話不投機半句多。

3 せりふは全部覚（ぜんぶおぼ）えたものの、演技（えんぎ）がうまくできない。 | 雖然台詞全都背起來了，但還是不能把角色演好。

4 アメリカに留学（りゅうがく）したとはいうものの、満足（まんぞく）に英語（えいご）を話（はな）すこともできない。 | 雖然去美國留學過，但英文卻沒辦法説得好。

● …やら…やら

「…啦…啦」、「又…又…」。

➡ 【體言；用言連體形（の）】＋やら；【體言；用言連體形（の）】やら。表示從一些同類事項中，列舉出兩項。大多用在有這樣，又有那樣，真受不了的情況。多有心情不快的語感。

近所（きんじょ）に工場（こうじょう）ができて、騒音（そうおん）やら煙（けむり）やら悩（なや）まされるんですよ。

附近開了家工廠，又是噪音啦，又是污煙啦，真傷腦筋！

→ 例句

1 近所に工場ができて、騒音やら煙やらで悩まされるんですよ。	附近開了家工廠，又是噪音啦，又是污煙啦，真傷腦筋！
2 農家は、田植えやら草取りやらで、いつも忙しい。	農家又是種田，又是拔草，總是很忙。
3 総理大臣やら、有名スターやら、いろいろな人が来ています。	又是內閣總理，又是明星，來了很多人。
4 先月は家に泥棒に入られるやら、電車で財布をすられるやら、さんざんだった。	上個月家裡不僅遭小偷，錢包也在電車上被偷，真是悽慘到底！

● …ようがない、ようもない

「沒辦法」、「無法…」。

MP3- 3- 030

→ 【動詞連用形】＋ようがない、ようもない。表示不管用什麼方法都不可能，已經沒有其他方法了。相當於「…ことができない」。「…よう」是接尾詞，表示方法。

道に人が溢れているので、通り抜けようがない。
路上到處都是人，沒辦法通行。

→ 例句

1 万年筆のインクがなくなったので、サインのしようがない。	鋼筆沒水了，所以沒辦法簽名。
2 コンセントがないから、カセットを聞きようがない。	沒有插座，所以沒辦法聽錄音帶。
3 道に人が溢れているので、通り抜けようがない。	路上到處都是人，沒辦法通行。
4 この複雑な気持ちは、表しようもない。	我說不出我的這種複雜的心情。

277

日語文法・句型詳解

● …ように

MP3- 3- 031

「為了…而…」、「…，以便達到…」；「希望…」、「請…」。

➡ 【動詞連體形】＋ように。（1）表示為了實現前項，而做後項。是行為主體的希望。（2）用在句末時，表示願望、希望、勸告或輕微的命令等。後面省略了「…してください」。

ほこりがたまらないように、毎日そうじをしましょう。
要每天打掃一下，才不會有灰塵。

➡ 例句

1 送料が1000円以下になるように、工夫してください。	請想辦法把運費壓到1000日圓以下。
2 ほこりがたまらないように、毎日そうじをしましょう。	要每天打掃一下，才不會有灰塵。
3 迷子にならないようにね。	不要迷路了唷！
4 合格できるように頑張ります。	我會努力考上的。

● …わけがない、わけはない

MP3- 3- 032

「不會…」、「不可能…」。

➡ 【用言連體形】＋わけがない、わけはない。表示從道理上而言，強烈地主張不可能或沒有理由成立。相當於「…はずがない」。口語常說成「わけない」。

人形が独りでに動くわけがない。
洋娃娃不可能自己會動。

➡ 例句

1 こんな重いものが、持ち上げられるわけはない。 | 這麼重的東西，不可能抬得起來。

2 人形が独りで動くわけがない。 | 洋娃娃不可能自己會動。

3 こんな簡単なことをできないわけがない。 | 這麼簡單的事情，不可能辦不到。

4 彼女がそんなことをいうわけがない。 | 她不可能説那樣的話。

● …わけだ

MP3- 3- 033

「當然…」、「怪不得…」。

➡ 【用言連體形】＋わけだ。表示按事物的發展，事實、狀況合乎邏輯地必然導致這樣的結果。跟著重結果的必然性的「はずだ」相比較，「わけだ」側著重理由或根據。

3年間留学していたのか。どうりで英語がペラペラなわけだ。

到國外留學了3年啊。難怪英文那麼流利。

➡ 例句

1 彼はうちの中にばかりいるから、顔色が青白いわけだ。 | 因為他老待在家，難怪臉色蒼白。

2 コーヒーをお湯で薄めたから、おいしくないわけだ。 | 原來咖啡加了開水被稀釋了，難怪不好喝！

3 学生時代にスケート部だったから、スケートが上手なわけだ。 | 學生時代是溜冰社團團員，難怪溜冰這麼拿手。

4 3年間留学していたのか。どうりで英語がペラペラなわけだ。 | 到國外留學了3年啊。難怪英文那麼流利。

279

Level 2　日語文法・句型詳解

● **…わけではない、わけでもない**

「並不是…」、「並非…」。

➡ 【用言連體形；簡體句という】＋わけではない、わけでもない。表示不能簡單地對現在的狀況下某種結論，也有其它情況。常表示部分否定或委婉的否定。

食事をたっぷり食べても、必ず太るというわけではない。
吃得多不一定會胖。

➡ **例句**

1　食事をたっぷり食べても、必ず太るというわけではない。	吃得多不一定會胖。
2　体育の授業で一番だったとしても、スポーツ選手になれるわけではない。	體育課成績拿第一，也並不一定能當運動員。
3　けんかばかりしていても、互いに嫌っているわけでもない。	老是吵架，也並不代表彼此互相討厭。
4　偶に一緒に食事をするが、親友というわけではない。	偶爾一起吃頓飯，也不代表是好朋友。

● **…わけにはいかない、わけにもいかない**

「不能…」、「不可…」。

➡ 【動詞連體形】＋わけにはいかない、わけにもいかない。表示由於一般常識、社會道德或過去經驗等約束，那樣做是不可能的、不能做的、不單純的。相當於「…することはできない」。

友情を裏切るわけにはいかない。
友情是不能背叛的。

➡ 例句

1 友情を裏切るわけにはいかない。 | 友情是不能背叛的。

2 親戚に挨拶に行かないわけにもいかない。 | 不可以不去跟親戚打招呼。

3 式の途中で、帰るわけにもいかない。 | 不能在典禮進行途中回去。

4 言わないと約束したので、話すわけにはいかない。 | 説好不説就不能説。

● …わりに（は）　　　MP3- 3- 036

「（比較起來）雖然…但是…」、「但是相對之下還算…」、「可是…」。

➡ 【用言連體形；體言の】＋わりに（は）。表示結果跟前項條件不成比例、有出入，或不相稱，結果劣於或好於應有程度。相當於「…のに、…にしては」。

この国は、熱帯のわりには、過ごしやすい。
這個國家雖處熱帶，但住起來算是舒適的。

➡ 例句

1 この国は、熱帯のわりには、過ごしやすい。 | 這個國家雖處熱帶，但住起來算是舒適的。

2 物理の点が悪かったわりには、化学はまあまあだった。 | 比較起來物理分數雖然差，但是化學還算好。

3 面積が広いわりに、人口が少ない。 | 面積雖然大，但人口相對地少。

4 映画は評判のわりに、あまり面白くなかった。 | 電影風評雖好，但不怎麼有趣。

日語文法・句型詳解

● …を…として、…を…とする、…を…とした　　MP3- 3- 037

「把…視為…」、「把…當做…」。

➡ 【體言】＋を＋【體言】＋として、とする、とした。表示把一種事物當做或設定為另一種事物，或表示決定、認定的內容。「として」的前面接表示地位、資格、名分、種類或目的的詞。

この競技_{きょうぎ}では、最後残_{さいごのこ}った人_{ひと}は優勝_{ゆうしょう}とする。

這個比賽，是以最後留下的人獲勝。

➡ 例句

1	高橋_{たかはし}さんをリーダーとして、野球_{やきゅう}愛好会_{あいこうかい}を作_{つく}った。	以高橋先生為首，成立了棒球同好會。
2	この教科書_{きょうかしょ}は日本語_{にほんご}の初心者_{しょしんしゃ}を対象_{たいしょう}としたものです。	這本教科書的學習對象是日語初學者。
3	この会_{かい}は卒業生_{そつぎょうせい}の交流_{こうりゅう}を目的_{もくてき}としています。	這個會是為了促進畢業生的交流。
4	この競技_{きょうぎ}では、最後_{さいご}まで残_{のこ}った人_{ひと}を優勝_{ゆうしょう}とする。	這個比賽，是以最後留下的人獲勝。

● …をきっかけに（して）、をきっかけとして　　MP3- 3- 038

「以…為契機」、「自從…之後」、「以…為開端」。

➡ 【體言；用言連體形の】＋をきっかけに（して）、をきっかけとして。表示某事產生的原因、機會、動機等。相當於「…を契機に」。

関西旅行_{かんさいりょこう}をきっかけに、歴史_{れきし}に興味_{きょうみ}を持_もちました。

自從去旅遊關西之後，便開始對歷史產生了興趣。

→ 例句

1 関西旅行をきっかけに、歴史に興味を持ちました。	自從去旅遊關西之後，便開始對歷史產生興趣。
2 病気になったのをきっかけに、人生を振り返った。	因為生了一場病，而回顧了自己過去的人生。
3 2月の下旬に再会したのをきっかけにして、二人は交際を始めた。	自從2月下旬再度重逢之後，兩人便開始交往。
4 喧嘩をきっかけとして、二人はかえって仲良くなりました。	兩人自從吵架以後，反而變成好友了。

● …を契機に（して）、を契機として

「趁著…」、「自從…之後」、「以…為動機」。

MP3- 3- 039

→ 【體言】＋を契機に（して）、を契機として。表示某事產生或發生的原因、動機、機會、轉折點。相當於「…をきっかけに」。

子どもが誕生したのを契機として、煙草をやめた。
自從生完小孩，就戒了煙。

→ 例句

1 首相が発言したのを契機に、経済改革が加速した。	自從首相那次發言之後，便加快了經濟改革的腳步。
2 売上げがよかったのを契機に、大通りに店を出した。	自從銷售額提高了以後，就在大馬路旁開了家店。
3 失恋したのを契機にして、心理学の勉強を始めた。	自從失戀以後，就開始學心理學。
4 子どもが誕生したのを契機として、煙草をやめた。	自從孩子出生後，就戒了煙。

● **…をこめて**

「集中…」、「傾注…」。

→ 【體言】＋をこめて。表示對某事傾注思念或愛等的感情。常用「心を込めて」、「力を込めて」、「愛を込めて」等用法。

みんなの幸せのために、願いをこめて鐘を鳴らした。

為了大家的幸福，以虔誠的心鳴鐘祈禱。

→ **例句**

1 教会で、心をこめてオルガンを弾いた。	在教會以真誠的心彈風琴。
2 感謝をこめて、ブローチを贈りました。	以真摯的感謝之情送她別針。
3 みんなの幸せのために、願いをこめて鐘を鳴らした。	為了大家的幸福，以虔誠的心鳴鐘祈禱。
4 母は私のために心をこめて、セーターを編んでくれた。	母親傾注心意為我織了件毛衣。

● **…を中心に（して）、中心として**

「以…為重點」、「以…為中心」、「圍繞著…」。

→ 【體言】＋を中心に（して）、中心として。表示前項是後項行為、狀態的中心。跟「…を中心として」意思相同。

点Aを中心に、円を描いてください。

請以A點為中心，畫一個圓圈。

⇒ 例句

1 大学の先生を中心にして、漢詩を学ぶ会を作った。

以大學老師為中心，設立了漢詩學習會。

2 点Aを中心に、円を描いてください。

請以A點為中心，畫一個圓圈。

3 海洋開発を中心に、討論を進めました。

以海洋開發為中心進行討論。

4 地球は太陽を中心として、回っている。

地球以太陽為中心繞行著。

● …を通じて、を通して

MP3- 3- 042

「在整個期間…」、「在整個範圍…」。

⇒ 【體言】＋を通じて、を通して。表示利用某種媒介（如人物、交易、物品等），來達到某目的（如物品、利益、事項等）。相當於「…によって」。中文意思是：「透過…」、「通過…」。又後接表示期間、範圍的詞，表示在整個期間或整個範圍內。相當於「…のうち（いつでも／どこでも）」。

彼女を通じて、間接的に彼の話を聞いた。

透過她，間接地知道他的事情。

⇒ 例句

1 彼女を通じて、間接的に彼の話を聞いた。

透過她，間接地知道他的事情。

2 能力とは、試験を通じて測られるものだけではない。

能力不是只透過考試才能知道的。

3 彼は小学校6年間を通して成績はトップだった。

他小學6年間的成績都是第一。

4 台湾は1年を通して雨が多い。

台灣一整年雨量都很充沛。

…を問わず、は問わず

「無論…」、「不分…」、「不管…，都…」、「不管…，也不管…，都…」。

➡ 【體言】＋を問わず、は問わず。表示沒有把前接的詞當作問題、跟前接的詞沒有關係。多接在「男女」、「昼夜」這種對義的單字後面。相當於「…に関係なく」。

ワインは、洋食和食を問わず、よく合う。

無論是西餐或日式料理，葡萄酒都很適合。

➡ 例句

1	男女を問わず、10歳未満の子どもは誰でも入れます。	無論是男是女，只要是未滿十歲的小孩都能進去。
2	金額の多少を問わず、私はお金を貸さない。	不論金額多寡，我都不借錢。
3	ワインは、洋食和食を問わず、よく合う。	無論是西餐或日式料理，葡萄酒都很適合。
4	経験は問わず、誰でも応募できます。	不管經驗的有無，誰都可以來應徵。

…をぬきにして（は）、はぬきにして

「去掉…」、「抽去…」。

➡ 【體言】＋をぬきにして（は）、はぬきにして。「抜き」是「抜く」的名詞形。表示去掉某一事項，或某一人物等，做後面的動作。用「…をぬきにしては」表示沒有前項，後項就很難成立。

政府の援助をぬきにして、災害に遭った人々を救うことはできない。

沒有政府的援助，就沒有辦法救出受難者。

➡ 例句

1 消費税をぬきにして、合計2000円です。 <small>しょうひ ぜい</small> <small>ごうけい えん</small>	不算消費稅，共計2000日圓。
2 政府の援助をぬきにして、災害に遭った人々を救うことはできない。 <small>せい ふ えんじょ</small> <small>さいがい あ</small> <small>ひとびと すく</small>	沒有政府的援助，就沒辦法救出受難者。
3 領事館の協力をぬきにしては、この調査は行えない。 <small>りょうじ かん きょうりょく</small> <small>ちょうさ</small> <small>おこな</small>	沒有領事館的協助，就沒辦法進行這項調查。
4 彼の努力をぬきにしては、われわれの友好関係はなかった。 <small>かれ どりょく</small> <small>ゆうこうかんけい</small>	沒有他的努力，就沒有我們的友好關係。

● …をはじめ、をはじめとする

MP3- 3- 045

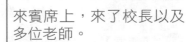

「以…為首」、「…以及…」、「…等」。

➡ 【體言】＋をはじめ、をはじめとする。表示由核心的人或物擴展到很廣的範圍。「を」前面最具代表性的、核心的人或物。作用類似「などの」、「と」。

客席には、校長をはじめ、たくさんの先生が来てくれた。
<small>きゃく せき こうちょう せんせい き</small>

在來賓席上，校長以及多位老師都來了。

➡ 例句

1 客席には、校長をはじめ、たくさんの先生が来てくれた。 <small>きゃく せき こう ちょう</small> <small>せんせい き</small>	來賓席上，來了校長以及多位老師。
2 日本の近代には、夏目漱石をはじめ、いろいろな作家がいます。 <small>に ほん きんだい なつ め そうせき</small> <small>さっ か</small>	日本近代，以夏目漱石為首，還有其他許許多多的作家。
3 この病院には、内科をはじめ、外科や耳鼻科などがあります。 <small>びょういん ない か げ か</small> <small>じ び か</small>	這家醫院有內科、外科及耳鼻喉科等。
4 小切手をはじめとする様々な書類を、書留で送った。 <small>こ ぎって さまざま しょるい かきとめ</small> <small>おく</small>	支票跟各種資料等等，都用掛號信寄出了。

287

● …をめぐって、をめぐる

MP3- 3- 046

「圍繞著…」、「環繞著…」。

➡ 【體言】＋をめぐって、をめぐる。表示後項的行為動作，是針對前項的某一事情、問題進行的。相當於「…について、…に関する」。

その宝石をめぐる事件があった。

發生了跟那顆寶石有關的事件。

➡ 例句

1 さっき訪ねてきた男性をめぐって、女性たちが噂話をしています。	女性們談論著剛才來訪的那個男生。
2 彼の理事長への就任をめぐって、問題が起こった。	針對他就任理事長一事，產生了問題。
3 工事の騒音をめぐって、近所から抗議されました。	附近居民針對施工的噪音群起抗議。
4 その宝石をめぐる事件が起きた。	發生了跟那顆寶石有關的事件。

● …をもとに、をもとにして

MP3- 3- 047

「以…為根據」、「以…為參考」、「在…基礎上」。

➡ 【體言】＋をもとに、をもとにして。表示將某事物為啟示、根據、材料、基礎等。後項的行為、動作是根據或參考前項來進行的。相當於「…に基づいて、…を根拠にして」。

いままでに習った文型をもとに、文を作ってください。

請參考至今所學的文型造句。

➡ 例句

1	この映画は、実際にあった話をもとにして制作された。	這齣電影是根據真實的故事而拍的。
2	集めたデータをもとにして、平均を計算しました。	根據收集來的資料，計算平均值。
3	彼女のデザインをもとに、青いワンピースを作った。	以她的設計為基礎，裁製了藍色的連身裙。
4	いままでに習った文型をもとに、文を作ってください。	請參考至今所學的文型造句。

●…あっての

MP3- 3- 048

「有了…之後…才能…、沒有…就不能（沒有）…」。

➡ 【体言】+あっての+【体言】。表示因為有前面的事情，後面才能夠存在。也就是後面能夠存在，是因為有前面的條件，如果沒有前面的條件，就沒有後面的結果了。

読者あっての作家ですから、読者の興味に注意を払うべきだ。
有了讀者才有作家，所以作家應該多留意讀者的喜好。

➡ 例句

1 社員あっての会社だから、利益は社員に還元するべきだ。

沒有職員就沒有公司，因此應該將利益回饋到職員身上。

2 視聴者あってのメディアだから、メディアは公平性に努めるべきだ。

沒有聽眾就沒有大眾媒體，所以大眾媒體更應力求公平公正。

3 読者あっての作家ですから、読者の興味に注意を払うべきだ。

有了讀者才有作家，所以作家應該多留意讀者的喜好。

4 有権者あっての政治家ですから、有権者の声に耳を傾けるべきだ。

沒有選民的支持就沒有政治家，因此應該好好傾聽選民的聲音。

● …いかんだ

「…如何，要看…」、「能否…要看…」、「取決於…」。

➡ 【体言（の）】+いかんだ。表示前面能不能實現，那就要根據後面的
状況而定了。「いかん」其實就是「如何」的意思。

勝利できるかどうかは、チームのまとまりいかんだ。
能否獲勝，就要看團隊的團結與否了。

➡ **例句**

1 景気の回復は、総理の手腕いかんだ。	景氣能否復甦，要看總理的本事了。
2 今春転校するかどうかは、父の仕事いかんだ。	今年春天是否會轉學，要看父親的工作決定。
3 勝利できるかどうかは、チームのまとまりいかんだ。	能否獲勝，就要看團隊的團結與否了。
4 合併か倒産かは、社長の判断いかんだ。	會被合併還是破產，全看社長的判斷了。

● …いかんで

「根據…」、「要看…如何」、「取決於…」。

➡ 【体言（の）】+いかんで。表示依據。也就是根據前面的状況如何，
來進行後面。後面能不能實現，那就要看前面的情況、內容來決定了。
「いかん」是「如何」的意思，「で」是格助詞。

展示方法いかんで、売り上げは大きく変わる。
隨著展示方式的不同，營業額也大有變化。

⇒ 例句

1 次の選挙結果いかんで、政局が大きく変わる可能性がある。 | 根據下次選舉的結果，政局可能會有大變動。

2 検査結果いかんで、今後の治療方針が決まる。 | 根據檢查的結果，會決定今後的治療方向。

3 為替相場いかんで、経済は大きく左右される。 | 匯兌行情的走向，將大大影響整體經濟。

4 展示方法いかんで、売り上げは大きく変わる。 | 隨著展示方式的不同，營業額也大有變化。

● …いかんでは　　　　　　　　　　MP3- 3- 051

「根據…、要看…如何、取決於…」。

⇒ 【体言（の）】＋いかんでは。表示依據。根據前面的狀況，來判斷後面的可能性。這裡的「では」強調的是個別的情況，所以前面是在各種狀況中，選其中的一種，而在這一狀況下，讓後面的內容得以成立。

品質いかんでは、今後の取引を再検討せざるを得ない。
以這種品質來看，不得不重新檢討今後的相關交易。

⇒ 例句

1 品質いかんでは、今後の取引を再検討せざるを得ない。 | 以這種品質來看，不得不重新檢討今後的相關交易。

2 新しい法律いかんでは、今までどおりに輸出できない。 | 根據新的法律，無法再像以往一樣對外出口了。

3 部品の規格いかんでは、海外から新機器を導入する必要がある。 | 根據零件的規格，有必要從海外引進新的機器。

4 判決いかんでは、控訴する可能性もある。 | 根據判決結果，也是有可能再上訴。

● …いかんによって（は）

「根據…」、「要看…如何」、「取決於…」。

➡ 【体言（の）】+いかんによって（は）。表示依據。根據前面的狀況，來判斷後面的可能性。這裡的「によって」和「では」一樣，強調的是個別的情況，所以前面是在各種狀況中，選其中的一種，而在這一狀況下，讓後面的內容得以成立。

回復具合のいかんによって、入院が長引くかもしれない。

看恢復情況如何，可能住院時間會延長。

➡ **例句**

1	反省のいかんによって、処分が軽減されることもある。	看反省的情況如何，也有可能減輕處分。
2	回復具合のいかんによって、入院が長引くかもしれない。	看恢復情況如何，可能住院時間會延長。
3	売れ行きのいかんによっては、発売が停止される可能性もある。	根據銷售的情況，有停止販賣的可能。
4	判定のいかんによって、試合結果が逆転することもある。	根據判定，比賽的結果也有可能會翻盤。

● …いかんによらず

「不管…如何」、「無論…為何」、「不按…」。

➡ 【体言（の）】+いかんによらず。表示不管前面的理由、狀況如何，都跟後面的規定、決心或觀點沒有關係。也就是後面的行為，不受前面條件的限制。這是「いかん」跟不受某方面限制的「によらず」（不管…），兩個句型的結合。

言い訳のいかんによらず、ミスはミスだ。

不管有什麼藉口，錯就是錯。

→ 例句

1 役職のいかんによらず、配当は平等に分配される。

不管職位的高低，紅利都平等分配。

2 会社側の回答のいかんによらず、デモは実行される。

不管公司方面如何回應，抗議遊行照常進行。

3 言い訳のいかんによらず、ミスはミスだ。

不管有什麼藉口，錯就是錯。

4 内訳のいかんによらず、総額が高すぎる。

不管明細如何，總金額實在是高得離譜。

● …いかんにかかわらず

MP3- 3- 054

「無論…都…」。

→ 【体言（の）】＋いかんにかかわらず。表示不管前面的理由、狀況如何，都跟後面的規定、決心或觀點沒有關係。也就是後面的行為，不受前面條件的限制。這是「いかん」跟不受前面的某方面限制的「にかかわらず」（不管…），兩個句型的結合。

本人の意向のいかんにかかわらず、命令には従わなければならない。

無論個人的意願如何，都得遵從命令。

→ 例句

1 賠償額のいかんにかかわらず、被害者側は上告するつもりだ。

無論賠償金額如何，受害者一方都打算提出上訴。

2 見積もり料のいかんにかかわらず、貴社に仕事を委託することはできない。

無論你估價費用多少，我們都無法將工作委託給貴社來做。

3 麻痺のいかんにかかわらず、手術する必要がある。

不管會不會麻不麻痺，都必須動手術。

4 本人の意向のいかんにかかわらず、命令には従わなければならない。

無論個人的意願如何，都得遵從命令。

● …（よ）うが

MP3- 3- 055

「不管是…」、「即使…也…」。

→ 【動詞未然形】＋（よ）うが。【形容詞詞幹】＋かろうが。【形容動詞詞幹】だろうが／であろうが。表示逆接假定。用言前接疑問詞，表示不管前面的情況如何，後面的事情都不會改變。後面是不受前面約束的。後面要接想完成的某事，或表示決心、要求的表達方式。

どんなに苦しかろうが、最後までやりとおすつもりだ。

不管有多辛苦，我都要貫徹到底。

→ 例句

1 常に体を鍛えているので、どんなに走ろうが息が切れない。

因為我常鍛鍊身體，所以不管怎麼跑都不會喘。

2 いくらお金があろうが、毎日が楽しくなければ意味がない。

即使再有錢，如果天天悶悶不樂也就沒意義了。

3 他人が何と言おうが、自分のしたいことをする。

不管別人說什麼，我就是做我想做的事。

4 どんなに苦しかろうが、最後までやりとおすつもりだ。

不管有多辛苦，我都要貫徹到底。

1
Level

日語文法・句型詳解

● …（よ）うが／…まいが

「不管是…不是…、不管…不…」。

➡ 【用言未然形】＋（よ）うが/【用言未然形（五段、力變動詞終止形）】～まいが。表示逆接假定條件。這句型利用了同一動詞的肯定跟否定的意向形，表示無論前面的情況是不是這樣，後面都是會成立的，是不會受前面約束的。

台風が来ようが来るまいが、出勤しなければならない。

不管颱風來不來，都得要上班。

➡ 例句

1 台風が来ようが来るまいが、出勤しなければならない。	不管颱風來不來，都得要上班。
2 好きだろうが好きであるまいが、仕事は仕事だ。	不管喜不喜歡，該做的工作還是要做。
3 内部で抗争があろうがあるまいが、表面的には落ち着いている。	不管內部有沒有在對抗，表面上看似一片和平。
4 科学技術がいかに向上しようがするまいが、人々の生活は続いていく。	不管科學是否蓬勃發展，人們依然繼續生活下去。

● …（よ）うと／…まいと

「做…不做…都…、不管…不」。

➡ 【用言未然形】＋（よ）うと/【用言未然形（五段、力變動詞終止形）】～まいと。跟「～（よ）うが、～まいが」一樣，表示逆接假定條件。這句型利用了同一動詞的肯定跟否定的意向形，表示無論前面的情況是不是這樣，後面都是會成立的，是不會受前面約束的。

試合に勝とうと勝つまいと、結果は受け入れなければならない。

不管比賽是贏是輸，都必須接受比賽的結果。

➡ 例句

1 試合に勝とうと勝つまいと、結果は受け入れなければならない。
しあい か か けっか う い

不管比賽是贏是輸，都必須接受比賽的結果。

2 自分がリストラされようとされまいと、みんなで団結して会社に抗議する。
じ ぶん だんけつ かいしゃ こうぎ

不管自己是否會被裁員，大家都團結起來向公司抗議。

3 機密を公開しようとしまいと、社会的に大きな影響はないと推測される。
きみつ こうかい しゃかいてき おお えいきょう すいそく

不管公不公開機密，預計都不會給社會帶來多大影響。

4 双方が合意に達しようと達しまいと、業績に影響はないと考えられる。
そうほう ごうい たっ たっ ぎょうせき えいきょう かんが

不管雙方有無達成共識，預計都不會影響到業績。

● …（よ）うにも…ない

MP3- 3- 058

「即使想…也不能…」。

➡ 【動詞推量形】＋うにも＋【可能動詞未然形】＋ない。表示因為某種客觀的原因，即使想做某事，也難以做到。是一種願望無法實現的說法。前面要接動詞的推量形，後面接否定的表達方式。

語彙が少ないので、文章を作ろうにも作れない。
ご い すく ぶんしょう つく つく

知道的語彙太少，想寫文章也寫不成。

➡ 例句

1 家に帰ってこないので、話そうにも話せない。
いえ かえ はな はな

他沒有回家，就是想跟他說也沒辦法。

2 道具がないので、修理しようにも修理しようがない。
どう ぐ しゅうり しゅうり

沒有工具，想修理也沒辦法修理。

3 語彙が少ないので、文章を作ろうにも作れない。
ご い すく ぶんしょう つく つく

知道的語彙太少，想寫文章也寫不成。

297

4 限定品なので、手に入れようにも手に入れ | 因為是限定商品，想買也
られない。 | 買不到。

● …かぎりだ

MP3- 3- 059

「真是太…、…得不能再…了、極其…」。

➜ 【形容詞、形容動詞連體形】＋かぎりだ。表示喜怒哀樂等感情的極限。
這是說話人自己在當時，有一種非常強烈的感覺，這個感覺別人是不能
從外表客觀地看到的。由於是表達說話人的心理狀態，一般不用在第三
人稱的句子裡。

孫の花嫁姿が見られるとは、嬉しいかぎりだ。

能夠看到孫女穿婚紗的樣子，真叫人高興啊！

➜ 例句

1 10年ぶりに旧友に会うことができて、嬉し | 能夠見到闊別了10年的老
いかぎりだ。 | 友，真是太開心了！

2 国の代表としてオリンピックに行くとは、 | 能代表國家參加奧林匹克
すばらしいかぎりだ。 | 比賽，真是太棒了！

3 たった２点足りないだけで不合格になった | 只差2分就及格了，真是
とは、残念なかぎりだ。 | 可惜啊！

4 孫の花嫁姿が見られるとは、嬉しいかぎり | 能夠看到孫女穿婚紗的樣
だ。 | 子，真叫人高興啊！

● …がさいご

MP3- 3- 060

「（一旦…）就必須…、（一…）就非得…」。

➜ 【動詞過去形】＋が最後。「さいご」漢字是「最後」。表示一旦做了某
事，就一定會產生後面的情況，或是無論如何都必須採取後面的行動。
後面接說話人的意志或必然發生的狀況。後面多是消極的結果或行為。
更口語的說法是「たらさいご」。

契約にサインしたがさいご、契約を全うするしかない。

一旦簽了這份契約，就必須履行契約。

→ 例句

1 この地に足を踏み入れたがさいご、一生こ
こから出られない。

一旦踏進這個地方，就一輩子出不去了。

2 甘い生活を知ってしまったがさいご、以前
の生活には戻れない。

一旦嚐過好日子的滋味，就無法回去過以前的生活了。

3 契約にサインしたがさいご、契約を全うす
るしかない。

一旦簽了這份契約，就必須履行契約。

4 指令を受けたがさいご、指令に従うしかな
い。

一旦接到指令，就必須遵從。

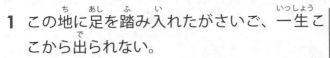

● …かたがた

MP3- 3- 061

「順便…」、「兼…」、「一面…一面…」、「邊…邊…」。

→ 【体言】＋かたがた。表示在進行前面主要動作時，兼做（順便做）後面
的動作。也就是做一個行為，有兩個目的。前接動作性名詞，後接移動
性動詞。跟「がてら」詞義基本相同，不同點是「かたがた」可以做接
續詞，而「がてら」不可以。

帰省かたがた、市役所に行って手続きをする。

返鄉的同時，順便去市公所辦手續。

→ 例句

1 出張かたがた、昔の同僚に会いに行こ
う。

出差時，順道去拜訪以前的同事吧！

2 会社訪問かたがた、先輩にも挨拶しておこ
う。

拜訪公司的同時，也順便跟前輩打個招呼吧！

3 犬の散歩かたがた、郵便局によって用事を済ました。 | 溜狗的同時,順道去郵局辦了事情。

4 帰省かたがた、市役所に行って手続きをする。 | 返鄉的同時,順便去市公所辦手續。

● …かたわら

MP3- 3- 062

「一邊…一邊…、同時還…」。

➡ 【動詞連體形；体言+の】+かたわら。表示在做前項主要活動、工作以外,在空餘時間內還做別的活動、工作。前項為主,後項為輔,且前後項事情大多互不影響。跟「ながら」相比,「かたわら」用在持續時間較長的事物上。用於書面。

彼は俳優として活躍するかたわら、劇団も主宰している。

他一邊活躍於演員生涯,同時自己也組了一個劇團。

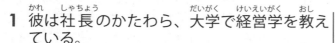

➡ 例句

1 彼は社長のかたわら、大学で経営学を教えている。 | 他身兼社長職務,同時還在大學教經營學。

2 主婦業のかたわら、株でもうけている人がたくさんいる。 | 很多身為主婦,但也一邊玩股票大賺一筆。

3 彼女は執筆のかたわら、あちこちで講演活動をしている。 | 她一面寫作,一面到處巡迴演講。

4 彼は俳優として活躍するかたわら、劇団も主宰している。 | 他一邊活躍於演員生涯,同時自己也組了一個劇團。

● …がてら

MP3- 3- 063

「順便」、「在…同時」、「借…之便」。

➡ 【動詞連用形；体言】+がてら。表示在做前面的動作的同時，借機順便也做了後面的動作。也就是做一個行為，有兩個目的。一般多用在做前面的動作，其結果也可以完成後面動作的場合。前接動作性名詞，後面多接「行く、歩く」等移動性相關動詞。

診察がてら、おじいちゃんの薬ももらって来る。

借看診之便，順便也來拿爺爺的藥。

➡ 例句

1 散歩がてら、祖母の家まで行ってくる。	去散步，順便到祖母家一趟。
2 買い物がてら、新幹線の切符の予約にも行って来た。	去買東西，順便預約了新幹線的車票。
3 孫を迎えに行きがてら、パン屋に寄る。	去接孫子，順便到麵包店。
4 診察がてら、おじいちゃんの薬ももらって来る。	借看病之便，同時也去拿爺爺的藥。

● …が早いか

MP3- 3- 064

「剛一…就…」。

➡ 【動詞連體形（現在形）】+が早いが。表示剛一發生前面的情況，馬上出現後面的動作。前後兩動作連接十分緊密，前一個剛完，幾乎同時馬上出現後一個。由於是客觀描寫現實中發生的事物，所以後句不能用意志句、命令句、否定句。也不用在描寫自己。

娘の顔を見るが早いか、抱きしめた。
一看到女兒的臉，就緊緊地抱住了她。

➡ 例句

1 判決を聞くが早いか、法廷から飛び出した。

剛一聽到判決，就從法庭飛奔出去。

2 ドアのベルが鳴るが早いか、嬉しそうに駆け出して行った。

一聽到門鈴響起，就開心地快跑了出去。

3 娘の顔を見るが早いか、抱きしめた。

一看到女兒的臉，就緊緊地抱住了她。

4 店頭に商品が並ぶが早いか、たちまち売り切れた。

商品剛擺上架，立刻就銷售一空。

● …からある、…からする

「足有…之多…、值…、…以上」。

MP3-3-065

➡ 【体言】＋からある。前面接表示數量的詞，強調數量之多。一般重量、長度跟大小用「からある」，價錢用「からする」。

6キロからある大物の魚を釣った。
釣到了足有六公斤之重的大魚。

➡ 例句

1 6キロからある大物の魚を釣った。

釣到了足有六公斤之重的大魚。

2 2万字からある文章を翻訳した。

翻譯了一篇有兩萬字之多的文章。

3 30センチからある大根ができた。

種出長達三十公分的白蘿蔔。

4 このレストランの料理は一番安くても5000円からする。

這家餐廳的料理，最便宜也要5000日圓以上。

● …きらいがある

MP3- 3- 066

「有一點…」、「總愛…」。

➡ 【活用語連體形；体言+の】+きらいがある。表示有某種不好的傾向，容易成為那樣的意思。多用在對這不好的傾向，持批評的態度。而這種傾向從表面是看不出來的，它具有某種本質性的性質。書面用語。常用「どうも～きらいがある」。

嫌なことがあるとお酒に逃げるきらいがある。

一旦面臨討厭的事情，總愛藉酒來逃避。

➡ 例句

1	彼はすぐ知ったかぶりするきらいがある。	他很愛裝出一副早就知道的樣子。
2	一般的に、一人っ子の子はすぐ甘えたがるきらいがある。	一般來說，獨生子總是喜歡撒嬌。
3	あの新聞は左派寄りのきらいがある。	那家報紙有偏左派的傾向。
4	嫌なことがあるとお酒に逃げるきらいがある。	一旦面臨討厭的事情，總愛藉酒來逃避。

● …きわまる

MP3- 3- 067

「極其…」、「非常…」、「…極了」。

➡ 【形容動詞語幹】+きわまる。形容某事物達到了極限，再也沒有比這個更為極致了。這是說話人帶有個人感情色彩的說法。說法鄭重，是書面用語。

大勢の人に迎えられ感激きわまった。

這麼多人來迎接我，真叫人是感激不已。

→ 例句

1 受賞の知らせを聞き、嬉しさきわまって泣き出した。	聽到得獎的消息，喜極而泣。
2 大勢の人に迎えられ感激きわまった。	這麼多人來迎接我，真叫人是感激不已。
3 多忙がきわまって体調を崩した。	過於忙碌，而弄垮了身體。
4 積み重なった怒りがきわまって、彼はイスや机を蹴って暴れた。	由於怒氣累積到了極點，他狂亂地踢了桌椅。

● …きわまりない

「極其…、非常…」。

MP3- 3- 068

→ 【形容動詞語幹】+きまわりない。跟「きわまる」一樣。形容某事物達到了極限，再也沒有比這個更為極致了。這是説話人帶有個人感情色彩的説法。説法鄭重，是書面用語。

互角の試合運びに、興奮きわまりない。
比賽雙方勢均力敵，令人相當興奮。

→ 例句

1 彼女の対応は、失礼きわまりない。	她的對應方式，太過失禮了。
2 互角の試合運びに、興奮きわまりない。	比賽雙方勢均力敵，令人相當興奮。
3 彼の発言は大胆きわまりない。	他的發言非常的大膽。
4 このビジネスは単調きわまりない。	這種生意太過單調了。

● …ごとき

MP3- 3- 069

「如…一般」、「同…一様」。

➡ 【体言（＋の）】＋ごとき。好像、宛如之意，表示事實雖然不是這樣，如果打個比方的話，看上去是這樣的。如果後接名詞，用「Nのごとき」的形式，後接名詞以外的詞用「Nのごとく」的形式。

<u>彼女</u>は<u>天使</u>のごとき<u>微笑</u>で、みんなを<u>魅了</u>した。
かのじょ　てんし　　　　　びしょう　　　　　　　　みりょう

她宛如天使般的微笑，讓眾人入迷。

➡ 例句

1 <u>彼女</u>は<u>天使</u>のごとき<u>微笑</u>で、みんなを<u>魅了</u>した。 かのじょ　てんし　　　　びしょう　　　　　　　み　　　りょう	她宛如天使般的微笑，讓眾人入迷。
2 <u>台風</u>のごとき<u>風</u>で、<u>屋根</u>が<u>吹き飛ば</u>された。 たいふう　　　　　　かぜ　　　や　ね　ふ　　と	因為颳起一陣如颱風般的風，屋頂就被吹走了。
3 <u>事件</u>を<u>受けて</u>、<u>政府</u>は<u>制裁</u>のごとき<u>措置</u>を<u>決定</u>した。 じけん　う　　　　せいふ　せいさい　　　　　　そち　けってい	發生這起事件後，政府決定採取制裁般的處理方式。
4 <u>事情聴取</u>のごとき<u>聞き方</u>に、<u>彼</u>は<u>憤慨</u>した。 じじょうちょうしゅ　　　　　き　かた　　かれ　ふんがい	他對於那像盤問般的詢問方式，感到很憤慨。

1
Level

● …ごとく

MP3- 3- 070

「如…」、「像…」、「似…」。

➡ 【体言（＋の）】＋ごとく。好像、宛如之意，表示事實雖然不是這樣，如果打個比方的話，看上去是這樣的。如果後接名詞，用「Nのごとき」的形式，後接名詞以外的詞用「Nのごとく」的形式。

<u>彼女達</u>は<u>姉妹</u>のごとく<u>仲</u>がいい。
かのじょたち　しまい　　　　　　なか

她們倆感情好得像姊妹一樣。

例句

1 父は鬼のごとく怒った。

父親氣得像兇神惡煞般的。

2 彼女達は姉妹のごとく仲がいい。

她們倆感情好得像姊妹一樣。

3 彼はドラマのごとくロマンティックにプロポーズした。

他浪漫地跟她求婚，像連續劇的情節一般。

4 彼は昨日の不愉快な事件がなかったかのごとく振舞っている。

他的態度就好像昨天沒發生那件不愉快的事情一樣。

●…こととて

MP3- 3- 071

「（總之）因為…」。

→ 【活用語連體形；体言+の】+こととて。表示順接的理由，原因。用在表示道歉的理由，前面是理由，後面伴隨著表示道歉、請求原諒的內容，或消極性的結果。是一種正式且較為古老的表現方式。書面用語。

初めてのこととて、ご指導よろしくお願いいたします。

因為是第一次，懇請多多指教。

例句

1 初めてのこととて、ご指導よろしくお願いいたします。

因為是第一次，懇請多多指教。

2 上が決定したこととて、我々にはどうしようもない。

由於是上級決定的，我們也無能為力。

3 知らぬこととて、許される過ちではない。

這不是説不知道，就可以被原諒的。

4 束の間のこととて、苦痛には違いない。

因為事發突然，所以一定感到很難過。

● …ことなしに

「不…（而…）就不能」。

➡ 【動詞連體形】＋ことなしに。表示沒有前項，就不可能有後項。後面伴有否定某種可能性的表現方式，因此，後項多為動詞可能型態的否定形。是一種較為生硬的表達方式。

言葉にしていうことなしに、相手に気持ちを伝えることはできない。
不把話説出來，就無法向對方表達自己的心意。

➡ **例句**

1	苦しみを知ることなしに、喜びは味わえない。	不知道什麼叫痛苦，就無法體會喜悦的滋味。
2	人と接することなしに、人間として成長することはできない。	不與人相處，就無法成長。
3	涙を流すことなしに、あの映画は見られない。	看過那部電影，沒有不落涙的。
4	言葉にしていうことなしに、相手に気持ちを伝えることはできない。	不把話説出來，就無法向對方表達自己的心意。

● …しまつだ

「（結果）竟然…」、「落到…的結果」。

➡ 【句子】＋しまつだ。表示經過一個壞的情況，最後落得一個更壞的結果。前句一般是敘述事情發生的情況，後句帶有譴責意味地，陳述結果竟然發展到這樣的地步。有時候不必翻譯。

事件が発覚し、警察の捜査を受けるしまつだ。
事件暴露開後，結果遭到警察的搜索。

⇒ **例句**

1 再建の手を早く打たなかったので、来月に倒産するしまつだ。

因為沒有即早設法重新整頓公司，結果落到下個月公司要倒閉的下場。

2 話が広まってしまい、私はみんなに同情されるしまつだ。

事情傳開來後，結果我竟然得到了大家的同情。

3 事件が発覚し、警察の捜査を受けるしまつだ。

事件暴露開後，結果遭到警察的搜索。

4 景気が悪いので、公務員のボーナスが削減されるしまつだ。

因為景氣不好，所以公務員落到年終獎金縮水的下場。

● **…ずくめ**

MP3- 3- 074

「清一色，全都是，淨是…」。

⇒ 【体言】+ずくめ。前接名詞，表示身邊全是這些東西的意思。可以用在顏色、物品、發生的事情等。另外，也表示事情接二連三的發生之意，如：「今年はお正月からいいことずくめだ。」（今年從正月開始就淨是好事。）

間違いだらけで、解答用紙は赤字ずくめになった。

因為錯誤連篇，所以答案卷上滿江紅。

⇒ **例句**

1 間違いだらけで、解答用紙は赤字ずくめになった。

因為錯誤連篇，所以答案卷上滿江紅。

2 最近はいいことずくめで、悩みなんか一つもない。

最近盡是遇到好事，沒有任何煩惱。

3 彼女は黒ずくめの格好で現れた。

她以一身黑的裝扮出現了。

4 うれしいことずくめの一ヶ月だった。

一整個月都是令人高興的事。

● …ずにはおかない

MP3- 3- 075

「一定要…」、「一定會…」、「不得不…」。

➡ 【動詞未然形】＋ずにはおかない。表示一種強烈的情緒，慾望。由於外部的強力，使得某種行為，沒辦法靠自己的意志控制，自然而然地就發生了。有主動、積極的語感。是書面語。口語說「ないではいられない」。

<ruby>今<rt>いま</rt></ruby>の<ruby>家<rt>いえ</rt></ruby>では<ruby>狭<rt>せま</rt></ruby>すぎるので、<ruby>引越<rt>ひっこ</rt></ruby>しせずにはおかない。

因為現在的住家太狹窄，所以不得不搬家。

➡ 例句

1	<ruby>今<rt>いま</rt></ruby>の<ruby>家<rt>いえ</rt></ruby>では<ruby>狭<rt>せま</rt></ruby>すぎるので、<ruby>引越<rt>ひっこ</rt></ruby>しせずにはおかない。	因為現在的住家太狹窄，所以不得不搬家。
2	あまりにも<ruby>我<rt>わ</rt></ruby>が<ruby>侭<rt>まま</rt></ruby>な<ruby>意見<rt>いけん</rt></ruby>なので、<ruby>無視<rt>むし</rt></ruby>せずにはおかない。	因為那看法過於放肆，所以一定會被輕視的。
3	<ruby>複雑<rt>ふくざつ</rt></ruby>な<ruby>事件<rt>じけん</rt></ruby>なので、<ruby>専門家<rt>せんもんか</rt></ruby>の<ruby>意見<rt>いけん</rt></ruby>を<ruby>聞<rt>き</rt></ruby>かずにはおかない。	因為事件複雜，不得不聽取專家們的意見。
4	<ruby>現状<rt>げんじょう</rt></ruby>の<ruby>改善<rt>かいぜん</rt></ruby>には、ボイコットをせずにはおかない。	為了改善現狀，不得不聯合抵制了。

1
Level

● …ずにはすまない

MP3- 3- 076

「非…不可」、「不…就不行」、「不能不…」。

➡ 【動詞未然形】＋ずにはすまない。表示考慮到當時的情況、社會的規則等等，不能不這樣做。另外，也用在自己覺得必須那樣做的時候。跟主動、積極的「ずにはおかない」比較，「ずにはすまない」屬於被動、消極的辦法。是較為生硬的表現方法。

<ruby>突拍子<rt>とっぴょうし</rt></ruby>もないアイディアに<ruby>誰<rt>だれ</rt></ruby>もが<ruby>反対<rt>はんたい</rt></ruby>せずにはすまない。

對於越出常軌的點子，任誰都會反對的。

➡ 例句

1 時間がないので、徹夜せずにはすまない。 | 因為沒有時間，所以不得不熬夜了。

2 突拍子もないアイディアに誰もが反対せずにはすまない。 | 對於越出常軌的點子，任誰都會反對的。

3 民事事件とはいえ、今回ばかりは政府が介入せずにはすまないだろう。 | 雖說是民事案件，但這一次政府不能不介入了吧！

4 証拠が不十分なので、再捜査せずにはすまないだろう。 | 由於證據不足，不得不重新搜索了吧！

● …すら
MP3- 3- 077

「就連…都；甚至連…都（可用否定型）」。

➡ 【各種品詞；活用語連用形】+すら。舉出一個極端的例子，表示連他（它）都這樣了，別的就更不用提了。有導致消極結果的傾向。和「さえ」用法相同，但更書面語。如果接在主格後面，多為「ですら」的形式。

温厚な彼ですら怒りをあらわにした。
連敦厚的他，都露出憤怒的神情來了。

➡ 例句

1 温厚な彼ですら怒りをあらわにした。 | 連敦厚的他，都露出憤怒的神情來了。

2 疲れすぎて、お風呂に入る力すらない。 | 因為過度疲勞，連洗澡的力氣都沒有了。

3 貧しすぎて、学費すら支払えない。 | 因為太窮，連學費都繳不起。

4 発言するチャンスすら得られなかった。 | 連讓我發言的機會也沒有。

● …ですら

「就連…都」、「甚至連…都」。

➡ 【各種品詞；活用語連用形】+ですら。舉出一個極端的例子，表示連他（它）都這樣了，別的就更不用提了。有導致消極結果的傾向。和「さえ」用法相同，但更書面語。

プロの選手ですら、打てないボールがある。
也有連職業選手都打不到的球。

➡ 例句

1 プロの選手ですら、打てないボールがある。	也有連職業選手都打不到的球。
2 大人ですら解決できない問題を、どうして子供が解決できようか。	連大人都解決不了的問題，小孩子怎麼可能解決呢？
3 今回の不祥事には、ファンですら辟易した。	對於此次弊案，就連支持者都看不下去了。
4 処理のまずさに、部下ですら閉口した。	對於處理上的瑕疵，連部屬都受不了。

1
Level

● …そばから

「才剛…就…」、「隨…隨…」。

➡ 【動詞連體形】+そばから。表示前項剛做完，其結果或效果馬上被後項抹殺或抵銷。常用在反覆進行相同動作的場合。大多用在不喜歡的事情。

新しい単語を覚えるそばから、忘れていってしまう。
才剛記住新的單字，馬上就忘記了。

→ **例句**

1 注意するそばから、同じ失敗を繰り返す。	才剛警告而已，就馬上又犯了同樣的錯誤。
2 片付けるそばから、子供が散らかしていく。	我才剛收拾好，小孩子就又弄得亂七八糟。
3 新しい単語を覚えるそばから、忘れていってしまう。	才剛記住新的單字，馬上就忘記了。
4 言っているそばから、雪が降り出した。	才剛說而已，就下起雪來了。

● **ただ…のみ**

MP3- 3- 080

「只有…、只…、唯…」。

→ ただ+【用言連體形・體言】+のみ。表示限定除此之外，沒有其他。「ただ」跟後面的「のみ」相呼應，有加強語氣的作用。「のみ」是嚴格地限定範圍、程度，是規定性的、具體的。「のみ」是書面用語，意思跟「だけ」相同。

ただ女性のみがお産の苦しみを知っている。
只有女人才知道生產的辛苦。

→ **例句**

1 ただ女性のみがお産の苦しみを知っている。	只有女人才知道生產的辛苦。
2 今の社会システムの下では、ただ官僚のみが甘い汁を吸っている。	在現今的社會體制下，只有當官的才能得到好處。
3 彼女はただ両親の介護のためにのみ地元に帰った。	她純粹為了照顧父母親而回到故鄉。
4 自然界では、ただ強い生き物のみが生き残れる。	自然界中只有強者才能倖存。

● ただ…のみならず

「不僅…而且」、「不只是…也」。

→ ただ+【用言連體形・體言】+のみならず。表示不僅只這樣，涉及的範圍還要大、還要廣。是書面用語。

彼はただアイディアがあるのみならず、実行力も具えている。

他不僅能想點子，也具有實行能力。

→ **例句**

1 彼はただアイディアがあるのみならず、実行力も具えている。	他不僅能想點子，也具有實行能力。
2 彼女はただ気立てがいいのみならず、社交的で話し易い。	她不僅脾氣好，也善於社交很聊得來。
3 彼女はただシェークスピアのみならず、イギリス文学全般をよく理解している。	她不只懂莎士比亞，對所有英國文學也都很瞭解。
4 ただ仕事のみならず、私生活も充実している。	不只是工作而已，私生活也很充實。

● …たところで

「即使…也不…」、「雖然…但不」、「儘管…也不…」。

→ 【動詞連用形過去式】+たところで。接在動詞「た」形之後，表示即使前項成立，後項的結果也是與預期相反，無益的、沒有作用的，或只能達到程度較低的結果。後項多為說話人主觀的判斷或推測。句尾不用過去式。

応募したところで、採用されるとは限らない。

即使去應徵了，也不保證一定會被錄用。

→ **例句**

1 説明_{せつめい}したところで、分_わかってもらえるとは思_{おも}わない。 | 即使説明了，我也不認為能得到諒解。

2 訴_{うった}えたところで、勝訴_{しょうそ}するとは限_{かぎ}らない。 | 即使打官司，也不能保證會打贏。

3 「諦_{あきら}める」と言_いったところで、心底諦_{しんそこあきら}められるかは分_わからない。 | 雖然嘴上説「我放棄」，但不知道是不是真能死心。

4 応募_{おうぼ}したところで、採用_{さいよう}されるとは限_{かぎ}らない。 | 即使去應徵了，也不保證一定會被錄用。

● **…だに**

「一…就…」、「連…也（不）…」。

MP3-3-083

→ 【体言；動詞連體形】+だに。前接「考える、想像する、思う」等表示心態動詞，表示光只是做一下前面的心裡活動，就會出現後面的狀態了，如果真的實現，就更是後面的狀態了。有時表示消極的感情，這時後面多為「怖い、つらい」等表示消極的感情詞。

あの日_ひのことを思_{おも}い描_{えが}くだに、笑顔_{えがお}になる。
一想到那天的事，不禁笑容滿面。

→ **例句**

1 あの事件_{じけん}のことを考_{かんが}えるだに、怖_{こわ}くて眠_{ねむ}れない。 | 一想到那件事情，就害怕到睡不著覺。

2 異国_{いこく}での生活_{せいかつ}を想像_{そうぞう}するだに、胸_{むね}がわくわくしてくる。 | 一想像到異國的生活，心中就興奮不已。

3 彼_{かれ}の不幸_{ふこう}な境遇_{きょうぐう}を聞_きくだに、涙_{なみだ}がこぼれた。 | 一聽到他不幸的遭遇，眼淚就流了出來。

4 あの日_ひのことを思_{おも}い描_{えが}くだに、笑顔_{えがお}になる。 | 一想到那天的事，不禁笑容滿面。

● …たりとも

MP3- 3- 084

「那怕…也不（可）…」、「就是…也不（可）…」。

➡ 【体言】+たりとも。前接「一…」等表示最低數量的數量詞，表示連最低數量也不能允許，或不允許有絲毫的例外。是一種強調性的全盤否定的說法。書面用語。也用在演講、會議等場合。

一秒（いちびょう）たりとも無駄（むだ）にできない。

一秒都不能浪費。

➡ ## 例句

1	一秒（いちびょう）たりとも無駄（むだ）にできない。	一秒都不能浪費。
2	一個（いっこ）たりとも渡（わた）すわけにはいかない。	一個也不能給你。
3	契約内容（けいやくないよう）は少（すこ）したりとも譲（ゆず）るわけにはいかない。	契約內容一點都不能讓步。
4	一匹（いっぴき）たりとも逃（に）がすことはできない。	即使一匹也不能讓牠跑掉。

● …たる

MP3- 3- 085

「作為…的…」。

➡ 【体言】+たる。「たる」是由「であり」演變而來的。前接高評價的事物、高地位的人、國家或社會組織，表示照社會上的常識、認知來看，應該會有合乎這種身分的影響或做法。「たる」給人有莊嚴、慎重、誇張的印象。書面用語。

名作（めいさく）たる映画（えいが）は人々（ひとびと）の胸（むね）に長（なが）く刻（きざ）まれる。

被譽為名作的電影，在人們的心中將永垂不朽。

→ 例句

1 元首^{げんしゅ}たる者^{もの}は国民^{こくみん}の幸福^{こうふく}を第一^{だいいち}に考^{かんが}えるべきだ。 | 作為一國的元首，應以國民的幸福為優先考量。

2 名作^{めいさく}たる映画^{えいが}は人々^{ひとびと}の胸^{むね}に長^{なが}く刻^{きざ}まれる。 | 被譽為名作的電影，在人們的心中將永垂不朽。

3 企業^{きぎょう}経営者^{けいえいしゃ}たる者^{もの}には的確^{てきかく}な判断力^{はんだんりょく}が求^{もと}められる。 | 作為一個企業的經營人，需要有正確的判斷力。

4 親^{おや}たる者^{もの}、子^こどもの弁当^{べんとう}ぐらい自分^{じぶん}でつくるべし。 | 親自為孩子做便當是父母責無旁貸的義務。

● …つ…つ

MP3- 3- 086

「一邊…一邊…」、「時而…時而…」。

→ 【動詞連用形】+つ+【動詞連用形】+つ。用同一動詞的主動態跟被動態，如「刺激する—刺激される」這種重複的形式，表示兩方相互之間的動作。也可以用「浮く（漂浮）、沈む（下沈）」兩個意思對立的動詞，表示兩種動作的交替進行。書面用語。多作為慣用句來使用。

ボクシングのチャンピオン戦^{せん}は打^うちつ打^うたれつの拮抗^{きっこう}した戦^{たたか}いだ。

拳擊冠軍賽雙方你來我往賽況膠著。

→ 例句

1 人^{ひと}はお互^{たが}いに刺激^{しげき}しつ刺激^{しげき}されつ成長^{せいちょう}する。 | 人是相互刺激而成長的。

2 お酒^{さけ}は一人^{ひとり}で飲^のむより、注^さしつ注^さされつ飲^のんだほうがおいしい。 | 喝酒與其獨飲，不如對酌，這樣喝起來才有味道。

3 ボクシングのチャンピオン戦^{せん}は打^うちつ打^うたれつの拮抗^{きっこう}した戦^{たたか}いだ。 | 拳擊冠軍賽雙方你來我往賽況膠著。

4 セール期間中^{きかんちゅう}、デパートは押^おしつ押^おされつの大賑^{おおにぎ}わいだ。 | 百貨公司在特賣期間，顧客我推你擠的非常熱鬧。

● …っぱなし

「（放任）置之不理」；「（持續）一直…（不）…，總是」。

➡ 【動詞連用形】＋っぱなし。「はなし」是「はなす」的名詞形。表示該做的事沒做，放任不管、置之不理。大多含有負面的評價。另外，表示相同的事情或狀態，一直持續著。

蛇口_{じゃぐち}を閉_しめるのを忘_{わす}れて、水_{みず}が流_{なが}れっぱなしだった。
忘記關水龍頭，就讓水一直流著。

➡ 例句

1	蛇口_{じゃぐち}を閉_しめるのを忘_{わす}れて、水_{みず}が流_{なが}れっぱなしだった。	忘記關水龍頭，就讓水一直流著。
2	電気_{でんき}をつけっぱなしで家_{いえ}を出_でてしまった。	沒關燈就出門去了。
3	朝_{あさ}から晩_{ばん}まで仕事_{しごと}もせず遊_{あそ}びっぱなしだ。	一天到晚遊手好閒，也不工作。
4	昨日_{きのう}から良_いい事_{こと}が起_おこりっぱなしだ。	從昨天開始，就好事連連。

● …であれ

「即使是…也…」、「無論…都…」。

➡ 【體言】＋であれ。表示不管前項是什麼情況，後項的事態都還是一樣。後項多為説話人主觀的判斷或推測的內容。前面有時接「たとえ」。另外，前面也可接雖處在某逆境，後接滿足的表現，表示雖然不盡完美卻甘之如飴的意思。

たとえアナウンサーであれ、舌_{した}が回_{まわ}らないこともある。
即使是新聞播報員，講話也會有打結的時候。

317

→ **例句**

1 たとえ警察官であれ、犯罪を犯すものもいる。	就算是警察也會犯罪。
2 たとえ貧乏であれ、何か生きがいがあれば幸せだ。	即使貧窮，只要有生活目標也是很幸福的。
3 たとえアナウンサーであれ、舌が回らないこともある。	即使是新聞播報員，講話也會有打結的時候。
4 たとえレンタカーであれ、車を運転できるならそれだけで嬉しい。	即使是租來的車，只要有車開就很開心了。

● **…であれ…であれ**

「無論…還是…」、「也…也…」。 MP3- 3- 089

→ 【体言】＋であれ＋【体言】＋であれ。表示無論前項是何種狀況，後項都可以成立。先舉出幾個例子，再指出這些全部都適用之意。

雨であれ、晴れであれ、イベントは予定通り開催される。
無論是下雨或晴天，活動仍然照預定舉行。

→ **例句**

1 子供であれ、大人であれ、間違いなく楽しめる。	無論是小孩還是大人，都一定可以樂在其中。
2 雨であれ、晴れであれ、イベントは予定通り開催される。	無論是下雨或晴天，活動仍然照預定舉行。
3 与党の議員であれ、野党の議員であれ、選挙前はみんな必死だ。	無論是執政黨的議員，或在野黨的議員，選舉前大家都很拼命。
4 反対であれ、賛成であれ、意思表示することが大切だ。	無論是反對還是贊成，表示意見是很重要的。

● …てからというもの

MP3- 3- 090

「自從…以後一直」、「自從…以來」。

➡ 【動詞連用形】＋てからというもの。表示以前項行為或事件為契機，從此以後有了很大的變化。含有說話人自己內心的感受。用法、意義跟「てからは」大致相同。書面用語。

オーストラリアに赴任してからというもの、家族とゆっくり過ごす時間がない。

自從到澳洲赴任以後，就沒有跟家人一起度過悠閒的時光了。

➡ 例句

1	オーストラリアに赴任してからというもの、家族とゆっくり過ごす時間がない。	自從到澳洲赴任以後，就沒有跟家人一起度過悠閒的時光了。
2	腐敗が明るみに出てからというもの、支持率が低下している。	自從腐敗浮上檯面之後，支持率一直下滑。
3	結婚してからというもの、彼はすっかり付き合いが悪くなった。	結婚以後，他變得完全不與人交際了。
4	国境付近で争いが起きてからというもの、両国は緊張状態が続いている。	自從在國境一帶起了紛爭之後，兩國緊張對立的狀態一直持續著。

● …でなくてなんなんだろう

MP3- 3- 091

「難道不是…嗎？」、「不是…又是什麼呢？」。

➡ 【体言】＋でなくてなんなんだろう。用一個抽象名詞，帶著感情色彩述說「這個就可以叫做…」的表達方式。常見於小説、隨筆之類的文章中。含有主觀的感受。

あの強情っぷりは我が儘でなくてなんなんだろう。

那種頑固的樣子，不是任性又是什麼？

→ 例句

1 さっきの言い方は弁解(いいかた べんかい)でなくてなんなんだろう。 | 剛才説的不是藉口又是什麼？

2 あの出所不明(でどころ ふめい)の資金(しきん)は賄賂(わいろ)でなくてなんなんだろう。 | 那筆來路不明的錢若不是賄賂，又是什麼呢？

3 またこんな必要(ひつよう)のないものを買(か)って、無駄遣(むだづか)いでなくてなんなんだろう。 | 又買這種多餘的東西，難道不是浪費嗎？

4 あの強情(ごうじょう)っぷりは我(わ)が儘(まま)でなくてなんなんだろう。 | 那種頑固的樣子，不是任性又是什麼？

● …ではあるまいし

MP3-3-092

「又不是…」、「也並非…」。

→ 【体言】＋ではあるまいし。表示「因為不是前項的情況，後項當然就…」，後面多接説話人的判斷、意見跟勸告等。雖然是表達方式比較古老，但也常見於口語中。一般不用在正式的文章中。

本当(ほんとう)の試合(しあい)じゃあるまいし、そんなに向(む)きにならなくてもいいでしょ。
又不是真的比賽，不需要這麼認真吧！

→ 例句

1 子供(こども)ではあるまいし、これぐらい分(わ)かるでしょ。 | 又不是小孩，這應該懂吧！

2 新人(しんじん)じゃあるまいし、こんなことぐらいできるでしょ。 | 又不是新手，這些應該搞得定吧！

3 本当(ほんとう)の試合(しあい)じゃあるまいし、そんなに向(む)きにならなくてもいいでしょ。 | 又不是真的比賽，不需要這麼認真吧！

4 ドラマじゃあるまいし、そんなに上手(うま)くいくわけがない。 | 又不是連續劇，不可能進展得這麼順利吧！

● …てやまない

MP3- 3- 093

「…不已」、「一直…」。

➡ 【動詞連用形】＋てやまない。接在感情動詞後面，表示發自內心的感情，且那種感情一直持續著。這個句型由古漢語「…不已」的訓讀發展而來。常見於小説或文章當中，會話中較少用。

彼の失礼な態度に、反感を覚えてやまない。
對他那失禮的態度，覺得很反感。

➡ 例句

1	もう少し早く駆けつけていればと、後悔してやまない。	如果再早一點趕過去就好了，對此我一直很後悔。
2	彼女の話を聞いて、涙がこぼれてやまない。	聽了她的話之後，眼淚就流個不停。
3	彼の失礼な態度に、反感を覚えてやまない。	對他那失禮的態度，覺得很反感。
4	さっきの電話から、いやな予感がしてやまない。	接到剛才的電話以後，就一直有不好的預感。

● …と…（が）あいまって

MP3- 3- 094

「…加上…」、「與…相結合」、「與…相融合」。

➡ 【体言】＋と＋【体言】（が）＋あいまって。表示某一事物，再加上前項這一特別的事物，產生了更加有力的效果之意。書面用語，也用「～とあいまって」的形式。

喜びと驚きがあいまって、言葉が出てこなかった。
驚喜交加，讓我説不出話來。

⮕ 例句

1 喜びと驚きがあいまって、言葉が出てこなかった。	驚喜交加，讓我說不出話來。
2 激しい頭痛と吐き気があいまって、動くことすらできない。	嚴重的頭痛加上反胃，連動都動不了。
3 新事業の立ち上げと職員の異動があいまって、社内は若干混乱している。	著手新的事業又加上人事的流動，公司內部有些混亂。
4 ストレスと疲れがあいまって、寝込んでしまった。	壓力加上疲勞，竟病倒了。

● …とあって

MP3- 3- 095

「由於…（的關係）」、「因為…（的關係）」。

⮕ 【用言終止形・體言】＋とあって。由於前項特殊的原因，當然就會出現後項特殊的情況，或應該採取的行動。後項是說話人敘述自己對某種特殊情況的觀察。書面用語，常用在報紙、新聞報導中。

お年頃とあって、最近娘はお洒落に気を使っている。
因為正值妙齡，女兒最近很會打扮。

⮕ 例句

1 一生に一度のチャンスとあっては、ここでおちおち見逃すわけにはいかない。	假如一輩子就這一次的機會，就不能平白地錯過。
2 決勝戦とあって、異様な盛り上がりを見せている。	因為是決賽，所以呈現出異常熱烈的氣氛。
3 お年頃とあって、最近娘はお洒落に気を使っている。	因為正值妙齡，女兒最近很會打扮。
4 今月号の特集記事とあって、取材に力を入れている。	因為是這個月的特別報導，採訪時特別賣力。

● …とあれば

「如果…那就…」、「假如…那就…」。

➡ 【用言終止形；體言】+とあれば。表示如果是為了前項所提的事物，是可以接受的，並採取後項的行動。後句不能出現表示請求或勸誘的句子。說法較為正式，口語中也使用。

デザートを食^たべるためとあれば、食事^{しょくじ}を我慢^{がまん}しても構^{かま}わない。

假如是為了吃甜點，不吃正餐我也能忍。

➡ 例句

1	昇進^{しょうしん}のためとあれば、何^{なん}でもする。	如果是為了升遷，我什麼都願意做。
2	発明^{はつめい}のためとあれば、寝^ねる時間^{じかん}も惜^おしまない。	如果是為了發明，睡眠時間我也在所不惜。
3	デザートを食^たべるためとあれば、食事^{しょくじ}を我慢^{まんかま}しても構わない。	假如是為了吃甜點，不吃正餐我也能忍。
4	病気^{びょうき}が完治^{かんち}するためとあれば、どんなにつらい治療^{ちりょう}にも耐^たえてみせる。	為了把病治好，無論治療多苦，我都要撐給你看。

1
Level

● …といい…といい

「不論…還是」、「…也好…也好」。

➡ 【体言】+といい+【体言】+といい。表示列舉。為了用作例子而舉出兩項，後項是對此做出的評價。含有不僅所舉的二個例子，還有其他也如此之意。用在批評和評價的場合，帶有吃驚、灰心、欽佩等語氣。

娘^{むすめ}といい、息子^{むすこ}といい全然家事^{ぜんぜんかじ}を手伝^{てつだ}わない。

女兒跟兒子，都不幫忙做家事。

→ 例句

1 娘といい、息子といい、全然家事を手伝わない。	女兒也好、兒子也好，都不幫忙做家事。
2 誕生日といい、クリスマスといい、記念日には興味はない。	不論是生日還是聖誕節，我對紀念日完全不感興趣。
3 ドラマといい、ニュースといい、テレビは少しも面白くない。	不論是連續劇，還是新聞，電視節目一點都不有趣。
4 冷蔵庫といい、パソコンといい、修理してもすぐに壊れる。	不論是冰箱，還是電腦，修理了也會馬上壞掉。

● …というところだ

MP3- 3- 098

「可説…差不多」、「可説就是…」；「頂多…」。

→ 【簡體句】+というところだ。説明在某階段的大致情況或程度；也接在數量不多或程度較輕的詞後面，表示頂多也只有文中所提的數目而已，最多也不超過文中所提的數目。

私と彼は友達以上 恋人未満というところだろう。
我跟他的關係可説是比朋友親，但還稱不上是情侶。

→ 例句

1 あのレストランのカレーは中辛というよりも甘口というところです。	那家餐廳的咖哩，與其説是中辣，倒不如説是甜味。
2 動員される警備員は10人から20人というところです。	動員的保全人員差不多有10到20人左右。
3 留学生の受け入れ人数は毎年2、3人というところです。	留學生的招收人數每年大約2、3名左右。
4 私と彼は友達以上 恋人未満というところだろう。	我跟他的關係可説是比朋友親，但還稱不上是情侶。

● …といったところだ

「大概…左右」、「差不多…」;「頂多…」。

➡ 【動詞終止形；體言】+といったところだ。説明在某階段的大致情況或程度；也接在數量不多或程度較輕的詞後面，表示頂多也只有文中所提的數目而已，最多也不超過文中所提的數目。口語是「～ってところだ」。

数学の試験はギリギリセーフといったところでした。

數學考試差不多在及格邊緣。

➡ 例句

1 食費は毎月３万円程度といったところです。

飯錢每個月大概3萬日圓左右。

2 通勤時間は40分といったところでしょうか。

通勤時間差不多40分鐘嗎？

3 数学の試験はギリギリセーフといったところでした。

數學考試差不多在及格邊緣。

4 ２時間かかっても修理できないので、もうお手上げといったところです。

因為花了2個鐘頭也修不好，差不多要放棄了。

● …といえども

「即使…也…」、「雖説…可是…」。

➡ 【体言；活用語終止形】+といえども。表示逆接轉折。先承認前項是事實，但後項並不因此而成立。也就是一般對於前項這人事物的評價應該是這樣，但其實並不然的意思（後項）。一般用在正式的場合。另外，也含有「…ても、例外なく全て…」的強烈語感。

同い年といえども、彼女はとても落ちついている。

雖説年紀一樣，她卻非常成熟冷靜。

→ 例句

1 同^{おな}い年^{どし}といえども、彼女^{かのじょ}はとても落^おちついている。 | 雖説年紀一樣，她卻非常成熟冷靜。

2 思^{おも}いつきのアイディアといえども、これはなかなかいけるかもしれない。 | 雖然是一時興起的點子，但説不定行得通喔！

3 北緯^{ほくい}45度^どといえども、暖流^{だんりゅう}のおかげで随分暖^{ずいぶんあたた}かい。 | 雖説位於北緯４５度，但拜暖流所賜氣候相當溫暖。

4 教師^{きょうし}といえども怒^{いか}りをおさえられないこともある。 | 即使是老師，也有無法克制憤怒的時候。

● …といったらない

MP3- 3- 101

「難以形容」、「無法形容」、「…極了」。

→ 【形容詞終止形；体言】＋といったらない。強調某事物的程度是極端的，極端到無法形容、無法描寫。好的、壞的評價，都可以用。

立^たて続^{つづ}けに質問^{しつもん}して、彼^{かれ}はせっかちといったらない。
接二連三地提出問題，他這人真是急躁。

→ 例句

1 残^{のこ}り2分^{ふん}で逆転負^{ぎゃくてんま}けするなんて、悔^{くや}しいといったらない。 | 竟然在最後的2分鐘被對方反敗為勝，真是悔恨透了。

2 生^うまれたての子犬^{こいぬ}は可愛^{かわい}いといったらない。 | 剛出生的小狗真是可愛極了。

3 立^たて続^{つづ}けに質問^{しつもん}して、彼^{かれ}はせっかちといったらない。 | 接二連三地提出問題，他這人真是急躁。

4 あんなにひどいレポートを提出^{ていしゅつ}するなんて、あきれたといったらない。 | 竟然交出那麼離譜的報告，真是受夠了。

● …といったらありはしない

MP3- 3- 102

「…之極、極其…」、「沒有比…更…的了」。

➡ 【形容詞終止形；体言】+といったらありはしない。強調某事物的程度是極端的，極端到無法形容、無法描寫。跟「といったらない」意義相同，但這句型大多用在負面的評價上。書面用語。

人^{ひと}に責任^{せきにん}を押^おしつけるなんて、腹立^{はらだ}たしいといったらありはしない。

硬是把責任推到別人身上，真是令人憤怒至極。

➡ 例句

1	人^{ひと}に責任^{せきにん}を押^おしつけるなんて、腹立^{はらだ}たしいといったらありはしない。	硬是把責任推到別人身上，真是令人憤怒至極。
2	彼^{かれ}の口^{くち}の聞^きき方^{かた}は、生意気^{なまいき}といったらありはしない。	他說話的口氣，真是傲慢之極。
3	あの通^{とお}りは騒々^{そうぞう}しいといったらありはしない。	那條路真是嘈雜。
4	ハチ公^{こう}は忠実^{ちゅうじつ}といったらありはしない。	忠犬八公真是忠心至極。

● …と思^{おも}いきや

MP3- 3- 103

「原以為…」、「誰知道…」。

➡ 【活用語終止形】+と思いきや。表示按照一般情況推測，應該是前項的結果，但是卻出乎意料地出現了後項相反的結果。含有說話人感到驚訝的語感。多用在輕鬆的對話中，不用在正式場合。

裸足^{はだし}かと思^{おも}いきや、ストッキングを履^はいていた。

以為她光著腳丫，哪知其實她有穿絲襪。

→ 例句

1 さっき出発したと思いきや、3分で帰ってきた。

以為他剛出發了，誰知道才過3分鐘就回來了。

2 授業を聴講できるかと思いきや、だめだった。

原以為課堂可以旁聽，結果卻不行。

3 難しいかと思いきや、意外に簡単だった。

原以為很困難的，卻出乎意料的簡單。

4 裸足かと思いきや、ストッキングを履いていた。

以為她光著腳丫，哪知其實她有穿絲襪。

●…ときたら

MP3- 3- 104

「説到…來」、「提起…來」。

→ 【体言】+ときたら。表示提起話題，説話人帶著譴責和不滿的情緒，對話題中的人或事進行批評。批評對象一般是説話人身邊，關係較密切的人物或事。用於口語。有時也用在自嘲的時候。

部長ときたら朝から晩までタバコを吸っている。

説到我們部長，一天到晚都在抽煙。

→ 例句

1 親父ときたら、週末に必ずパチンコに行く。

説到我家老爸，每到週末一定會去柏青哥報到。

2 この携帯電話ときたら、充電してもすぐ電池がなくなる。

説到這支手機，即使給它充電了也馬上沒電。

3 私ときたら、また財布を忘れてしまった。

我也真是的，又忘了帶錢包了。

4 部長ときたら、朝から晩までタバコを吸っている。

説到我們部長，一天到晚都在抽煙。

● …ところを

MP3- 3- 105

「正…之時」、「…之時」、「…之中」。

→ 【活用語終止形】＋ところを。表示雖然在前項的情況下，卻還是做了後項。這是日本人站在對方立場，表達給對方添麻煩的辦法，為寒暄時的慣用表現，多用在開場白。後項多為感謝、請求、道歉等內容。也可表現進行前項時，卻意外發生後項使前項內容中斷。

お忙しいところをわざわざお越し下さりありがとうございます。

感謝您百忙之中大駕光臨。

→ 例句

1	お忙しいところをわざわざお越し下さりありがとうございます。	感謝您百忙之中大駕光臨。
2	雨のところをお呼びたてして申し訳ございません。	下雨天還勞煩您來一趟，真是不好意思。
3	お休みのところをお邪魔して申し訳ありません。	打擾您寶貴的休息時間，真是非常抱歉。
4	お見苦しいところをお見せしたことをお詫びします。	讓您看到這麼不體面的事，給您至上萬分的歉意。

● …とは

MP3- 3- 106

「連…也」、「沒想到…」、「…這…」、「竟然會…」。

→ 【各種品詞；活用語終止形；体言】＋とは。表示對看到或聽到的事實（意料之外的），感到吃驚或感慨的心情。前項是已知的事實，後項是表示吃驚的句子。有時候會省略後半段，單純表現出吃驚的語氣。口語用「なんて」的形式。可以跟「というのは」相替換。

彼に５人も子供がいるとは知らなかった。
完全不知道他竟然有5個小孩了。

例句

1 不景気がこんなに長く続くとは専門家も予想していなかった。

景氣會持續低迷這麼久，連專家也料想不到。

2 彼に５人も子供がいるとは知らなかった。

完全不知道他竟然有5個小孩了。

3 弁論大会がこんなに白熱するとは思わなかった。

沒想到辯論大賽，會如此激烈。

4 誰も反対しないとは思わなかった。

居然沒有人反對，真是出乎意料之外。

● …とはいえ

MP3- 3- 107

「雖然…但是…」。

【活用語終止形；体言】＋とはいえ。表示逆接轉折。表示先肯定那事雖然是那樣，但是實際上卻是後項的結果。也就是後項的説明，是對前項既定事實的否定或是矛盾。後項一般為説話人的意見、判斷的內容。書面用語。

暦の上では春とはいえ、まだまだ寒い日が続く。
雖然日曆上已進入春天，但是寒冷的天氣依舊。

例句

1 暦の上では春とはいえ、まだまだ寒い日が続く。

雖然日曆上已進入春天，但是寒冷的天氣依舊。

2 マイホームとはいえ、20年のローンがある。

雖説是自己的房子，但還有20年的貸款要付。

3 面会できるとはいえ、面会時間はたったの10分しかない。

雖説能夠會客，但會客時間也不過區區10分鐘而已。

4 利息がつくとはいえ、大した額にはならない。

雖説會有利息，但是金額卻不多。

● …とばかり（に）

「幾乎要説…」、「簡直就像…」、「顯出…的神色」。

➡ 【簡體句；體言】+とばかり（に）。表示心中憋著一個念頭或一句話，雖然沒有説出來，但是從表情、動作上已經表現出來了。含有幾乎要説出前項的樣子，來做後項的行為。後項多為態勢強烈或動作猛烈的句子。用在描述別人，不能用在説話人自己。書面用語。

相手（あいて）がひるんだのを見（み）て、ここぞとばかりに反撃（はんげき）を始（はじ）めた。
看見對手一畏縮，便抓準時機展開反擊。

➡ 例句

1 彼（かれ）との結婚（けっこん）を諦（あきら）めさせようとばかり、家族（かぞく）や友人（ゆうじん）が代（か）わる代（が）わり説得（せっとく）している。 ｜ 簡直就像要我放棄與他結婚似的，家人與朋友輪番上陣來勸阻我。

2 今（いま）がチャンスとばかりに持（も）ち株（かぶ）を全（すべ）て売（う）った。 ｜ 好像現在是大好時機一樣，賣掉了所有持股。

3 彼（かれ）の動（うご）きを制止（せいし）せんとばかりに、一目（ひとめ）きつく睨（にら）んだ。 ｜ 他狠狠地瞪了一眼，好像要他別動。

4 相手（あいて）がひるんだのを見（み）て、ここぞとばかりに反撃（はんげき）を始（はじ）めた。 ｜ 看見對手一畏縮，便抓準時機展開反擊。

● …ともなく

「無意地」、「下意識的」、「不知…」、「無意中…」。

➡ 【動詞終止形】+ともなく。表示並不是有心想做後項，卻發生了這種意外的情況。也就是無意識地做出某種動作或行為。有時前後會使用意義相同的動作性動詞，如「見る、言う、聴く、考える」。

見（み）るともなく、ただテレビをつけている。
其實也沒在看，只是讓電視開著。

➡️ **例句**

1 何をするともなく、ぼんやりしている。 | 也沒做什麼，只是在發呆。

2 見るともなく、ただテレビをつけている。 | 其實也沒在看，只是讓電視開著。

3 景色を見るともなくぼんやりと眺めていました。 | 漫不經心地眺望著景色。

4 ラジオを聞くともなく、聞いている。 | 漫不經心地聽著收音機。

⚫ **…ともなしに**   MP3- 3- 110

「不經意…」、「無意中…」。

➡️ 【動詞終止形】+ともなしに。跟「ともなく」一樣。表示並不是有心想做後項，卻發生了這種意外的情況。也就是無意識地做出某種動作或行為。有時前後會使用意義相同的動作性動詞，如「見る、言う、聴く、考える」。

彼女はさっきから見るともなしに、雑誌をぱらぱらめくっている。

她從剛才就漫不經心地，啪啦啪啦地翻著雜誌。

➡️ **例句**

1 電話をかけるともなしに、受話器を握りしめている。 | 也沒有要打電話的意思，只是握著電話筒。

2 どこに行くともなしに、家の前をぶらぶらしている。 | 也沒有要去哪裡，只是在家前面晃著。

3 窓の外を見るともなしに見ていると、ちらちら白い雪が舞い降りてきた。 | 不經意地望窗外看，看到了白雪飄飄地落了下來。

4 彼女はさっきから見るともなしに、雑誌をぱらぱらめくっている。 | 她從剛才就漫不經心地，啪啦啪啦地翻著雜誌。

● …ともなると

「要是…那就…」、「如果…那就…」。

➡ 【体言】+ともなると。前接時間、職業、年齡、作用、事情等名詞或動詞，表示如果發展到某程度，用常理來推斷，就會理所當然出現某種情況。後項多是與前項狀況變化相應的內容。也可以説「ともなれば」。

プロともなると、作品の格が違う。

要是變成專家，作品的水準就會不一樣。

➡ 例句

1	12時ともなると、さすがに眠たい。	到了12點，果然就會想睡覺。
2	プロともなると、作品の格が違う。	要是變成專家，作品的水準就會不一樣。
3	一括払いともなると、負担が大きい。	要是一次付清的話，負擔就會很大。
4	実際に離婚ともなると、精神的負担が大きい。	要是真的離婚了，精神負擔會很大。

● …ともなれば

「要是…那就…」、「如果…那就…」。

➡ 【体言】+ともなれば。跟「ともなると」意義、用法相同。前接時間、職業、年齡、作用、事情等名詞或動詞，表示如果發展到某程度，用常理來推斷，就會理所當然出現某種情況。後項多是與前項狀況變化相應的內容。

首相ともなれば、いかなる発言にも十分注意が必要だ。

如果當了首相，對於一切的發言就要十分謹慎。

➡ 例句

1 首相ともなれば、いかなる発言にも十分注意が必要だ。 | 如果當了首相，對於一切的發言就要十分謹慎。

2 合併ともなれば、様々な問題を議論する必要がある。 | 要是合併了，便有必要商討各種問題。

3 新聞社のカメラマンともなれば、いつでも現場に駆けつけられるようにしておかなければならない。 | 要是成了報社的攝影師，就必須隨時隨地都能夠趕到現場。

4 ドラマの主役ともなると、撮影時間が長くなる。 | 要是當上連續劇主角，攝影時間也會變長。

● …ないではおかない

MP3- 3- 113

「不能不…、必須…」、「一定要…」、「勢必…」。

➡ 【動詞未然形】+ないではおかない。表示一種強烈的情緒、慾望。由於外部的強力，使得某種行為，沒辦法靠自己的意志控制，自然而然地就發生了。有主動、積極的語感。是書面語。與「ずにはおかない」的意義、用法相同。

真相を追究しないではおかないだろう。
必須追究出真相吧。

➡ 例句

1 ここまで追い込まれたら、暴露しないではおかないだろう。 | 都被追趕到這個地步了，不可能不敗露吧。

2 制裁措置を発動しないではおかない。 | 必須採取制裁措施。

3 輸入を禁止しないではおかないだろう。 | 一定要禁止輸入了吧。

4 真相を追究しないではおかないだろう。 | 勢必要追究出真相吧。

● …ないではすまない

「不能不…」、「非…不可」。

➡ 【動詞未然形】＋ないではすまない。【体言】＋（が）ない／なしでは
すまない。跟「ずにはすまない」意義、用法相同。表示考慮到當時的
情況、社會的規則等等，不能不這樣做。另外，也用在自己覺得必須那
樣做的時候。跟主動、積極的「ないではおかない」比較，這個句型屬
於被動、消極的辦法。

いま　　し
今さら知らなかったではすまされない。

事到如今佯稱不知情也太説不過去了吧。

➡ **例句**

1	いま　　し 今さら知らなかったではすまされない。	事到如今佯稱不知情也太説不過去了吧。
2	い 行きたくないではすまされない。	你不想去也得去。
3	えいぎょう　　　　　　　ぎょうせき　あ 営業マンとして、業績を上げないではすまない。	身為業務專員，不能不提升業績。
4	あっか　　　　　　　　しゅじゅつ ここまで悪化したら手術しないではすまない。	惡化成這樣，恐怕不動手術不行了吧！

● …ないまでも

「沒有…至少也…」、「就是…也該…」、「即使不…也…」。

➡ 【動詞未然形；形容詞；形容動詞連體形；体言＋で】＋ないまでも。前
接程度比較高的，後接程度比較低的事物。表示雖然沒有做到前面的地
步，但至少要做到後面的水準的意思。是一種從較高的程度，退一步考
慮後項實現問題的辦法，帶有「せめて、少なくとも」等感情色彩。後
項多為表示義務、命令、意志、希望等內容。

うんどう　　　　　　　　　　　　　　　あ　　　　　　　い
運動しないまでも、できるだけ歩くようにしたほうが良い。

就算不運動，也盡可能多走路比較好。

例句

1 発言しないまでも、会議には出なさい。 | 就算不發言也罷，也該出席會議。

2 掃除しないまでも、使ったものぐらい片付けなさい。 | 你不打掃也罷，至少整理一下用過的東西。

3 業績が上がらないまでも、現状は維持したい。 | 業績沒成長就算了，但至少想要維持現狀。

4 運動しないまでも、できるだけ歩くようにしたほうがいい。 | 就算不運動，也盡可能多走路比較好。

●…ないものでもない

MP3- 3- 116

「也並非不…」、「不是不…」、「也許會…」。

【動詞未然形】＋ないものでもない。表示依後續周圍的情勢發展，有可能會變成那樣、可以那樣做的意思。用較委婉的口氣敘述不明確的可能性。是一種消極肯定的表現方法。多用在表示個人的判斷、推測、好惡等。語氣較為生硬。口語説成「ないもんでもない」。

この量なら1週間で終わらせられないものでもない。

以這份量來看，一個禮拜也許能做完。

例句

1 この量なら1週間で終わらせられないものでもない。 | 以這份量來看，一個禮拜也許能做完。

2 この程度の問題なら、我々で解決できないものでもない。 | 這種程度的問題的話，也不是我們解決不了的事。

3 彼の言い分も分からないものでもない。 | 他所説的話也不是不能理解。

4 これぐらいの痛みなら耐えられないものでもない。 | 這點痛也不是忍受不了的。

● …ながらに

「一樣」、「…狀」。

➡ 【動詞連體形；形容詞辞書形；体言；形容動詞】＋ながらに。表示做某動作的狀態或情景。

悩(なや)みながらに、決断(けつだん)を下(くだ)した。
苦惱地做出了決定。

➡ 例句

1	悩(なや)みながらに、決断(けつだん)を下(くだ)した。	苦惱地做出了決定。
2	息(いき)も絶(た)え絶(だ)えながらに、家(いえ)までたどり着(つ)いた。	上氣不接下氣地回到家。
3	歯(は)を食(く)いしばりながらに、最後(さいご)まで頑張(がんば)りぬいた。	緊咬著牙根，努力到最後。
4	涙(なみだ)ながらに支援(しえん)を訴(うった)えた。	流著眼淚請求支援。

● …ながらも

「雖然…」、「但是…」。

➡ 【動詞連用形；形容詞終止形；体言；形容動詞】＋ながらも。表示逆接。表示後項實際情況，與前項所預料的不同。跟逆接的「ながら」意義、用法相同，但語氣比「ながら」生硬。

情報(じょうほう)を入手(にゅうしゅ)していながらも、活(い)かせなかった。
手中雖然握有情報，卻沒能讓它派上用場。

→ 例句

1 圧倒的な優勢だといわれながらも、負けてしまった。

雖説具有壓倒性的優勢，但結果卻輸掉了。

2 申し出を受けながらも、結局、断った。

雖然接受了申請，但最後還是拒絕了。

3 高熱がありながらも、出かけていった。

雖然發高燒，但還是出門了。

4 情報を入手していながらも、活かせなかった。

手中雖然握有情報，卻沒能讓它派上用場。

● …なくして

MP3- 3- 119

「如果沒有…，沒有…」。

→ 【体言】+なくして。表示假定的條件。表示如果沒有前項，後項的事情會很難實現。「なくして」前接一個備受盼望的名詞，後項使用否定意義的句子（消極的結果）。書面用語，口語用「なかったら」。

過ちなくして、成長することはない。

如果沒有失敗，就沒辦法成長。

→ 例句

1 過ちなくして、成長することはない。

如果沒有失敗，就沒辦法成長。

2 コミュニケーションなくして、分かり合えることはない。

沒有溝通的話，就不能互相了解。

3 教授の助言なくして、この研究の成功はなかった。

假如沒有教授的提點，這個研究絕對無法成功。

4 双方の妥協なくして、合意に達することはできない。

如果雙方不妥協，就不能達成共識。

● …なくしては

MP3- 3- 120

「如果沒有…就不能…」、「沒有…就沒有…」。

➡ 【体言】+なくしては。跟前一句型一樣。表示假定的條件。表示如果沒有前項，後項的事情會很難實現。「なくして」前接一個備受盼望的名詞，後項使用否定意義的句子（消極的結果）。根據上下文「は」也可以省略。書面用語，口語用「なかったら」。

涙
なみだ
なくしては語
かた
れない。

說起來就叫人直流眼淚。

➡ 例句

1	涙_{なみだ} なくしては語_{かた}れない。	說起來就叫人直流眼淚。
2	生_いきがいをなくしては、生_いきている意味_{いみ}がない。	如果喪失了生活的方向，活著就沒有意義了。
3	情_{じょう}熱_{ねつ}をなくしては、前進_{ぜんしん}できない。	如果喪失了熱情，就沒辦法向前邁進。
4	アルコールなくしては、眠_{ねむ}れない。	沒有酒精就睡不著覺。

1
Level

● …なしに

MP3- 3- 121

「沒有…」、「不…而…」。

➡ 【体言】+なしに。接在表示動作的詞語後面，表示沒有做前項應該先做的事，就做後項。意思跟「ないで、ずに」相近。書面用語，口語用「ないで」。

努力
どりょく
なしに良
い
い成績
せいせき
を収
おさ
めることはできない。

不努力是沒辦法得到好成績的。

→ 例句

1 我々への連絡なしに、計画が変更されていた。 | 他們沒有通知我們，就改變了計畫的內容。

2 努力なしにいい成績を収めることはできない。 | 不努力是沒辦法得到好成績的。

3 事前の予告なしに、首相が被災地を訪問した。 | 首相沒事先通知，就來到了受災地。

4 迅速な応急処置なしには助からなかっただろう。 | 如果沒有那迅速的應變處理，我想應該沒辦法得救。

● …ならでは

MP3- 3- 122

「正因為…才」、「只有…才」、「若不是…是不…」。

→ 【体言】+ならでは。表示對「ならでは」前面的某人事物的讚嘆，正因為是這人事物才會這麼好。是一種高度評價的表現方式，所以在公司或商店的廣告詞上，常可以看到。

あの部屋のデザインは大きな空間ならではだ。

正因為空間夠大，所以那房間才能那樣設計。

→ 例句

1 こんなにホッとできるのは、幼なじみならではだ。 | 只有青梅竹馬，才能叫人如此安心自在。

2 あの部屋のデザインは大きな空間ならではだ。 | 正因為空間夠大，所以那房間才能那樣設計。

3 迷彩柄の雨具を持っているなんて軍事カメラマンならではだ。 | 就只有軍事攝影師，才會用迷彩的防雨用具。

4 消費の拡大は好況ならではだ。 | 只有景氣好的時候，消費能力才會成長。

● ならではの

「只有…才有的」、「只有…才能」。

➡ 【体言】+ならではの。表示對前項高度的評價，含有如果不是前項，就沒有後項，正因為是前項，才使後項這麼出色。經常被用在公司或商店的廣告詞上。「の」代替了「見られない、できない」等動詞的意思。

決<ruby>勝<rt>けっしょう</rt></ruby>戦ならではの<ruby>盛<rt>も</rt></ruby>り<ruby>上<rt>あ</rt></ruby>がりを<ruby>見<rt>み</rt></ruby>せている。

比賽呈現出決賽才會有的激烈氣氛。

➡ 例句

1	お<ruby>正月<rt>しょうがつ</rt></ruby>ならではの<ruby>雰囲気<rt>ふんいき</rt></ruby>が<ruby>漂<rt>ただよ</rt></ruby>っている。	街上洋溢著新年特有的熱鬧氣氛。
2	<ruby>彼<rt>かれ</rt></ruby>ならではの<ruby>表現<rt>ひょうげん</rt></ruby>に、みんな<ruby>舌<rt>した</rt></ruby>を<ruby>巻<rt>ま</rt></ruby>いた。	大家對只有他才能辦得到的表現感到很吃驚。
3	決<ruby>勝<rt>けっしょう</rt></ruby>戦ならではの<ruby>盛<rt>も</rt></ruby>り<ruby>上<rt>あ</rt></ruby>がりを<ruby>見<rt>み</rt></ruby>せている。	比賽呈現出決賽才會有的激烈氣氛。
4	<ruby>南国<rt>なんごく</rt></ruby>ならではのフルーツでいっぱいだ。	這裡堆滿了只有熱帶國家才有的水果。

1 Level

● …なり

「剛…就立刻…」、「一…就馬上…」。

➡ 【動詞連體形現在式】+なり。表示前項動作剛一完成，後項動作就緊接著發生。後項的動作一般是預料之外的、特殊的、突發性的。後項不能用命令、意志、推量、否定等動詞。也不用在描述自己的行為。

ボールがゴールに<ruby>入<rt>はい</rt></ruby>るなり、<ruby>観客<rt>かんきゃく</rt></ruby>は<ruby>一斉<rt>いっせい</rt></ruby>に<ruby>立<rt>た</rt></ruby>ち<ruby>上<rt>あ</rt></ruby>がった。

球一進球門，觀眾就應聲一同站了起來。

⇒ **例句**

1 ボールがゴールに入るなり、観客は一斉に立ち上がった。

球一進球門，觀眾就應聲一同站了起來。

2 論文を発表するなり、各界から注目を集めた。

才發表論文，就立刻引起了各界的注目。

3 知らせを聞くなり、動揺して言葉を失った。

一聽到通知，就不安地説不出話來。

4 受賞するなり、一躍人気者になった。

才剛領獎，就一躍成為大家的寵兒。

● **…なり…なり**

MP3- 3- 125

「或是…或是」、「也好…」、「也好」。

⇒ 【各種品詞】+なり+【各種品詞】+なり。表示從列舉的同類或相反的事物中，選擇其中一個。暗示在列舉之外，還可以其他更好的選擇。後項大多是表示命令、建議等句子。一般不用在過去的事物。由於語氣較為隨便，不用在對長輩跟上司。

テレビを見るなり、お風呂に入るなり、好きにくつろいで下さい。

看電視也好、洗個澡也好，請自在地放鬆休息。

⇒ **例句**

1 不明な点は、自分で調べるなり、人に聞くなりすればよい。

不清楚的地方，自己去查或問別人都好。

2 口答試験なり、筆記試験なり、大した差はない。

口試或是筆試，其實沒什麼不一樣。

3 テレビを見るなり、お風呂に入るなり、好きにくつろいで下さい。

看電視也好、洗個澡也好，請自在地放鬆休息。

4 住所なり、生年月日なり、個人情報を入力する必要がある。

需要輸入地址或是出生年月日等個人相關資料。

● …なりに

MP3- 3- 126

「那般…」、「那樣…」、「這套…（表符合）」。

➡ 【体言】+なりに。表示根據話題中人切身的經驗、個人的能力所及的範圍，含有承認前面的人事物有欠缺或不足的地方，在這基礎上，做後項與之相符的行為。多有正面的評價的意思。「に」可以省略。要用種謙遜、禮貌的態度敘述某事時，多用「私なりに」。

私なりに最善を尽くします。
我會盡我所能去做。

➡ 例句

1 私なりに最善を尽くします。	我會盡我所能去做。
2 弊社なりに誠意を示しているつもりです。	我們認為敝社已示出最大的誠意了。
3 できないなりに、努力した結果だ。	這是不會的人盡所能努力的成果。
4 5歳なりによく頑張った。	以5歳來説，算很努力了。

● …にあたらない

MP3- 3- 127

「不需要…」、「不必…」、「用不著…」。

➡ 【動詞終止形；体言】+にあたらない。表示沒有必要做某事，那樣的反應是不恰當的。用在説話人對於某事評價較低的時候，多接「賞賛する、感心する、驚く、非難する」等詞之後。

ありきたりな出来栄えなので、称賛するにあたらない。
這不過是很常見的成果，用不著稱讚。

343

日語文法・句型詳解

➡️ **例句**

1 こんなくだらない問題は討論するにあたらない。	用不著討論這種毫無意義的問題。
2 ありきたりな出来栄えなので、称賛するにあたらない。	這不過是很常見的成果，用不著稱讚。
3 大した変更ではないので、わざわざ報告するにあたらない。	這沒什麼太大更動，不需要特地報告。
4 小さなニュースなので、全国ニュースとして報道するにあたらない。	不過是小新聞而已，用不著當全國新聞來報導。

● **…にはあたらない**

MP3- 3- 128

「不必…」、「用不著…」。

➡️ 【動詞終止形；体言】+にはあたらない。表示沒有必要做某事，那樣的反應是不恰當的。用在說話人對於某事評價較低的時候，多接「賞賛する、感心する、驚く、非難する」等詞之後。多和「からといって」、「ので」等表示原因的詞一起用。「は」也可以省略。

彼女の話はいつも大げさなので、今日の話も信じるにはあたらない。
她總是誇大其詞，所以今天那些話你也不必當真。

➡️ **例句**

1 彼は悪意があってしたわけではないので、憤慨するにはあたらない。	他那麼做並沒有惡意，你用不著那麼生氣。
2 彼女の話はいつも大げさなので、今日の話も信じるにはあたらない。	她總是誇大其詞，所以今天那些話你也不必當真。
3 彼の理論は筋が通っていないので、反論するにはあたらない。	他的理論根本就不通，用不著去跟他辯。
4 大した失敗ではないので、落ち込むにはあたらない。	也不是什麼大不了的過失，你用不著垂頭喪氣的。

● …にあって

MP3- 3- 129

「在…之下」、「處於…情況下」、「身在…」。

→ 【体言】+にあって。接在名詞及動詞辭書形後面，表示處在那一狀況之下，事情已經到了的重要階段之意。前面可接不如意的狀況來陳述後面的事實或狀況等，或是純粹表達「在這裡」的意思的詞。書面用語。

この上ない緊張にあって、手足が小刻みに震えている。
在這前所未有的緊張感之下，手腳不停地顫抖。

→ 例句

1 この状況下にあって、出掛けるわけにはいかない。	在這種情況下，是不能外出的。
2 この上ない緊張にあって、手足が小刻みに震えている。	在這前所未有的緊張感之下，手腳不停地顫抖。
3 グローバル化した社会にあって、大きな視野が必要だ。	處於全球化的社會下，就必須要有廣大的視野。
4 この不況下にあって、消費を拡大させることは難しい。	在這不景氣的狀況下，要增長消費能力是件難事。

● …に至る

MP3- 3- 130

「到達…」、「發展到…程度」。

→ 【体言；動詞連體形】+に至る。表示事物達到某程度、階段、狀態等。含有在經歷了各種事情之後，終於達到某狀態、階段的意思。常與「ようやく、とうとう、ついに」等詞相呼應。書面用語。翻譯較靈活。

何時間にも及ぶ議論を経て、双方は合意するに至った。
經過好幾個小時的討論，最後雙方有了共識。

→ **例句**

1 長い下積み時代を経て、デビューに至った。	經過長期間供人驅使的考驗後，終於出道了。
2 何時間にも及ぶ議論を経て、双方は合意するに至った。	經過好幾個小時的討論，最後雙方有了共識。
3 10年も付き合って、結婚するに至った。	經過長達10年的交往，最後終於論及婚嫁了。
4 入院と退院を繰り返して、ようやく完治するに至った。	經過幾次的住院和出院，病情終於痊癒了。

● **…に至るまで**

「…至…」、「直到…」。

MP3- 3- 131

→ 【体言／動詞連體形】+に至るまで。表示事物的範圍已經達到了極端程度。由於強調的是上限，所以接在表示極端之意的詞後面。

祖父母から孫に至るまで、家族全員元気だ。
從祖父母到孫子，家人都很健康。

→

1 ファッションから政治に至るまで、彼はどんな話題についても話せる。	從流行時尚到政治，他不管什麼話題都可以聊。
2 祖父母から孫に至るまで、家族全員元気だ。	從祖父母到孫子，家人都很健康。
3 あの店は食料品から日用雑貨に至るまで、必要なものは何でも揃っている。	那家店從食材到日常用品，只要是必需品都有販售。
4 服から小物に至るまで、彼女はブランド品ばかり持っている。	從服飾至小飾品，她用的都是名牌。

● …にかかわる

「和…相關」；「影響到…」、「涉及到…」。

➡ 【体言】+にかかわる。表示與某人或事物有關連，含有「對其產生重大影響」之意。前面多接「一生、名譽、生死、合否」等表示受影響的名詞。

結婚^{けっこん}はあなたの一生^{いっしょう}にかかわることなので、慎重^{しんちょう}に考慮^{こうりょ}したほうがいい。

結婚是一輩子的事，你還是慎重考慮吧！

➡ 例句

1	彼女^{かのじょ}は健康^{けんこう}にかかわることにとても気^きをつけている。	只要跟健康有關的她都很注意。
2	彼^{かれ}は国際貿易^{こくさいぼうえき}にかかわる仕事^{しごと}を探^{さが}している。	他在找國際貿易相關的工作。
3	この決定^{けってい}は企業^{きぎょう}の経営方針^{けいえいほうしん}に大^{おお}きくかかわる。	這個決定將大大影響企業的經營方針。
4	結婚^{けっこん}はあなたの一生^{いっしょう}にかかわることなので、慎重^{しんちょう}に考慮^{こうりょ}したほうがいい。	結婚是一輩子的事，你還是慎重考慮吧！

● …にかたくない

「不難…」、「很容易就能…」。

➡ 【体言；動詞連體形】+にかたくない。表示從某一狀況來看，不難想像，誰都能明白的意思。前面多用「想像する、理解する」等詞，書面用語。

お産^{さん}の苦^{くる}しみは想像^{そうぞう}に難^{かた}くない。

不難想像生產時的痛苦。

Level 1

→ 例句

1 お産の苦しみは想像に難くない。	不難想像生產時的痛苦。
2 娘 を嫁にやる父親の気持ちは察するに難くない。	不難想像父親嫁女兒的心情。
3 こうした問題の発生は、予想するに難くない。	不難預料會發生這樣的問題。
4 双方の意見がぶつかったであろうことは、推測に難くない。	不難猜想雙方的意見應該是分歧的。

● …にして

MP3- 3- 134

「雖然…但是…」；「在…時才（階段）」。

→ 【体言】+にして 。表示兼具兩種性質和屬性。可以是並列，也可以是逆接；又表示到了某階段才初次發生某事。常用「Nにしてようやく」、「Nにして初めて」的形式。

結婚五年目にしてようやく子供を授かった。
結婚五週年，終於有了小孩。

→ 例句

1 国家元首にして、あのような言動がどうして許されようか。	堂堂一國的元首，那種言行舉止怎麼可以被原諒！
2 60歳にして英語を学び始めた。	到了60歳，才開始學英語。
3 結婚５年目にしてようやく子供を授かった。	結婚五週年，終於有了小孩。
4 「三十にして立つ」という孔子の言葉がある。	孔子説：「三十而立」。

● …に即(そく)して

MP3- 3- 135

「依…」、「根據…」、「依照…」、「基於…」。

➡️ 【体言】+に即して。以某項規定、規則來進行處理。常接表示事實、體驗、規範等名詞後面，表示以之為基準，來進行後項。如果後面出現名詞，一般用「に即したN」的形式。

彼(かれ)の弁解(べんかい)は事実(じじつ)に即(そく)していない。

他的辯解，跟事實不符。

➡️ 例句

1 何事(なにごと)も変化(へんか)に即(そく)して臨機応変(りんきおうへん)に対応(たいおう)していかなければならない。

不管遇到什麼變化，我們都必須要能隨機應變。

2 彼(かれ)の弁解(べんかい)は事実(じじつ)に即(そく)していない。

他的辯解，跟事實不符。

3 現状(げんじょう)に即(そく)して戦略(せんりゃく)を練(ね)り直(なお)す必要(ひつよう)がある。

有必要根據現狀來重新擬定戰略。

4 実践(じっせん)に即(そく)していない議論(ぎろん)は無意味(むいみ)だ。

無法實踐的論題根本就沒意義。

● …にたえる

MP3- 3- 136

「值得…」；「承得起…」、「經得起…」、「可忍受…」。

➡️ 【体言；動詞連體形】+にたえる。表示值得那麼做，有那麼做的價值。否定的説法要用「たえない」，不用「たえられない」；另外又表示可以忍受心中感到的壓迫感跟不快感，有不屈服地忍耐下去的意思。這時候否定的説法要用「たえられない」。

社会(しゃかい)に出(で)たら様々(さまざま)な批判(ひはん)にたえる神経(しんけい)が必要(ひつよう)です。

出了社會之後，就要有經得起各種批評的心理準備。

349

→ 例句

1 この作品は大人の読書にたえるものです。 | 這作品值得成人閱讀。

2 社会に出たら様々な批判にたえる神経が必要です。 | 出了社會之後，就要有經得起各種批評的心理準備。

3 重責にたえるよう、全力を尽くす所存です。 | 為了擔負起重責大任，我準備全力以赴。

4 どんな困難や苦労にもたえる精神力を養いたい。 | 我想培養禁得起一切困難和艱苦的意志力。

● …にたえない

MP3- 3- 137

「不堪…」、「忍耐不住…」；「不勝…」。

→ 【体言；動詞連體形】＋にたえない。表示情況嚴重得不忍看下去，聽不下去了。這時候是帶著一種不愉快的心情。前面只能接「読む、聞く、見る」等為數不多的幾個動詞；又前接「感慨、感激」等詞，表示強調前接詞的意思。一般用在客套話上。

この曲は聞くにたえないほどガチャガチャとうるさい。
這首曲子聽起來鏗鏗鏘鏘的，吵死人了。

→ 例句

1 見るにたえない荒れようだ。 | 真是荒蕪得慘不忍睹。

2 展覧会を開催することができて、感慨にたえない。 | 能夠舉辦展覽會，真是不勝感慨。

3 この曲は聞くにたえないほどガチャガチャとうるさい。 | 這首曲子聽起來鏗鏗鏘鏘的，吵死人了。

4 20年ぶりに再会できて喜びにたえない。 | 相隔20年的再會，真叫人高興。

● …に足る

MP3- 3- 138

「可以…」、「足以…」、「值得…」。

➡ 【動詞終止形；体言】＋に足る。前接「信頼する、尊敬する」等詞，表示很有必要做前項的價值，那樣做很恰當。

生活していくに足る収入源を確保しなければならない。

必須確保足夠生活的收入。

➡ 例句

1	信頼するに足る情報かどうか、疑問だ。	這情報是否值得相信，真令人懷疑。
2	私の人生は語るに足るほどのものではない。	我的一生沒有什麼好說的。
3	これだけでは彼の無実を証明するに足る証拠にはならない。	只有這些證據，是無法證明他是被冤枉的。
4	生活していくに足る収入源を確保しなければならない。	必須確保足夠生活的收入。

● …にひきかえ

MP3- 3- 139

「和…比起來」、「相較起…」、「反而…」。

➡ 【体言；活用語連體形＋の】＋にひきかえ。比較兩個相反或差異性很大的事物。含有說話人個人主觀的看法。跟「に対して」比較，「に対して」是站在中間的立場，冷靜地將前後兩個對比的事物進行比較。書面用語。

彼の混乱振りにひきかえ、彼女は冷静そのものだ。

和慌張的他比起來，她就相當冷靜。

⇒ 例句

1 不幸が続いた去年にひきかえ、今年は出だしから好調だ。

相較去年接二連三的厄運，今年從年初開始運氣就很好。

2 沿岸の発展にひきかえ、内陸部は立ち後れている。

和沿岸的發展比起來，內陸落後了許多。

3 貴族の豪華な食事にひきかえ、平民の食事は質素なものだった。

相較於貴族們豪華的飲食，平民的飲食就簡單了許多。

4 彼の混乱振りにひきかえ、彼女は冷静そのものだ。

和慌張的他比起來，她就相當冷靜。

● …にもまして

MP3- 3- 140

「加倍的…」、「比…更…」、「比…勝過…」。

⇒ 【体言】+にもまして。表示兩個事物相比較。比起前項，後項更為嚴重，更勝一籌。

高校3年生になってから、彼は以前にもまして真面目に勉強している。
上了高三，他比以往更加用功。

⇒ 例句

1 高校3年生になってから、彼は以前にもまして真面目に勉強している。

上了高三，他比以往更加用功。

2 世界的な異常気象のせいで、今年の桜の開花予想は例年にもまして難しい。

因為全球性的氣候異常，所以要預測今年櫻花的開花期，比往年更加困難。

3 今日の授業はいつにもまして面白かった。

今天的課比以往更有趣。

4 開発部門には、従来にもまして優秀な人材を投入していく所存です。

開發部門打算招攬比以往更優秀的人才。

● …の至り
いた

「真是…到了極點」、「真是…」、「極其…」、「無比…」。

➡ 【体言】+の至り。前接「光栄、感激」等特定的名詞，表示一種強烈的
情感，達到最高的狀態。多用在講客套話的時候。

こんな賞をいただけるとは、光栄の至りです。
しょう　　　　　こうえい　いた

能得到這樣的大獎，真是光榮之至。

➡ 例句

1	若気の至りとして許されるものではない。 わかげ　いた　　　　　ゆる	雖説是血氣方剛，但也不能因為這樣就饒了他。
2	こんな賞をいただけるとは、光栄の至りです。 しょう　　　　　こうえい　いた	能得到這樣的大獎，真是光榮之至。
3	過去の作品をいま読みかえすと、汗顔の至りです。 かこ　さくひん　　　　よ　　　　　かんがん　いた	如今回顧以前的作品，真叫人羞愧不已。
4	創刊50周年を迎えることができ、慶賀の至りです。 そうかん　　しゅうねん　むか　　　　　けいが　いた	能夠迎接創刊50週年，真是值得慶祝。

● …の極み
きわ

「真是…極了」、「十分地…」、「極其…」。

➡ 【体言】+の極み。形容事物達到了極高的程度。強調這程度已經超越
一般，到達頂點了。用在表達説話人激動時的那種心情。「感激の極
み」、「痛恨の極み」是慣用的形式。

大の大人がこんなこともできないなんて、無能の極みだ。
だい　おとな　　　　　　　　　　　　　　むのう　きわ

堂堂的一個大人連這種事都做不好，真是太沒用了。

⇒ **例句**

1 今回の事態は、痛恨の極みとしか言いようがない。｜這次的情勢，只能說是叫人痛恨至極了。

2 大の大人がこんなこともできないなんて、無能の極みだ。｜堂堂的一個大人連這種事都做不好，真是太沒用了。

3 世界三大珍味をいただけるなんて、贅沢の極みです。｜能享受到世界三大美味，真是太奢侈了。

4 あのホテルは贅の極みを尽くしている。｜那家飯店實在是奢華到了極點。

● **…はおろか**　　　　　　　　　　　MP3- 3- 143

「不用說…就是…也」。

⇒ 【体言】+はおろか。後面多接否定詞。表示前項的一般情況沒有說明的必要，以此來強調後項較極端的事例也不例外。含有說話人吃驚、不滿的情緒，是一種負面評價。後項常用強調助詞「も、さえ、まで」。不能用來指使對方做某事，所以不接命令、禁止、要求、勸誘等句子。

カムバックはおろか、退院の目処も立っていない。
別說是再回來工作，就連什麼時候能出院也都沒頭緒。

⇒ **例句**

1 生活が困窮し、学費はおろか光熱費も払えない。｜生活困苦，別說是學費，就連電費和瓦斯費都付不出來。

2 反省はおろか、何の改善策も打ち出していない。｜別說反省，就連個改善方法也沒提出來。

3 カムバックはおろか、退院の目処も立っていない。｜別說是再回來工作，就連什麼時候能出院也都沒頭緒。

4 趣味はおろか、生活スタイルが全然違う。｜豈止是嗜好，就連生活方式也完全不同。

● …ばこそ

「就是因為…」、「正因為…」。

➔ 【活用語仮定形】+ばこそ。強調原因。表示強調最根本的理由。正是這個原因，才有後項的結果。強調説話人以積極的態度説明理由。一般用在正面的評價。句尾多用「のだ」、「のです」，書面用語。

地道（じみち）な努力（どりょく）があればこそ、達成（たっせい）できるのだ。
正因為有踏實的努力，才能達到目的。

➔ ## 例句

1	地道（じみち）な努力（どりょく）があればこそ、達成（たっせい）できるのだ。	正因為有踏實的努力，才能達到目的。
2	貴社（きしゃ）の働（はたら）きがあればこそ、計画（けいかく）が成功（せいこう）したのです。	正因為得到貴公司的大力鼎助，才能使這個企劃順利完成。
3	孤独（こどく）なればこそ、強（つよ）く成長（せいちょう）する。	就是因為有孤獨歷練，才會成長茁壯。
4	本当（ほんとう）の友達（ともだち）であればこそ、耳（みみ）に痛（いた）いことも言（い）ってくれる。	正因為是真正的朋友，所以才會講些刺耳的話。

● …ばそれまでだ

「…就完了」、「…就到此結束」。

➔ 【動詞假定形】+ばそれまでだ。表示一旦發生前項情況，那麼一切都只好到此結束，一切都是徒勞無功之意。前面多採用「ても」的形式。

トーナメント試合（じあい）では、一回（いっかい）負（ま）ければそれまでだ。
淘汰賽只要輸一場就結束了。

➡ 例句

1 どんなに説明しても、誰にも聞いてもらえなければそれまでだ。

不管怎麼説明，沒人聽進去就什麼都沒用了。

2 トーナメント試合では、一回負ければそれまでだ。

淘汰賽只要輸一場就結束了。

3 立派な家も火事が起これば それまでだ。

不管多棒的房子，只要發生火災也就全毀了。

4 単なる不手際と言われればそれまでだ。

如果被講「你就是不得要領」那就沒戲唱了。

● ひとり…だけでなく

MP3- 3- 146

「不只是…」、「不單是…」、「不僅僅…」。

➡ ひとり+【体言】+だけでなく。表示不只是前項，涉及的範圍更擴大到後項。後項內容是説話人所偏重、重視的。一般用在比較嚴肅的話題上。書面用語。口語用「ただ～だけでなく～」。

少子化はひとり女性の問題だけではなく、社会全体の問題だ。

少子化不單是女性的問題，也是全體社會的問題。

➡ 例句

1 環境問題はひとり環境省だけでなく、各省庁が協力して取り組んでいくべきだ。

環境問題不單是環保署，也需要各行政單位的同心協力。

2 石油の値上がりは、ひとり中東の問題だけでなく世界的な問題だ。

油價上漲不只是中東國家的問題，也是全球性的課題。

3 少子化はひとり女性の問題だけではなく、社会全体の問題だ。

少子化不單是女性的問題，也是全體社會的問題。

4 あの事件にはひとり政治家だけでなく、官僚や大企業の経営者が関与していた。

這個案件不只是政客，就連官僚和大企業的負責人也都有牽連在內。

● ひとり…のみならず

「不單是…」、「不僅是…」、「不僅僅…」。

➡ ひとり+【体言】+のみならず。比「ひとり～だけでなく」更文言的説法。表示不只是前項，涉及的範圍更擴大到後項。後項內容是説話人所偏重、重視的。一般用在比較嚴肅的話題上。書面用語。口語用「ただ～だけでなく～」。

明日（あした）のマラソン大会（たいかい）は、ひとりプロの選手（せんしゅ）のみならず、アマチュア選手（せんしゅ）も参加可能（さんかかのう）だ。

明天的馬拉松大賽，不僅是職業選手，就連業餘選手也都可以參加。

➡ 例句

1 会議（かいぎ）には、ひとり国際政治（こくさいせいじ）の研究者（けんきゅうしゃ）のみならず、国際法（こくさいほう）の研究者（けんきゅうしゃ）も参加（さんか）していた。	不單是國際政治的學者，就連國際法的學者也都出席了會議。
2 復興作業（ふっこうさぎょう）にはひとり自衛隊（じえいたい）のみならず、多（おお）くのボランティアの人（ひと）が関（かか）わっている。	不僅是自衛隊投入重建作業，許多義工也都有參與。
3 彼（かれ）はひとり問屋（とんや）のみならず、市場関係者（いちばかんけいしゃ）も知（し）っている。	他不只認識批發商，也認識了市場相關人物。
4 明日（あした）のマラソン大会（たいかい）は、ひとりプロの選手（せんしゅ）のみならず、アマチュア選手（せんしゅ）も参加可能（さんかかのう）だ。	明天的馬拉松大賽，不僅是職業選手，就連業餘選手也都可以參加。

● …べからず

「不得…」、「禁止…」、「勿…」、「莫…」。

➡ 【動詞・文語サ變動詞終止形】＋べからず。是「べし」的否定形。表示禁止、命令。是一種比較強硬的禁止説法，文言文式的説法，多半出現在告示牌、公佈欄、演講標題上。現在很少見。口語説「てはいけない」。

日語文法・句型詳解

入 社式で社長が初心忘るべからずと題するスピーチをした。

社長在公司的迎新會上，發表了一段以莫忘初衷為主題的演講。

例句

1 「働かざるもの食うべからず」とはよく言ったものだ。

「不工作就沒飯吃」這句話説得真好。

2 今でも男子 厨 房に入るべからずと考えている人もいる。

現今有人還持有「君子遠庖廚」的觀念。

3 入 社式で社長が「初心忘れるべからず」と題するスピーチをした。

社長在公司的迎新會上，發表了一段以莫忘初衷為主題的演講。

4 国立公園内の看板には「花をとるべからず」と書かれている。

國家公園裡的告示牌上寫著「禁止採花」。

● …べからざる

MP3- 3- 149

「不能」、「不可」、「不應該」。

→ 【動詞・文語サ變動詞終止形】＋べからざる＋【體言】。是較為生硬的書面用語。表示其行為或事態，不被允許、不正確、不好。是「べきでない」的文言形式。

経営者として欠くべからざる要素はなんであろうか。

什麼是做為一個經營者不可欠缺的要素呢？

例句

1 ローマの詩人であるシルスの名言に「われわれは望むべからざることを最も望む」とある。

古羅馬的詩人西魯斯有句名言説：「人們對不可求得的事物，總是最奢求的。」

2 譲るべからざると思う条件は、決して譲るべきでない。

認為不該退讓的條件，就絕對不能妥協。

3 彼は侵すべからざる原則を侵した。 | 他犯了不該犯的原則。

4 経営者として欠くべからざる要素はなんで | 什麼是做為一個經營者不
あろうか。 | 可欠缺的要素呢？

「為了…而…」、「想要…」、「打算…」。

➡ 【動詞終止形】＋べく。表示意志、目的。是「べし」的連用形。表示帶著某種目的，來做後項。語氣中帶有這樣做是理所當然、天經地義之意。雖然是較生硬的說法，但現代日語有使用。後項不接委託、命令、要求的句子。

消費者の需要に対応すべく、生産量を増加することを決定した。

為了因應消費者的需求，而決定增加生產量。

➡ **例句**

1 借金を返済すべく、共働きをしている。 | 夫婦兩人為了還債都出外工作。

2 相手の勢力に対抗すべく、人員を総動員した。 | 為了跟對方的勢力抗衡，而出動了所有人員。

3 調理師の資格を取得すべく、日夜勉強と修行を続けている。 | 為了取得廚師的證照，而不分晝夜不斷地磨練手藝。

4 消費者の需要に対応すべく、生産量を増加することを決定した。 | 為了因應消費者的需求，而決定增加生產量。

● …まじき

「不該有的…」、「不該出現的…」。

➡ 【體言】＋にあるまじき／としてあるもじき；【體言；動詞終止形】
＋まじき＋【體言】。前接職業或地位的名詞，指責話題中人物的行
為，不符其身份、資格或立場。後面接續「行為、発言、態度、こと」
等名詞。是一種較為生硬的書面用語。

それは父親（ちちおや）としてあるまじきふるまいだ。

那是身為一個父親不該有的言行。

➡ 例句

1	外務大臣（がいむだいじん）としてあるまじき軽率（けいそつ）な発言（はつげん）に国民（こくみん）は落胆（らくたん）した。	國民對外交部長，不該發表的輕率言論感到很灰心。
2	嘘（うそ）の実験結果（じっけんけっか）を公表（こうひょう）するとは、科学者（かがくしゃ）としてあるまじき行為（こうい）だ。	竟然發表虛假的實驗報告，真是作為一個科學家不該有的行為。
3	事件（じけん）を捏造（ねつぞう）するとは、報道機関（ほうどうきかん）にあるまじき最低（さいてい）の行為（こうい）だ。	竟然憑空捏造事件，真是作為媒體不該有的差勁行為。
4	それは父親（ちちおや）としてあるまじきふるまいだ。	那是身為一個父親不該有的言行。

● …までだ

「大不了…、…罷了」、「只不過是…而已」、「純粹是…」。

➡ 【動詞連體形；過去動詞連體形；これ：それ：あれ】＋までだ。表示
現在的方法即使不行，也不沮喪，再採取別的方法。有時含有只有這樣
做了，這是最後的手段的意思。表示講話人的決心、心理準備等。

議論（ぎろん）が平行線（へいこうせん）をたどるなら、事態（じたい）を打開（だかい）するため
に、何（なん）らかの措置（そち）を採（と）るまでだ。

如果討論到最後還是各持己見，為了解決這樣的局
面，大不了採取一些措施就是了。

→ 例句

1	和解できないなら訴訟を起こすまでだ。	如果沒辦法和解，大不了就告上法院啊！
2	事実をありのままに述べたまでだ。	我只不過是照事實陳述而已。
3	会員としての利益が保証されないなら、会から脱退するまでだ。	如果不能保障會員的利益的話，大不了就退會算了。
4	議論が平行線をたどるなら、事態を打開するために、何らかの措置を採るまでだ。	如果討論到最後還是各持己見，為了解決這樣的局面，大不了採取一些措施就是了。

● …（た）までのことだ

MP3- 3- 153

「只不過是…而已」、「也就是…」、「純粹是…」。

→ 【動詞連體形；過去動詞連體形】＋（た）までのことだ。表示理由限定的範圍。表示說話者單純的行為。含有「說話人所做的事，只是前項那點理由，沒有特別用意」。後接過去式時，則多用來強調原因或理由。

よくやったというよりも、ただ自分の責務を果たしたまでのことだ。
說我做得好，其實我只是盡自己的本份而已。

→ 例句

1	よくやったというよりも、ただ自分の責務を果たしたまでのことだ。	說我做得好，其實我只是盡自己的本份而已。
2	意図的に述べたのではなく、自然に口から出たまでのことだ。	我並不是故意講的，純粹是脫口而出罷了。
3	運動を継続しなければ筋肉が脂肪に変わり、体が弛んでしまうまでのことだ。	不持續運動的話肌肉就會變成脂肪，到頭來整個身體就會鬆弛掉。

4 私の経験から、ちょっと意見を述べたまでのことだ。

這不過是依我個人的經驗，提出的一些意見而已。

● **…までもない**

MP3- 3- 154

「用不著…」、「不必…」、「不必説…」。

➡ 【動詞連體形】＋までもない。前接動作，表示沒必要做到前項那種程度。含有事情已經很清楚了，再説或做也沒有意義。有時也説：「までのこともない」。

子供じゃあるまいし、一々教えるまでもない。

我又不是小孩，你沒必要一個個教的。

➡ **例句**

1 子供じゃあるまいし、一々教えるまでもない。

我又不是小孩，你沒必要一個個教的。

2 ちょっとした停電なので、イベントを中止するまでもない。

只不過是停一下電而已，用不著中止活動。

3 口頭で説明すれば分かることなので、わざわざ報告書を書くまでもない。

這事用口頭説明就可以懂的，沒必要特地寫成報告。

4 様々な要因が背後に隠れていることは言うまでもない。

不用説這背後必隱藏了許多重要的因素。

…までもなく

MP3- 3- 155

「用不著…」、「不必…」、「不必説…」。

➡ 【動詞連體形】＋までもなく。前接動作，表示沒必要做到前項那種程度。含有事情已經很清楚了，再説或做也沒有意義的意思。

子供じゃあるまいし、一々教えるまでもない。

我又不是小孩，你沒必要一個個教的。

例句

1 経済のグローバル化は言うまでもなく世界的な潮流です。

經濟全球化不用説已是世界潮流了。

2 改めて紹介するまでもなく彼は考古学における権威者だ。

他是考古學領域的權威，這不用我再多介紹了。

3 景気の回復は様々な分析やデータを見るまでもなく、日常生活で実感できる。

不必看各種的分析和資料，從日常生活中就可以感受到景氣的復甦。

4 この程度のことは考えるまでもなく、常識で分かるはずです。

這種的事根本用不著思考，以常識來判斷應該就知道了。

1
Level

● …まみれ

MP3- 3- 156

「沾滿…」、「滿是…」。

→ 【體言】＋まみれ。表示物體表面沾滿了令人不快或骯髒的東西，非常骯髒的樣子。

明らかに嘘まみれの弁解にみんな辟易した。

大家對他擺明就是一派胡言的詭辯感到真是服了。

例句

1 彼女の部屋はこまごまとした雑貨まみれだ。

她的房間裡堆滿了零碎的雜物。

2 明らかに嘘まみれの弁解にみんな辟易した。

大家對他擺明就是一派胡言的詭辯感到真是服了。

3 あの部屋は長い間誰も使っていないので、埃まみれになっているに違いない。

那房間有好一段時間沒人使用，所以肯定是佈滿了灰塵。

4 好きなものを好きなだけ買って、彼は借金まみれになった。

他總是想買什麼就買什麼，最後欠了一屁股的債。

363

● …めく

「像…的樣子」、「有…的意味」、「有…的傾向」。

➔ 【體言；副詞；形容詞、形容動詞語幹】＋めく 。「めく」是接尾詞，接在名詞後面，表示具有該事物的要素。表現出某種樣子。

声を荒げ、脅かしめいた言い方で詰め寄ってきた。
他發出粗暴聲音，且用一副威脅人的語氣向我逼近。

➔ 例句

1 あの人はどこか謎めいている。	總覺得那個人神秘兮兮的。
2 声を荒げ、脅かしめいた言い方で詰め寄ってきた。	他發出粗暴聲音，且用一副威脅人的語氣向我逼近。
3 言い訳めいた返答なら、しないほうがましだ。	回答如果是滿口的狡辯，那還不如不要回答。
4 皮肉めいた言い方をすると嫌われる。	話中帶刺的講話方式會惹人厭的。

● …もさることながら

「不用説…，…（不）更是…」。

➔ 【體言】＋もさることながら。前接基本的內容，後接強調的內容。含有雖然不能忽視前項，但是後項比之更進一步。一般用在積極的、正面的評價。

技術もさることながら、体力と気力も要求される。
技術層面不用説，更是需要體力和精力的。

➔ 例句

1 技術もさることながら、体力と気力も要求される。	技術層面不用説，更是需要體力和精力的。

2 採用試験では試験の成績もさることながら、面接が重視される傾向にある。

> 錄取考試中考試成績當然重要，但更有重視面試的傾向。

3 成果そのものもさることながら、その過程で何を学んだかが重要だ。

> 成果本身是重要的，更重要的是在那過程中你學到了什麼。

4 論文の内容もさることながら、その後の質疑応答がまたすばらしかった。

> 論文的內容當然沒話說，在那之後的回答問題部份更是精采。

● …ものを

MP3- 3- 159

「可是…」、「卻…」、「然而卻…」。

➡ 【活用詞連體形・終止形】＋ものを。表示說話者以悔恨、不滿、責備的心情，來說明前項的事態沒有按照期待的方向發展。跟「のに」的用法相似，但說法比較古老。常跟「ば」、「ても」等一起使用。

先にやってしまえばよかったものを、やらないから土壇場になって慌てることになる。

先把它做好就沒事了，可是你不做才現在事到臨頭慌慌張張的。

➡ **例句**

1 先にやってしまえばよかったものを、やらないから土壇場になって慌てることになる。

> 先把它做好就沒事了，可是你不做才現在事到臨頭慌慌張張的。

2 みんなと一緒に行けばよかったものを、単独行動して迷子になった。

> 跟大家一起去就沒事了，你卻要單獨行動才迷路了。

3 正直に言えばよかったものを、隠すからこういう結果になる。

> 老實講就沒事了，你卻要隱瞞才會落到這種下場。

4 黙っていればよかったものを、余計なことまで喋って。

> 你不說就沒事了，都是你這麼多嘴。

⬤ …や

MP3- 3- 160

「一…馬上就…」、「當…時就…」。

➡ 【動詞終止形】＋や。表示前一個動作才剛做完，甚至還沒做完，就馬上引起後項的動作。兩動作時間相隔很短，幾乎同時發生。語中含有受前項事物的影響，而發生後項意外之事。多用在描寫現實的事物。書面用語。

ごうかくしゃ ばんごう けいじばん は くろやま ひと
合格者の番号が掲示板に貼られるや、黒山の人だかりができた。

當公佈欄貼上及格者的號碼時，就立刻圍上大批的人群。

➡ ## 例句

1 ごうかくしゃ ばんごう けいじばん は くろやま ひと
合格者の番号が掲示板に貼られるや、黒山の人だかりができた。

當公佈欄貼上及格者的號碼時，就立刻圍上大批的人群。

2 ざいむ ちょうかん せいめい はっぴょう しじょう おお はんぱつ
財務長官が声明を発表するや、市場は大きく反発した。

當財政部長發表聲明後，股市立刻大幅回升。

3 にがおえ こうかい はんにん たいほ
似顔絵が公開されるや、犯人はすぐ逮捕された。

一公開了肖像畫，犯人馬上就被逮捕了。

4 かれ ぶたい とうじょう だいかんせい わ
彼が舞台に登場するや、大歓声が沸きあがった。

他一登上舞台，就響起了一片熱烈的歡呼聲。

⬤ …や否や

いな

MP3- 3- 161

「剛…就…」、「一…馬上就…」。

➡ 【動詞終止形】＋や否や。跟「や」一樣，表示前一個動作才剛做完，甚至還沒做完，就馬上引起後項的動作。兩動作時間相隔很短，幾乎同時發生。語含受前項事物的影響，而發生後項意外之事。多用在描寫現實的事物。書面用語。

こ ひとめみ いな かれ いもうと わ
その子を一目見るや否や、彼の妹だとすぐに分かった。

一看到那小朋友，就認出是他的妹妹。

⇒ 例句

1 その子を一目見るや否や、彼の妹だとすぐに分かった。

一看到那小朋友，就認出是他的妹妹。

2 石油の採掘が始まるや否や、わずか1週間で油田を掘り当てた。

才剛開採石油，一個禮拜就挖到了油田。

3 被害の状況が明らかになるや否や、救援隊が多く現場に駆けつけた。

一得知災情，許多救援團隊就趕到了現場。

4 国交が回復されるや否や、経済効果がはっきりと現れた。

才剛恢復邦交，經濟效果就明顯地有了反應。

● …ゆえ

MP3- 3- 162

「…的緣故」、「因為…」。

⇒ 【體言（の）；活用語連體形】＋ゆえ。是表示原因、理由的文言説法。常以「ゆえあって」（因故…）、「ゆえなく」（無故…）的形式出現。相當於「（だ）から」。書面用語。

彼は何ゆえあんなにあくせく働いているのだろう。

他為什麼要那麼辛苦地工作？

⇒ 例句

1 体調不良のゆえ、本日は欠席させていただきます。

因為身體不適，今天請容我缺席。

2 好評ゆえ、販売期間を延長する。

因為備受好評，所以決定延長販售的時間。

3 悪天候ゆえ、欠航いたします。

由於天候不佳，飛機將停飛。

4 彼は何ゆえあんなにあくせく働いているのだろう。

他為什麼要那麼辛苦地工作？

● …ゆえに

「由於…原因」、「因為…的緣故」。

➡ 【體言（の）；活用語連體形】＋ゆえに。是表示原因、理由的文言説法。「に」可以省略。相當於「（の）ために」。書面用語。

3月は決算期であるがゆえに、非常に忙しい。

因為3月是結算期，所以非常忙碌。

➡ 例句

1	若さゆえに、過ちを犯すこともある。	年少也會因輕狂而犯錯。
2	「我思う、ゆえに我あり」とはデカルトが提唱した有名な命題だ。	「我思故我在」是狄卡兒提倡的格言。
3	この映画は音楽があるゆえに恐怖を感じるが、映像のみでは少しも恐怖感がない。	這部電影是因為音樂才令人感到恐怖，如果只有影像就一點兒也不恐怖。
4	3月は決算期であるがゆえに、非常に忙しい。	因為3月是結算期，所以非常忙碌。

● …ゆえの

「因為是…的關係；…才有的…」。

➡ 【體言の；活用語連體形】＋ゆえの＋【體言】。是表示原因、理由的文言説法。相當於「（の）ために」。書面用語。

田舎の生活には不便さゆえの味わいがある。

正因為鄉下生活不便，所以才更有趣味。

➡ 例句

1 田舎の生活には不便さゆえの味わいがある。 | 正因為鄉下生活不便，所以才更有趣味。

2 老舗旅館ゆえの 趣 がある。 | 正因為是傳統的老飯店，才自有其趣味。

3 これは無知ゆえの過ちと言うほかない。 | 這只能說是因為無知所造成的過失。

4 天才には天才ゆえの悩みがあるに違いない。 | 天才一定也有自己的煩惱。

● …をおいて

MP3- 3- 165

「除了…之外」。

➡ 【體言】＋をおいて。表示沒有可以跟前項相比的事物，在某範圍內，這是最積極的選項。多用於給予很高評價的場合。

彼女の生活は何をおいてもまず音楽だ。
她的生活不管怎樣，都以音樂為第一優先。

➡ 例句

1 あなたをおいて、彼を説得できる人はいない。 | 除了你之外，沒有人能說服他。

2 せっかくここに来たなら、何をおいても博物館に行くべきだ。 | 好不容易來到了這裡，不管怎樣都要去博物館才是。

3 環境に優しい乗り物は自転車をおいてほかにない。 | 說到不汙染環境的交通工具，就非腳踏車莫屬了。

4 彼女の生活は何をおいてもまず音楽だ。 | 她的生活不管怎樣，都以音樂為第一優先。

● …を限りに

「從…之後就不（沒）…」、「以…為分界」。

→ 【體言】＋を限りに。前接某契機、時間點，表示在此之前一直持續的事，從此以後不再繼續下去。多含有從說話的時候開始算起之意。正、負面的評價皆可使用。另有「…の限度まで…する」的用法。

あの日を限りに彼女から何の連絡もない。
自從那天起，她就音訊全無了。

→ 例句

1 あの日を限りに彼女から何の連絡もない。 | 自從那天起，她就音訊全無了。

2 あのスキャンダルを限りに、彼はアナウンサーを辞めた。 | 自從那件醜聞之後，他就辭退了主播。

3 今月を限りに事業から撤退することを決めた。 | 我決定事業做到這個月後就收起來。

4 私は今日を限りに、タバコをやめる決意した。 | 我決定了從今天開始戒菸。

● …を皮切りに

「以…為開端開始…」、「從…開始」。

→ 【體言】＋を皮切りに。前接某個時間點，表示以這為起點，開始了一連串同類型的動作。後項一般是繁榮飛躍、事業興隆等內容。

12日を皮切りに、各学部の合格者が順次発表される。
12號起，各系所的上榜名單會依次公佈。

➡ 例句

1 ニューヨークでのコンサートを皮切りに、ワールドツアーが始まる。

全球性的巡迴演唱會，從在紐約舉辦的演唱會開唱。

2 月曜日に行われる予選3試合を皮切りに、本大会の幕が開ける。

這次大會將從禮拜一所舉辦的3個初選開賽。

3 12日を皮切りに、各学部の合格者が順次発表される。

12號起，各系所的上榜名單會依次公佈。

4 新しいサービスの提供を皮切りに、この分野での事業を拡大していく計画だ。

我們打算以提供新服務為開端，來擴大這個領域的事業。

● …を皮切りにして

MP3- 3- 168

「以…為開端開始…」、「自從…就（開始）…」。

➡ 【體言】＋を皮切りにして。跟「～を皮切りに」一樣。前接某個時間點，表示以這為起點，開始了一連串同類型的動作。後項一般是繁榮飛躍、事業興隆、很大進展等內容。

彼女の発言を皮切りにして、討論は大いに盛り上がった。

自從她發言之後，便掀起了熱烈的討論。

➡ 例句

1 彼女の発言を皮切りにして、討論は大いに盛り上がった。

自從她發言之後，便掀起了熱烈的討論。

2 彼の逮捕を皮切りにして、一連の事件が明るみに出た。

自從他被逮捕之後，一連串的案件都因此水落石出。

3 CDの開発を皮切りにして、デジタル部門への参入も開始した。

研發了CD後，也開始準備參與數位方面的行列。

4 自伝の出版を皮切りにして、彼女は連日テレビに出ている。

自從出版了自傳之後，她就一連好幾天都上電視節目。

…を皮切りとして

「以…為開端開始…」。

→ 【體言】＋を皮切りとして。想要講在某個時間點後，就一連發生了什麼事，就用「～を皮切りとして」，前接某時間點，後接一連發生的行為。

3年前にアメリカを皮切りとして、世界中で発売されるようになった。

3年前在美國開賣後，現在全世界都有販售。

→ 例句

1 中東平和プロセスは1991年のマドリード会議を皮切りとして始まった。	中東和平會議是源於1991年舉辦的馬德里會議開始的。
2 この研究プロジェクトは本年度を皮切りとして、5年がかりで行われることになっている。	這項研究計畫從今年開始進行，預計費時5年。
3 1997年にタイを皮切りとして東南アジア通貨危機が生じた。	1997年從泰國開始，掀起了一波東南亞的貨幣危機。
4 3年前にアメリカを皮切りとして、世界中で発売されるようになった。	3年前在美國開賣後，現在全世界都有販售。

…を禁じえない

「不禁…」、「禁不住就…」、「忍不住…」。

→ 【體言】＋を禁じえない。前接帶有情感意義的名詞，表示面對某種情景，心中自然而然產生的，難以抑制的心情。這感情是越抑制感情越不可收拾的。屬於書面用語。口語中不用。

デザインのすばらしさと独創性に賞賛を禁じえない。

看到設計如此卓越又具獨創性，令人讚賞不已。

➡ 例句

1 事態が思わぬ展開をみせ、戸惑いを禁じえない。	事態發展到始料所不及的地步，真令人感到困惑。
2 常識に欠ける発言に不快感を禁じえない。	那種缺乏常識的發言，真叫人感到不快。
3 あまりに突然の出来事に驚きを禁じえない。	事情發生得太突然了，令人不禁大吃一驚。
4 デザインのすばらしさと独創性に賞賛を禁じえない。	看到設計如此卓越又具獨創性，令人讚賞不已。

● …をもって

MP3-3-171

「以此…」、「用以…」；「至…為止」。

➡ 【體言】＋をもって。表示行為的手段、方法、材料、根據、中介物等；另外，表示限度或界線。接在「以上、本日、今回」之後，用來宣布一直持續的事物，到那一期限結束了。常見於會議、演講等場合或正式的文件上。

以上をもって、わたくしの挨拶とさせていただきます。

以上是我個人的致詞。

➡ 例句

1 彼は自由を訴え、死をもって抗議した。	他為了提倡自由，而以死抗議。
2 何をもってあのような結論に達したのだろうか。	到底是根據什麼，才能導出那樣的結論？
3 彼の言い分が事実に即していないなら、事実をもって反論すればよい。	既然他說的話跟事實有出入，那就照事實反駁就好了。
4 以上をもって、わたくしの挨拶とさせていただきます。	以上是我個人的致詞。

●…をものともせずに

MP3- 3- 172

「不當…一回事」、「把…不放在眼裡」、「不顧…」。

➡ 【體言】＋をものともせずに。表示面對嚴峻的條件，仍然毫不畏懼，含有不畏懼前項的困難或傷痛，仍勇敢地做後項。後項大多接改變現況、解決問題的正面評價的句子。不用在説話者自己。

病気をものともせず、前向きに生きている。
他完全不受病魔的影響，積極地活著。

➡ 例句

1 スキャンダルの逆風をものともせず、当選した。	他完全不受醜聞的影響當選了。
2 周囲の反対をものともせず、二人は結婚した。	兩人不顧周圍的反對結婚了。
3 不況をものともせず、ゲーム業界は成長を続けている。	電玩事業完全不受景氣低迷的影響，持續成長著。
4 病気をものともせず、前向きに生きている。	他完全不受病魔的影響，積極地活著。

●…を余儀なくされる

MP3- 3- 173

「只得…」、「只好…」、「沒辦法就只能…」。

➡ 【體言】＋を余儀なくされる。因為大自然或環境等，個人能力所不能及的強大力量，不得已被迫做後項。帶有沒有選擇的餘地、無可奈何、不滿的語感。相當於「やむをえず」。書面用語。

機体に異常が発生したため、緊急着陸を余儀なくされた。
因為飛機機身發生了異常，逼不得已只能緊急迫降了。

➡ 例句

1 開発の遅れにより、発売開始日の変更を余儀なくされた。

因為研發上的延誤，所以只好延後上市的日期。

2 交通事故の後遺症により、車イス生活を余儀なくされた。

因為車禍留下的後遺症，所以只能過著坐輪椅的生活。

3 ダム建設のため、移転を余儀なくされることになるだろう。

為了要蓋水壩，只好遷移居所了。

4 機体に異常が発生したため、緊急着陸を余儀なくされた。

因為飛機機身發生了異常，逼不得已只能緊急迫降了。

● …を余儀なくさせる

「不得不…」、「逼不得已…」。

MP3- 3- 174

➡ 【體言】＋を余儀なくさせる。因為大自然或環境等，個人能力所不能及的強大力量，迫使其不得不採取某動作。而且此行動，往往不是自己願意的。表示情況已經到了沒有選擇的餘地，必須那麼做的地步。

景気の低迷は国家予算の削減をも余儀なくさせる。

景氣低迷，不得不削減國家預算。

➡ 例句

1 大規模な計画の見直しを余儀なくさせる可能性がある。

有可能得大規模重新評估計畫。

2 景気の低迷は国家予算の削減をも余儀なくさせる。

景氣低迷，不得不削減國家預算。

3 少子化の影響を受け、過疎化の進む地域では小学校の閉鎖を余儀なくさせられた。

受到少子化的影響，人口日趨稀少地區的小學只得關閉。

4 仮説の再検討を余儀なくさせる事実が最近見出された。

最近發現了新事實，使得不得不重新探討假設的説法。

日語文法・句型詳解

● …をよそに

「不管…」、「無視…」。

➡ 【體言】＋をよそに。表示無視前面的狀況，進行後項的行為。意含把原本跟自己有關的事情，當作跟自己無關。

周囲の喧騒をよそに、彼は自分の世界に浸っている。

他無視於周圍的喧嘩，沉溺在自己的世界裡。

➡ 例句

1 地元の反発をよそに、移転計画は着々と実行されている。

無視於當地的反彈，遷移計畫仍照計劃逐步進行著。

2 警察の追及をよそに、彼女は沈黙を保っている。

她無視於警察的追問，仍保持沉默。

3 大学受験をよそに、彼は毎日テレビゲームに耽っている。

他不把大學考試當一回事，每天都沉溺在電玩裡。

4 周囲の喧騒をよそに、彼は自分の世界に浸っている。

他無視於周圍的喧嘩，沉溺在自己的世界裡。

● …んがため

「為了…而…」、「因為要…所以…」。

➡ 【動詞未然形】＋んがため。表示目的。用在積極地為了實現目標的説法，「んがため」前面是想達到的目標，後面是不得不做的動作。含有無論如何都要實現某事，帶著積極的目的做某事的語意。書面用語，很少出現在對話中。

みんなの関心を集めんがため、目立つ言動をあえてしている。

為了引起大家的注意，故意做出誇張的言行舉止。

➡ 例句

1 売り上げをあげんがため、営業に奔走している。	為了提高營業額，而四處奔走拉客戶。
2 付加価値を高めんがため、独自性を前面に打ち出してアピールしている。	為了提高附加價值，而拿商品的獨特性當噱頭打名聲。
3 視聴率を上げんがため、誇張した表現を多く用いる傾向にある。	媒體為了要提高收視率，有傾向於大量使用誇張的表現方式。
4 みんなの関心を集めんがため、目立つ言動をあえてしている。	為了引起大家的注意，故意做出誇張的言行舉止。

● …んがために

「為了…而…」、「因為要…所以…」。

MP3- 3- 177

➡ 【動詞未然形】＋んがために。表示目的。用在積極地為了實現目標的說法，「んがために」前面是想達到的目標，後面是不得不做的動作。含有無論如何都要實現某事，帶著積極的目的做某事的語意。書面用語，很少出現在對話中。「に」可以省略。

浮気現場を押さえんがために、彼女を尾行した。
因為要當場捉姦而跟蹤她。

➡ 例句

1 ただ酔わんがためにお酒を飲む。	單純只是為了買醉而喝酒。
2 つじつまを合わせんがために必死で説明した。	為了讓話聽起來合理而拼命地說明。
3 体裁を取りつくろわんがために、ありのままの自分を隠した。	為了面子，而隱藏了原來的自己。
4 浮気現場を押さえんがために、彼女を尾行した。	因為要當場捉姦而跟蹤她。

● **…んがための**

「為了…而…的」。

➡ 【動詞未然形】＋んがための＋【體言】。表示目的。用在積極地為了實現目標的説法，「んがための」前面是想達到的目標，後面是不得不做的動作。含有無論如何都要實現某事，帶著積極的目的做某事的語意。書面用語，很少出現在對話中。

それは売り上げを上げんがための宣伝文句にすぎない。

那不過是為了提高營業額，所做的宣傳用語罷了。

➡ 例句

1 それは関心を引かんがための戦略だ。	那是為了要引起對方的興趣，而策劃的戰略。
2 公共事業を増やさんがための計画であり、実際に道路が必要かは疑問だ。	那是為了增加公共事業的計畫，實際上需不需要道路還是個問號。
3 法律を通過させんがための妥協であることは明白だ。	很明顯地，那是為了通過法案所做的妥協。
4 それは売り上げを上げんがための宣伝文句にすぎない。	那不過是為了提高營業額，所做的宣傳用語罷了。

● **…んばかりだ**

「幾乎要…了」、「差點就…了」。

➡ 【動詞未然形】＋んばかりだ。表示事物幾乎要達到某狀態，或已經進入某狀態了。動詞後接「ぬ、ん」的用法是文言文的殘餘。口語少用，屬於書面用語。

顔を真っ赤にし、拳を高く上げ、今にも殴り掛からんばかりだ。

他脹紅了臉、高舉著拳頭，眼看就要打過去了。

➡ 例句

1 病室に駆けつけたときには、彼はもう息も絶えんばかりだった。	當他衝到病房時，已經上氣不接下氣了。
2 生まれてはじめて感じる恐怖に、意識を失わんばかりだった。	當我經歷前所未有的恐懼時，差點就昏了過去。
3 消費社会が豊かさの象徴と言わんばかりだが、果たしてそうであろうか。	説什麼高消費社會是富裕的象徵，但實際上果真是如此嗎？
4 顔を真っ赤にし、拳を高く上げ、今にも殴り掛からんばかりだ。	他脹紅了臉、高舉著拳頭，眼看就要打過去了。

● …んばかりに

MP3- 3- 180

「幾乎要…」、「差點就…」。

➡ 【動詞未然形】＋んばかりに。表示事物幾乎要達到某狀態，或已經進入某狀態了。動詞後接「ぬ、ん」的用法是文言文的殘餘。口語少用，屬於書面用語。

逆転優勝に跳び上がらんばかりに喜んだ。

反敗為勝讓人欣喜若狂到簡直就要跳了起來。

➡ 例句

1 窓から朝日が溢れんばかりに差し込んで、気持ちがいい。	屋裡洋溢著從窗子射進的朝陽，舒服極了。
2 インターネットの普及で情報は溢れんばかりに飛び交っている。	因為網路的普及，而讓情報滿天飛。
3 昨晩はおなかがはちきれんばかりに食べた。	昨晚吃到差點撐破肚子。
4 逆転優勝に跳び上がらんばかりに喜んだ。	反敗為勝讓人欣喜若狂到簡直就要跳了起來。

日語文法・句型詳解

● …んばかりの

MP3- 3- 181

「幾乎要…的」、「差點就…的」。

➡ 【動詞未然形】＋んばかりの＋【體言】。表示事物幾乎要達到某狀態，或已經進入某狀態了。動詞後接「ぬ、ん」的用法是文言文的殘餘。口語少用，屬於書面用語。

彼女の瞳は溢れんばかりの涙でいっぱいだった。
她熱淚盈眶。

➡ 例句

1	彼女の瞳は溢れんばかりの涙でいっぱいだった。	她熱淚盈眶。
2	まるで他人事と言わんばかりの言い方だ。	他説得好像一副事不關己的樣子。
3	彼女は情けないと言わんばかりの顔で私を見た。	她鄙視地看著我。
4	胸が張り裂けんばかりの悲しみに襲われた。	一種肝膽欲裂的悲痛襲擊而來。

50音順
索引

索引

た

な

は

NIHONGO

MEMO

Shan Tian She
山田社

中日全書朗讀版
365 天常用的
日本語
文法・句型辭典[18K＋MP3]

【自學日語 02】

■ 發行人／林德勝

■ 著者／吉松由美・田中陽子・西村惠子

■ 出版發行／山田社文化事業有限公司
　　地址　臺北市大安區安和路一段112巷17號7樓
　　電話　02-2755-7622　　02-2755-7628
　　傳真　02-2700-1887

■ 郵政劃撥／19867160號　大原文化事業有限公司

■ 總經銷／聯合發行股份有限公司
　　地址　新北市新店區寶橋路235巷6弄6號2樓
　　電話　02-2917-8022
　　傳真　02-2915-6275

■ 印刷／上鎰數位科技印刷有限公司

■ 法律顧問／林長振法律事務所　林長振律師

■ 書＋MP3／定價　新台幣499元

■ 初版一刷／2017年 10 月
© ISBN：978-986-6623-98-1
2017, Shan Tian She Culture Co., Ltd.